Fun! Fun! Korean

高麗大學

韓國語

④

高麗大學韓國語文化教育中心　編著

朴炳善博士 陳慶智博士　翻譯、審訂

한국어는 사용 인구면에서 세계 10대 언어에 속하는 주요 언어로, 지금도 많은 사람들이 세계 곳곳에서 한국어를 배우고 있습니다. 이러한 한국어 학습 열기는 국제 사회에서 한국의 위상이 높아짐에 따라 앞으로 더욱 뜨거워질 것으로 전망합니다.

고려대학교 한국어문화교육센터는 설립 이래 25년간 다양한 학습자를 대상으로 한국어와 한국 문화를 교육해 왔으며, 체계적이고 효율적인 교수 방법으로 세계적으로 정평이 나 있습니다. 그리고 그동안 학습자에 따른 맞춤형 교육을 실시해 오면서 다양한 한국어 교재를 개발해 왔습니다.

이 교재는 한국어문화교육센터가 그동안 쌓아 온 연구와 교육의 성과를 바탕으로 개발한 것입니다. 이 교재의 가장 큰 특징은 한국어 구조에 대한 이해와 다양한 말하기 연습을 바탕으로 학습자 스스로 의사소통 활동을 할 수 있도록 구성했다는 점입니다. 이 교재를 통해 학습자는 다양한 의사소통 상황에서 성공적인 한국어 의사소통을 할 수 있는 능력을 기르게 될 것입니다.

이 교재가 나오기까지 참으로 많은 분들의 정성과 노력이 있었습니다. 무엇보다도 밤낮으로 고민하고 연구하면서 최고의 교재를 개발하느라 고생하신 저자들께 감사를 드립니다. 또한 고려대학교의 모든 한국어 선생님들께도 깊은 감사를 드립니다. 이분들의 교육과 연구에 대한 열정과 헌신적인 노력이 없었다면 이 교재의 개발은 불가능했을 것입니다. 이 선생님들의 교육 방법론과 강의안 하나하나가 이 교재를 개발하는 데 훌륭한 기초 자료가 되었습니다. 이 외에도 이 책이 보다 좋은 모습을 갖출 수 있도록 도와 주신 번역자를 비롯해 편집자, 삽화가, 사진 작가께 감사를 드립니다. 또한 한국어 교육에 관심과 애정을 가지고 이렇듯 훌륭한 교재를 출간해 주신 교보문고에도 큰 감사를 드립니다.

부디 이 책이 여러분의 한국어 학습에 큰 도움이 되기를 바라며, 한국어 교육의 발전에 새로운 이정표가 될 수 있기를 바랍니다.

2010년 5월
국제어학원장 **조규형**

韓語就使用的人口來看，是屬於世界十大的語種之一。現今，世界各地仍有許多人在學習語韓當中。而這股韓語學習的風潮，預計將隨著韓國在國際社會地位上的提升，而更加發光發熱。

高麗大學韓國語文化教育中心自成立以來，二十多年間針對多樣的學習者持續教授韓語和韓國文化，並以有系統與有效的教學方式受到各界的好評。同時，因應學習者的需求，也陸續開發了各式的韓語教材。

本教材是韓國語文化教育中心統整過去累積的研究與教學成果所開發而成的。其最大的特色是能透過理解韓語結構，以及各種口說練習，讓學習者自行參與溝通交流的活動。也就是說，藉由本教材能讓學習者培養在各種狀況下都能達到成功溝通的能力。

本教材之所以能夠付梓出版，實仰賴眾多人士的付出與努力。首先，最應該感謝的是夜以繼日苦思研究，最終開發出如此優秀教材的諸位作者。其次，也要感謝高麗大學全體的韓語教師，如果沒有他們對韓語教育及研究的熱忱與奉獻，本教材絕對不可能順利出版，因教師們的教育方法與教案都成了本教材開發時的重要參考資料。此外，也要感謝讓本教材更加完美的譯者、編輯、插畫家及攝影師。最後，要感謝長期以來持續關注韓語教育，並出版了眾多優秀韓語教材的教保文庫。

由衷期盼本書在韓語學習上內能對各位有所助益，也期待本書能夠成為韓語教育發展上的重要里程碑。

2010年5月

國際語學院院長 **曹圭炯**

凡例 일러두기

概要

　　《高麗大學韓國語4》這本教材，是為了讓已學習600小時左右的中級韓語學習者，能夠更加簡單且有趣地學習韓語而編著的。內容的組成是以日常生活的相關資料為主，這讓學習者能夠更加熟悉在日常生活中必需且有用的主題與表現，特別是在日常生活中可以有效地傳達自己的想法。此外，內容並非只是以文法概念、結構，以及單純的語彙解釋所構成，而是以有趣且多樣的口說活動組成。透過這些活動，韓語學習者在實際生活中便能在不知不覺間，自然地表達出自己的想法。

目標

- 培養使用公共設施或維持社會關係時所需的溝通能力。
- 理解並培養表現社會性／抽象性主題的能力。例如：性格、公共禮儀、韓國生活、職業、事件等常見的題材。
- 學習情感、想法、共同生活、基礎業務或社會現象相關的語彙及表現，並且適切地使用。
- 學習韓語自然的發音，以及分辨隨著句子意義的不同而改變的聲調。正確理解演講內容，並且有效率地表達自己的想法。
- 理解日常生活或社會現象中複雜的內容。
- 學習說明、描述、比較、引用等方法，並且能書寫簡單的廣告、公告、說明文章。

單元結構

　　《高麗大學韓國語4》是以15個單元所組成。這15個單元將焦點放在韓國生活中學生可能會遇到的各種實際情況。各單元的結構如下：

目標 ▶	引言 ▶	對話 & 敘述 ▶	文化 ▶	口說練習 ▶	活動 ▶	自我評價 ▶	文法
	照片	（1） （2） （3） 新語彙		新語彙 語言提點 發音	聽力 口說 閱讀 寫作		

・・・・・・・・ 目標

藉由單元目標及內容（主題、功能、活動、語彙、文法、發音、文化）的詳細說明，讓學生在學習前就可以了解各單元的相關內容。

引言

提示與單元主題相關的照片，在下方包含若干提問。透過這些照片及提問，學生可以事先思考單元的主題，以做好學習的準備。

對話&敘述

這一部分是為了讓學生們能在單元學習結束後正式運用的對話範例，包含了兩個對話和一個敘述。學生們不僅能夠透過範例瞭解單元的目標，更可進一步知道詳細的事項。

新語彙

藉由範例旁生字與表現的意義說明，讓學生們可以更加理解對話及敘述的內容。

文化

這一部分將介紹與各課主題相關的韓國文化。以韓國文化的理解為基礎，學生們將會更加理解韓語，也可以更加自然地使用韓語。在介紹韓國文化的單元中，並不只是單純地傳達韓國文化，而是藉由與其他學生互動的過程來學習對方的文化。

口說練習

這一部分為練習，以及文法、語彙的複習，讓學生們學習單元主題所列舉的口說技巧，並且實際使用。練習題並非平凡的練習題型，而是以實際會使用到的形態讓學生們能親自熟悉語彙與文法。

語彙

除了語彙的練習外，另外將生字依照字義做出分類。（舉例來說，如與飲食／職業相關的語彙）

新語彙

為了讓學生們能夠更輕易地學習生字，附上即時的語彙說明。

語言提點

這一部分是在需要特別說明時，針對特定的表現及其意義做深度的解釋。

發音

這一部分提示必須清楚區別的發音。為了讓學生可以更加準確地發音，簡單地說明發音的方法，並舉出一些可練習的單字或句子。

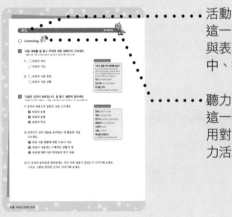

活動

這一部分著重於實際對話的狀況。因此將使用在口說練習階段中學到的文法與表現，完成聽力、口說、閱讀、寫作等實用的項目。而每個項目都由前、中、後三個階段所構成，學生可以透過每一個階段來提升溝通能力。

聽力

這一部分是用來提升學生的聽力。由內容或功能相異的兩部分所組成，且利用對話或獨白的方式讓學習者能接觸到各種型態的內容。透過這些多樣的聽力活動，讓學習者能培養日常生活中韓語的理解力。

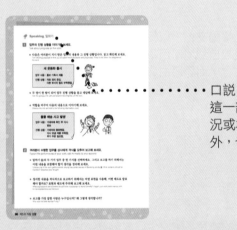

口說

這一部分是用來提升學生的口說能力。主要是以現實生活中可能會遇到的情況或相關的內容所組成，其中包含了各個階層中的各種對話。除了對話之外，也會讓學生練習口頭報告時的語氣。

閱讀

這一部分是用來提升學生的閱讀能力。因為挑選的本文都是學習者實際生活當中會遇到的情況，所以在本文的種類以及內容的理解上，將能更有效地進行閱讀練習。

寫作

這一部分是用來提升學生的寫作能力，能讓學生們書寫實際生活中會用到的文章。根據本文的主題以及種類，對於學生們培養有效的寫作能力將有很大助益。

自我評價

在這一部分提示讓學生們可以檢測學習成果的自我評價表。學生們不僅可以確認自己的學習量以及缺點，也可以檢視各單元必須學習的內容和自己必須專注學習的部分。

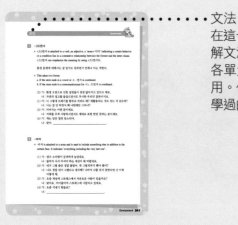

文法

在這一部分，因為具備了各單元的文法說明與例句，所以將能使學生更加瞭解文法。此外，因為這部分是以課堂時所學習的項目所組成的，所以放置在各單元的最後，讓學生獨自學習時可以很輕易地找到，也有文法字典的功用。作為文法練習中的一環，例句中的最後兩個句子設有空格，讓學生能將學過的文法填上。

聽力腳本

這一部分提示聽力活動的所有腳本。藉此，學習者能透過聽力腳本自我學習或練習聽力。

正確解答

這一部分提示聽力及閱讀活動的解答。

索引

按照韓國文字「가나다」的順序整理出教科書中出現的所有單字及其意義，並且標示說明所在的頁數。

目次 차례

教材結構 교재 구성

단원	주제	기능	활동
1 인물 소개	인물	• 인물 소개하기	• 듣기: 동호회 신입 회원에 대한 대화 듣기, 수영 선수와의 인터뷰 듣기 • 말하기: 신상 정보에 대한 대화 나누기, 신입 회원에 대한 정보 　　　　　알아 내기 • 읽기: 자기 소개서 읽기 • 쓰기: 자기 소개서 쓰기
2 날씨와 생활	날씨와 생활	• 기후의 특징 이야기하기 • 날씨가 생활에 미치는 　영향 이야기하기	• 듣기: 날씨에 대한 대화 듣기, 일기 예보 듣기 • 말하기: 날씨와 생활에 대해 이야기하기, 기후 설명하기 • 읽기: 기후에 관한 기사 읽기 • 쓰기: 기후 설명하기
3 교환 · 환불	교환과 환불	• 물건 교환하기 • 물건 환불 받기 • 제품의 문제 상황 　설명하기	• 듣기: 물건 교환과 환불에 대한 이야기 듣기, 홈쇼핑의 교환 · 환불 　　　　전화 안내 듣기 • 말하기: 교환 · 환불 역할극하기, 교환 · 환불 경험에 대해 발표하기, 　　　　　쇼핑 성향에 대해 조사하기 • 읽기: 인터넷 쇼핑몰의 이용 안내문 읽기 • 쓰기: 인터넷 쇼핑몰에 제품 교환이나 환불을 요청하는 글 쓰기
4 집안의 일상	가사	• 집안일에 대해 　이야기하기 • 집안일에 대한 불만 　이야기하기 • 변명하기	• 듣기: 가사 분담에 대한 대화 듣기, 라디오 광고 듣기 • 말하기: 집안일에 대한 생각 말하기, 가사 분담에 대해 토론하기 • 읽기: 집안일 대행 서비스에 관한 기사 읽기 • 쓰기: 집안일에서의 남자의 역할에 대해 쓰기
5 직장 생활	직장	• 업무에 대해 이야기하기 • 업무 보고하기 • 직장 생활에 대해 　이야기하기	• 듣기: 업무 대화 듣기, 직장 생활에 대한 이야기 듣기 • 말하기: 업무 진행 상황 이야기하기, 업무 보고하기 • 읽기 : 업무 관련 이메일 읽기 • 쓰기 : 업무 관련 이메일 쓰기
6 언어와 문화	언어와 문화	• 비유적으로 표현하기 • 관용 표현 사용하기 • 속담 사용하기	• 듣기: 속담 사용에 대한 대화 듣기, 속담에 대한 강의 듣기 • 말하기: 한국어의 문화적 표현을 몰라 실수한 경험 이야기하기, 　　　　　자기 나라의 관용 표현 · 속담 설명하기 • 읽기: '시치미 떼다'에 관한 글 읽기 • 쓰기: 자기 나라의 관용 표현 · 속담 설명하기
7 스트레스	스트레스	• 스트레스의 원인 　이야기하기 • 스트레스의 증상 　설명하기 • 스트레스의 해소 방법에 　대해 이야기하기	• 듣기: 스트레스에 대한 대화 듣기, 공익 광고 듣기 • 말하기: 스트레스의 해소 방법에 대해 이야기하기, 　　　　　스트레스에 대해 조언하기 • 읽기: 한국인의 스트레스 해소 방법에 관한 기사 읽기 • 쓰기: 스트레스 관리법에 대한 글 쓰기
8 추억	추억	• 어린 시절에 대해 　이야기하기 • 학창 시절에 대해 　이야기하기 • 추억의 놀이, 노래 등에 　대해 이야기하기	• 듣기: 추억의 음악에 대한 이야기 듣기, 사람을 찾는 방송 듣기 • 말하기: 학창 시절에 나와 내 친구는 어떤 학생이었는지 알아보기, 　　　　　잊을 수 없는 추억에 대해 이야기하기 • 읽기: 잊을 수 없는 선생님에 관한 글 읽기 • 쓰기: 잊을 수 없는 추억에 관한 글 쓰기

어휘	문법	발음	문화
• 군대 • 허락/반대	• -(으)며 • -(으)나 • -아 / 어 / 여	'6'의 세 가지 발음	한국 남성의 병역 의무
• 날씨 • 날씨와 관련된 표현 • 기후	• -더니 • -치고 • -더라도	'너무'와 '너~무'	계절 음식
• 제품의 문제 • 교환 불가 사유 • 사동 어휘	• -길래 • -았/었/였더니 • 사동 표현	원순 모음화	온라인 쇼핑몰을 효과적으로 이용하는 방법
• 집안일 1, 2 • 수선과 수리	• -(으)ㄹ 뿐만 아니라 • -느라고 -는데 • -는 둥 마는 둥	'-더라고요'의 억양	한국 남성의 가사 참여
• 회사와 부서 • 업무 1, 2	• -(으)ㅁ, -(으)ㄹ 것 • -다고/-냐고/-자고/ -라고 했대요 • -고 생각하다	격식체 발화의 억양	사랑 받는 신입 사원 3계명
• 신체와 관련된 관용 표현 • 속담 1, 2	• - 듯이 • - 듯하다 • 이중 부정	ㅈ : ㅊ : ㅉ	한국의 젊은이들이 자주 쓰는 은어 · 속어
• 스트레스 표현 • 스트레스 증상 • 스트레스 해소 방법	• -에다가 -까지 • -아/어/여 가다 • -(으)ㄴ 척하다	ㄷ : ㅌ : ㄸ	스트레스 해소를 위한 한국인의 다양한 회식 문화
• 추억 • 별명 • 어린 시절, 학창 시절의 추억	• 무렵 • -고는 하다 • -ㄴ지 • -은/는커녕, -기는커녕	'-는걸요'의 억양	한국 사람들이 어린 시절에 자주 하는 놀이

단원	주제	기능	활동
9 여행의 감동	여행	• 여행의 목적과 일정 이야기하기 • 여행지의 특색 설명하기 • 여행 소감 이야기하기	• 듣기: 여행 경험에 대한 대화 듣기, 라디오 방송의 사연 듣기 • 말하기: 여행 경험 조사하기, 여행 경험 이야기하기 • 읽기: 기행문 읽기 • 쓰기: 기행문 쓰기
10 결혼	결혼	• 결혼에 대한 생각 이야기하기 • 결혼 과정 설명하기 • 결혼 관련 통계 자료 설명하기	• 듣기: 결혼식장에서 나누는 대화 듣기, 결혼에 대한 의식 조사의 결과 듣기 • 말하기: 결혼에 대한 생각 이야기하기, 결혼 풍습에 대해 설명하기 • 읽기: 전통 결혼의 풍습을 설명하는 글 읽기 • 쓰기: 통계 자료를 이용해 결혼에 대한 의식을 설명하는 글 쓰기
11 공연 감상	공연	• 좋아하는 공연에 대해 이야기하기 • 공연 감상 이야기하기	• 듣기: 서로 다른 공연 취향에 대한 대화 듣기, 문화계 소식 뉴스 듣기 • 말하기: 좋아하는 영화에 대해 이야기하기, 공연 관람 소감 발표하기 • 읽기: 공연 관람 후기 읽기 • 쓰기: 공연 관람 후기 쓰기
12 교육	교육	• 교육에 대해 이야기하기 • 교육과 관련된 도표 설명하기 • 관련 자료를 인용해서 이야기하기	• 듣기: 교육에 대한 대화 듣기, 학교 소개 듣기 • 말하기: 교육에 대해 이야기하기, 도표를 이용해 발표하기 • 읽기: 남녀 공학에 관한 기사 읽기 • 쓰기: 도표를 설명하고 분석하는 글 쓰기
13 환경	환경	• 환경 문제에 대해 이야기하기 • 환경 문제에 대해 토의하기	• 듣기: 환경 문제에 대한 토의 듣기, 공익 광고 듣기 • 말하기: 환경 보호를 위해 하는 일 이야기하기, 환경 문제에 대해 토의하기 • 읽기: 친환경 거주 공간에 관한 글 읽기 • 쓰기: 환경 정책에 관한 글 쓰기
14 재난 · 재해	재난과 재해	• 재해에 대해 이야기하기 • 피해 상황 설명하기 • 재난과 재해를 당한 심경 이야기하기	• 듣기: 재해에 대한 대화 듣기, 재해에 대한 뉴스 듣기 • 말하기: 자기 나라에서 발생하는 재해 설명하기, 재해를 당한 경험 이야기하기 • 읽기: 재해에 관한 수기 읽기 • 쓰기: 자기 나라에서 발생한 재난이나 재해에 관한 글 쓰기
15 컴퓨터 · 인터넷	컴퓨터와 인터넷	• 컴퓨터와 인터넷 관련 문제 상황에 대해 이야기하기 • 컴퓨터와 인터넷 관련 사용 방법과 절차 설명하기 • 컴퓨터와 인터넷 때문에 생긴 곤란한 경험에 대해 이야기하기	• 듣기: 컴퓨터 문제에 대한 대화 듣기, 전산실 안내 방송 듣기 • 말하기: 컴퓨터나 인터넷 문제에 대해 이야기하기, 컴퓨터나 인터넷 사고 경험 이야기하기 • 읽기: 도서관의 인터넷 사용 안내문 읽기 • 쓰기: 컴퓨터를 사용하다가 당황한 경험에 관한 글 쓰기

어휘	문법	발음	문화
• 여행지에서 하는 일 • 여행지의 특색 • 여행 소감	• -ㄴ 김에 • -아/어/여 보니 • -다시피	구개음화	한국의 테마 관광
• 만남과 결혼 • 결혼 준비	• -지요 • -는 데에 • -(으)로	사잇소리 현상	한국의 결혼 풍습
• 공연 호평 • 공연 혹평	• -아/어/여 오다 • 얼마나 -던지 • -나 마나	받침 'ㄷ'의 [ㄱ, ㅂ]으로의 변화	바쁜 한국인들이 문화를 즐기는 방법
• 학교 • 현황 진술 • 증감 추세	• -(으)려면 • -(이)란 -을/를 말하다 • -에 따르면	'-이란'의 억양	대안 학교
• 환경과 오염 • 환경 오염의 결과 • 환경 오염의 대책	• -(으)면서 • -마저 • -았/었/였더라면	'-잖아요'의 억양	생활 속의 녹색 성장
• 자연 재해 • 재해로 인한 피해 • 피해에 대한 심경 및 행동	• -다니요 • -(으)ㄴ 나머지 • -자	'-다니요'의 억양	'사랑의 열매'와 한국의 모금 문화
• 인터넷 연결 • 컴퓨터 용어 • 컴퓨터의 사용 및 문제	• -ㄴ 대로 • -든지 -든지 • -기만 하면	ㄷ-ㅅ	알쏭달쏭 인터넷 신조어

제1과 인물 소개
人物介紹

目標

各位將能向他人介紹自己。

主題	人物
功能	介紹人物
活動	聽力：聆聽一段有關同好會新成員的對話、 聆聽一段對游泳選手的採訪 口說：相互分享個人的資訊、瞭解新成員的資訊 閱讀：閱讀自我介紹 寫作：書寫自我介紹
語彙	軍隊、允許／反對
文法	-으며, -(으)나, -아／어／여
發音	「6」的三種不同發音
文化	韓國男性的兵役義務

제1과 **인물 소개** 人物介紹

1. 이 사람은 무엇을 하고 있을까요? 이 사람이 쓰고 있는 글에는 어떤 내용이 포함될까요?

2. 여러분을 소개하는 글을 쓴다면 어떤 내용을 포함시키겠어요?

1

민수 : 안녕하세요? 저는 교육학과에 다니는 이민수라고 합니다.
　　　 앞으로 잘 부탁드립니다.

진성 : 저희 스키 동호회에 오신 것을 환영합니다. 저는 회장
　　　 박진성입니다. 실례지만 학번이 어떻게 되십니까?

민수 : 06학번입니다.

진성 : 06학번이요? 그럼 저하고 동기네요. 반갑습니다.
　　　 군대는 다녀오셨습니까?

민수 : 네, 2개월 전에 제대하고 이번 학기에 3학년으로
　　　 복학했습니다.

진성 : 우리 동호회에 오신 걸 환영하고, 열심히 활동하시기를
　　　 바라겠습니다.

> **◦新語彙**
>
> **동호회** 同好會
> **학번** （大學、研究所）學號
> **동기** 同期、同屆

2

진　성 : 회원 여러분께 신입 회원 이민수 씨를 소개하겠습니다.
　　　　 크게 환영해 주시기 바랍니다.

민　수 : 안녕하십니까? 교육학과 06학번 이민수입니다. 스키를 잘
　　　　 타지는 못하지만 스키 타는 것을 매우 좋아합니다.
　　　　 여러분과 좋은 친구, 좋은 선후배가 되고 싶습니다.

회원들 : 와, 환영합니다.

지　혜 : 안녕하세요, 선배님. 저는 10학번 이지혜입니다.

민　수 : 10학번이요? 그럼 저보다 한참 후배네요.

앨리스 : 안녕하세요? 저는 미국에서 온 앨리스 로렌입니다. 석사
　　　　 과정에서 국제 관계학을 전공하고 있습니다.

민　수 : 아, 미국에서 오셨군요. 반갑습니다.

진　성 : 민수 씨는 성격이 적극적이신가 봐요.

민　수 : 아니요. 실은 제가 좀 내성적이라 처음 만난 사람들 앞에서
　　　　 많이 부끄러워하는 편입니다. 지금도 좀 고생하고 있어요.

> **◦新語彙**
>
> **신입 회원** 新會員、新成員
> **선후배**
> 前輩與後輩、學長姐與學弟妹
> **국제 관계학** 國際關係學

3

나는 1992년 7월 15일 충청북도 청주에서 태어났다. 고등학교 교사로 일하시는 부모님 사이에서 첫째 딸로 태어난 나는 평범한 성장 과정을 거쳤다. 부모님께서는 매우 자상하셨고, 늘 내 뜻을 존중해 주셨다. 그 덕분에 나는 밝고 명랑하며 자율성을 가진 아이로 성장할 수 있었다.

내 꿈은 훌륭한 건축가가 되는 것이다. 중학교 때 서울에 와 63빌딩을 본 적이 있는데, 그것이 나에게 큰 감명을 주었기 때문이다. 그때부터 나는 63빌딩과 같은 멋진 건물을 짓는 건축가가 되어야겠다는 꿈을 키우기 시작했다.

내가 건축 공학과에 가겠다고 했을 때 부모님께서는 반대를 많이 하셨다. 건축 공학이 여자가 전공하기에 벅차다는 것이 이유였다. 결국 나의 확고한 의지를 아신 부모님께서 허락을 하셨으나 아직도 걱정을 많이 하시는 눈치다.

나는 건축 공학과에 진학해 공부를 잘 해낼 자신이 있다. 열심히 공부해 멋진 건축물을 짓는 훌륭한 건축가가 될 것이다.

문화   한국 남성의 병역 의무   韓國男性的兵役義務

- 여러분 나라에서는 군대에 가는 것이 의무입니까? 여러분은 한국의 군대에 대해서 얼마나 알고 있어요?
  在各位的國家，服兵役是義務嗎？各位對韓國的軍隊有多少瞭解呢？

- 다음은 한국의 군대와 관련된 글입니다. 잘 읽고 한국의 군대에 대해서 이해해 보세요.
  下面是有關韓國軍隊的一篇短文。請仔細閱讀，試著了解韓國的軍隊。

韓國的男性除了有健康或特殊家庭因素外，都須服2年左右的兵役。儘管韓國男性滿18歲就可服兵役，但絕大多數的韓國男性還是會選擇在20幾歲時才去服役。多數的男大學生會選擇在大學一或大二結束時當兵。有些人認為男性服兵役是一種時間和人力資源上的浪費，因為他們本應好好學習或積極參與職場的工作。然而，也正因有這些韓國男性的犧牲與奉獻，才能維持韓國的國家安全。此外，人們也經常說：「一個人要當過兵，才能成為真正的男人。」可見一個男人如果能服完兵役，在他的行為與視野上都能夠有大幅度的改變。換句話說，軍隊中的艱苦磨練，不僅能帶給他們人際關係上的成長，同時也能夠成為他們日後實現人生目標的助力。在他們服完兵役回到大學後，朋友們稱他們為「복학생」（復學生）。多數的復學生在學習上展現出無比的熱誠與犧牲奉獻的精神，並引領學生走向勤學的生活。
韓國男性如果不是因特殊原因而免服兵役的話，是很難在韓國社會立足的。有許多政治候選人就是因為逃避兵役，而無法受到韓國民眾的支持。

- 한국의 군대에 대해서 더 알고 있는 것이 있으면 이야기해 보세요. 그리고 여러분 나라의 군대에 대해서도 이야기해 보세요.
  有關韓國的兵役制度，如果各位有更深入的了解，和大家分享一下。並說一說各位國家的兵役制度。

1 〈보기〉와 같이 연습하고, 자신을 소개해 보세요.

> ### 교 육 학 과 에 다 니 다 ， 이 민 수
>
> 안녕하십니까?
> 저는 교육학과에 다니는 이민수라고 합니다.
> 앞으로 잘 부탁드립니다.

❶ 한국대학교에 다니다, 막비야

❷ 법학을 전공하고 있다, 박수정

❸ 어학원에서 공부하다, 니콜라

❹ 삼성전자에 다니다, 최정호

❺ 현대자동차에서 일하다, 김진철

❻ 영업부에서 근무하다, 간율란

● 新語彙

어학원 語言中心
영업부 營業部門

● 發音 發音

「6」的三種不同發音

62학번 [육]	86학번 [륙]
96학번 [륙]	06학번 [뉵]

「6」位於字首時，發音為[육]，位於母音或「ㄹ」後時，發音為[륙]，而位於「ㄹ」以外的子音後時，發音為[뉵]。

▶ **연습해 보세요.**

(1) 안녕하세요. 06학번 김수미입니다.
(2) 모두 6,600원입니다.
(3) 제 전화번호는 016-6286-5636입니다.

2 〈보기〉와 같이 이야기해 보세요.

> ### 0 5 ／ 저 하 고 동 기
>
> 가 : 학번이 어떻게 되세요?
> 나 : 05학번입니다.
> 다 : 그럼 저하고 동기네요.

❶ 08 / 저하고 동기

❷ 06 / 저하고 동기

❸ 00 / 저보다 선배

❹ 98 / 저보다 6년 선배

❺ 11 / 저보다 후배

❻ 08 / 저보다 한참 후배

❼ 86 / 저보다 한참 선배

● 語言提點

如果某人說自己比您更早入學或工作的話，表示他比您年紀大或資深，這時可很自然地說：「선배시네요.」。

〈보기〉와 같이 이야기해 보세요.

> **보기**
>
> **O, 2학년을 마치고 다녀왔다**
>
> 가: 군대는 다녀오셨어요?
> 나: 네, 2학년을 마치고 다녀왔어요.

군대 軍隊

군대에 가다 服兵役、當兵
입대하다 入伍
제대하다 退伍
(군대) 면제를 받다 獲免服兵役
휴가를 나오다 休假外出
군인 軍人
육군 陸軍
공군 空軍
해군 海軍
해병대 海軍陸戰隊

❶ O, 작년에 제대했다

❷ O, 2개월 전에 제대하고 이번에 3학년으로 복학했다

❸ O, 한 달 전에 제대하고 다음 학기에 복학할 것이다

❹ ×, 내년에 갈 것이다

❺ ×, 군대에 가려고 휴학했다

❻ ×, 눈이 안 좋아서 면제를 받았다

 〈보기〉와 같이 이야기해 보세요.

> **보기**
>
> **수줍음을 많이 타다 /**
> **내성적이다, 처음 만난 사람들 앞에서 많이 부끄러워하다**
>
> 가: 수줍음을 많이 타시는 성격인 것 같아요.
> 나: 제가 내성적이라 처음 만난 사람들 앞에서 많이
> 부끄러워하는 편이에요.

新語彙

외아들 獨生子

❶ 수줍음을 많이 타다 /
내성적이다, 처음 만난 사람들과 말을 잘 못하다

❷ 수줍음을 많이 타다 / 내성적이다, 말이 적다

❸ 활발하다 /
적극적이다, 처음 만난 사람들과도 잘 어울리다

❹ 사교적이다 /
적극적이다, 처음 만난 사람들과 금방 친해지다

❺ 조용하다 / 외아들이다, 별로 사교적이지 못하다

❻ 사교적이다 /
오 남매 중의 셋째이다, 누구하고나 잘 어울리다

5 〈보기〉와 같이 연습하고, 성격에 대해 이야기해 보세요.

> <보기>
>
> **밝다, 명랑하다, 적극적인 성격이다**
>
> 가: 자신의 성격에 대해 말씀해 보시겠습니까?
> 나: 저는 밝고 명랑하며 적극적인 성격입니다.

■ 新語彙

매사 每件事情、事事

❶ 수줍음이 많다, 내성적이다, 조용한 성격이다

❷ 장난기가 많다, 활발하다, 느긋한 성격이다

❸ 차분하다, 꼼꼼하다, 신중한 성격이다

❹ 수줍음을 많이 타다, 소극적이다, 말이 없는 편이다

❺ 낙천적이다, 매사에 두려움이 없다, 모험을 좋아하다

❻ 털털하다, 긍정적이다,
　사람들과 어울리는 것을 좋아하다

6 〈보기〉와 같이 이야기해 보세요.

> <보기>
>
> **동호회, 열심히 활동하다**
>
> 가: 우리 동호회에 오신 걸 환영하고, 열심히
> 　　활동하시기를 바라겠습니다.
> 나: 네, 감사합니다.

■ 新語彙

지속적 持續的

우정을 쌓다 建立友情

❶ 동아리, 적극적으로 활동하다

❷ 동아리, 많은 것을 배우다

❸ 동호회, 즐겁게 지내다

❹ 동호회, 많은 사람을 사귀다

❺ 모임, 지속적으로 참가하다

❻ 모임, 회원들과 우정을 쌓다

7 〈보기〉와 같이 이야기해 보세요.

> **보기**
>
> ### 건축 공학과에 가다 / 반대를 많이 하다
>
> 가 : 건축 공학과에 가겠다고 했을 때, 부모님께서는 어떤
>   반응을 보이셨습니까?
> 나 : 제가 건축 공학과에 가겠다고 하니까 부모님께서
>   반대를 많이 하셨습니다.

❶ 미술을 전공하다 / 반대를 많이 하다

❷ 경영학과에 가다 / 적극적으로 후원해 주다

❸ 대학을 안 가다 / 심하게 말리다

❹ 유학을 가다 / 바로 허락을 하지는 않다

❺ 의대에 가다 / 격려를 많이 해 주다

❻ 사회단체에서 일하다 /
   물심양면으로 지원해 주겠다고 하다

허락/반대 允許 / 反對
허락하다 允許
동의하다 同意
찬성하다 贊成
지원하다 支援、援助
후원하다 後援
격려하다 鼓勵、激勵
반대하다 反對
말리다 阻止、勸阻
방해하다 妨礙、阻礙

新語彙
사회단체 社會團體
물심양면 物質與精神兩方面

8 〈보기〉와 같이 연습하고, 여러분의 경우에 대해 이야기해
보세요.

> **보기**
>
> ### 반대하다 / 곧 마음을 바꿨다
>
> 가 : 부모님께서 수민 씨가 유학 가는 것을
>   반대하셨습니까?
> 나 : 처음에는 반대하셨으나 곧 마음을 바꾸셨습니다.

❶ 반대하다 / 지금은 힘이 되어 준다

❷ 반대하다 / 지금은 적극적으로 지원해 준다

❸ 반대하다 / 얼마 후 마음대로 하라고 했다

❹ 찬성하다 / 찬성한 것을 곧 후회했다

❺ 찬성하다 / 지금은 못 가게 말린다

❻ 찬성하다 / 지금은 다시 생각해 보라고 한다

9 〈보기〉와 같이 연습하고, 계획에 대해 이야기해 보세요.

> 보기
>
> **열심히 노력하다, 훌륭한 건축가가 되다**
>
> 가: 어떤 계획을 가지고 계십니까?
>
> 나: 열심히 노력해 반드시 훌륭한 건축가가 될
> 것입니다.

❶ 열심히 노력하다, 3년 만에 졸업하다

❷ 연구에 힘쓰다, 좋은 논문을 쓰다

❸ 다양한 경험을 쌓다, 회사를 차리다

❹ 능력을 기르다, 원하는 기업에 취직하다

❺ 풍부한 교양을 쌓다, 사회에 필요한 인재가 되다

10 동아리에 들어온 신입 회원이 되어 이야기해 보세요.

이준섭

한국대학교 경영학과 3학년
내년에 군대에 갈 예정
대전이 고향
내성적, 조용한 성격
장래 목표는 회계사

김수미

한국대학교 지리교육과 08학번
서울 출신
적극적, 활발한 성격
꿈은 중학교 지리 교사

니콜라

한국대학교 대학원생
국문과 석사 과정
이탈리아 출신
소극적, 수줍음을 많이 타는 성격
장래 희망은 한국어과 교수

> ◼ 新語彙
>
> **회계사** 會計師
> **지리** 地理

🎧 聽力_듣기

1　다음은 모임에서의 대화입니다. 잘 듣고 질문에 답하세요.
以下是一段聚會中的對話。請仔細聆聽後，回答問題。

1) 어떤 모임입니까?

☐ 영화 동호회　　　　☐ 아마추어 영화감독 모임

2) 이석준 씨의 직업은 무엇입니까?

☐ 학생　　　　　　　☐ 회사원

3) 이석준 씨는 언제 대학에 입학했습니까?

☐ 1987년　　　　　　☐ 2006년

4) 이석준 씨는 왜 휴학을 했습니까?

☐ 군대　　　　　　　☐ 어학연수

2　다음은 수영 선수와의 인터뷰 내용입니다. 잘 듣고 아래의
내용이 맞으면 ○, 틀리면 ×에 표시하세요.
以下是一段對游泳選手的採訪內容。請仔細聆聽，如果下方的
內容正確，請標示○。錯誤的話，請標示×。

1) 이 선수는 세계 대회에서 1등을 했다.　　　　☐○ ☐×

2) 이 선수의 가족은 모두 수영 선수이거나
　수영 선수 출신이다.　　　　　　　　　　　☐○ ☐×

3) 이 선수는 성격이 내성적인 편이다.　　　　　☐○ ☐×

4) 이 선수는 석 달 후에 세계기록을
　세우는 것이 꿈이다.　　　　　　　　　　　☐○ ☐×

◼ 新語彙

장기적 長期的

세계기록을 세우다
創造世界紀錄

🎤 口說_말하기

1 반 친구들에 대해 알아보세요.
請試著了解一下班上的朋友。

- 친구의 고향, 성장 과정, 성격을 알고 싶으면 어떻게 질문해야 할까요?
  如果想知道朋友的故鄉、成長過程、性格，應該要如何提問呢？

- 친구들과 함께 이야기해 보세요. 아래에 제시된 것 외에 더 묻고 싶은 것이 있으면 물어보세요.
  請試著和朋友們聊聊。在下方提示的主題外，如果還有想知道的，請追加提問。

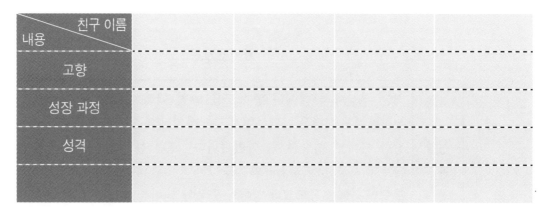

내용 ＼ 친구 이름				
고향				
성장 과정				
성격				

- 친구에 대해 새롭게 알게 된 내용이 있으면 다른 친구에게도 알려 주세요.
  如果知道了朋友新的資訊，請轉告其他朋友。

2 동호회에 신입 회원이 들어왔습니다. 서로 소개해 보세요.
同好會來了一名新成員，請互相介紹一下。

- 4명이 한 조를 만드세요. 3명은 동호회의 기존 회원이고, 1명은 신입 회원입니다.
  請以4人為一組，其中3人扮演同好會的舊成員，1人扮演新成員。

- 신입 회원은 자신을 어떻게 소개할지 생각해 보세요. 그리고 기존 회원은 신입 회원에게 질문할 내용을 생각해 보세요.
  請想想新成員會如何介紹自己，還有也請想想舊成員會問新成員些什麼內容。

- 자기를 소개하고 궁금한 것을 묻고 대답해 보세요. 이야기가 끝나면 역할을 바꿔 다시 해 보세요.
  在自我介紹後，請提問並回答想知道的內容。談話結束後，請互換角色重新進行一次。

📖 閱讀_읽기

1 다음은 직원 선발용 자기소개서 양식에 쓴 글입니다. 잘 읽고 질문에 답하세요.
以下的文章是招聘員工時書寫的制式自我介紹。請仔細閱讀後，回答問題。

● 자기소개서 양식에 제시된 항목을 보고, 어떤 내용이 쓰여 있을지 예측해 보세요.
請在看完制式自我介紹的項目後，預測一下會寫些什麼內容。

● 빠른 속도로 읽으면서 예상한 내용과 같은지 확인해 보세요.
請快速地閱讀，並同時確認一下是否與預想的內容相符。

자기소개서

성장 과정	저는 부산에서 태어나 중학교를 마칠 때까지 부산에서 자랐습니다. 부모님께서 식당을 운영하며 밤늦게까지 일하셨기 때문에 저는 자립심이 강한 아이로 성장할 수 있었습니다. 그런 한편 두 살 아래의 동생을 돌보며 자상한 성격과 책임감을 갖게 되었습니다. 저는 교육열이 높으신 부모님 덕에 초등학교때 영어와 중국어, 피아노, 태권도 등을 배워 다양한 특기를 가지게 되었습니다.
대학 생활	저는 대학에 입학하며 다음과 같은 세 가지 계획을 세웠습니다. '열심히 공부하자', '다양한 경험을 쌓자', '봉사하는 삶을 살자'. 저는 대학 생활 중 이 계획을 성실히 실천했습니다. 전공인 경영학을 열심히 공부해 전 학년 평균 평점을 4.5점 만점에 4.3점을 받았습니다. 그리고 교환학생으로 중국에 다녀오고, 우리물산 등에서 인턴 활동을 하며 다양한 경험을 쌓았습니다. 그리고 외국인 유학생 도우미 등과 같은 봉사활동을 했습니다.
취미 및 특기	영어와 중국어 실력이 뛰어나 공식석상에서 발표를 할 수 있을 정도의 수준을 갖추고 있습니다. 그리고 컴퓨터 문서 처리 자격증도 취득해 업무를 효율적으로 처리할 능력을 갖추고 있습니다.
향후 계획	우리물산은 대학 1학년 때부터 제가 일하기를 꿈꾸던 기업입니다. 저는 해외 영업과에서 일하며 수출입 업무를 차근차근 배우고 싶습니다. 그리고 기회가 닿으면 해외 지사에 나가 새로운 시장을 개척해 보고 싶습니다.

● 다시 한 번 읽고 아래의 내용이 글과 같으면 ○ , 다르면 ✕에 표시하세요.
請再次閱讀，如果與下方的句子相符，請標示○。不相符的話，請標示✕。

1) 이 사람의 부모님은 자녀 교육에 관심이 많았다.   ○   ✕

2) 이 사람은 대학 때 우리물산에서 일한 적이 있다.   ○   ✕

3) 이 사람은 컴퓨터 문서 처리 자격증을 가지고 있다.   ○   ✕

4) 이 사람은 해외 지사를 첫 근무지로 희망하고 있다.   ○   ✕

5) 이 사람의 꿈은 해외에 자신의 회사를 차리는 것이다.   ○   ✕

新語彙	
자립심 獨立心	
인턴 활동 實習活動	
공식석상 正式場合	
문서 처리 文書處理、文件處理	
취득하다 取得、獲得	
효율적 有效率的	
해외 영업과 海外營業部門	
차근차근 有條有理地	
기회가 닿다 機會來臨、有機會	
개척하다 開拓、開展	

● 위에서 자기소개서라는 글의 특성을 잘 나타내는 문장이나 표현을 찾아보고, 자신에 대한 정보를 어떻게 표현할 수 있을지 생각해 보세요.
請試著在上方找出能顯現自我介紹特色的句子或表現，並想想要如何表現與自己相關的資訊。

寫作_쓰기

1 읽기와 같이 자기소개서를 써 보세요.
請仿照閱讀部分的內容，試著寫一篇自我介紹。

- 먼저 어디에 제출할 자기소개서를 쓸 것인지를 정하세요.
  請先決定這篇自我介紹要投到什麼地方。

  예) 취직 희망 회사, 진학 희망 대학, 장학금 지원 기관 등

- 항목을 보고 어떤 내용을 쓸지 구상해 보세요. 그리고 읽을 사람이 무엇을 기대할지 생각하면서 내용을 구상하세요.
  請構想一下每個項目要填入什麼內容，並想想閱讀的人期待些什麼內容，來構思自我介紹的內容。

- 꼭 포함시켜야 할 내용과 그리고 그것과 관련된 구체적인 정보를 메모해 보세요.
  請簡單寫下必備的內容以及相關的具體資訊。

- 메모한 내용을 바탕으로 글을 써 보세요.
  請以寫下的內容為基礎，試著寫一篇自我介紹。

- 목적에 맞게 자신을 잘 소개했는지 확인하고 수정해 보세요.
  請確認自我介紹書寫的目的，並做適當修正。

  예) 관심을 가질 만한 내용으로 구성되었는지, 빠진 정보가 없는지, 불필요하게
  　　들어간 정보가 없는지 등

- 위에서 쓴 내용을 바탕으로 격식적인 상황에 맞게 자신을 소개해 보세요.
  請以上方所寫的內容為基礎，假設自己在正式的場合來自我介紹。

자기 평가 🖊 　　　　　　　　　　　　　　　　　　　　　　　自我評價

- 비격식적인 자리나 격식적인 자리에서 자신을 소개할 수 있습니까?
  能在非正式或者正式的場合介紹自己嗎？ | 非常棒 ●─●─●─● 待加強

- 성장 과정, 성격 등을 포함해 자신을 설명할 수 있습니까?
  能說明自己的成長過程、性格等資訊嗎？ | 非常棒 ●─●─●─● 待加強

- 공식적인 자기소개서를 읽고 쓸 수 있습니까?
  能讀懂並書寫正式的自我介紹嗎？ | 非常棒 ●─●─●─● 待加強

1 -(으)며

- -(으)며是-(으)면서的正式表現，常用於說明文、社論、官方文件或者公告中。表現 1）兩個同時的動作 2）兩個同等的事實。

  나는 아침에 신문을 읽으면서 커피를 마셔요.
  나는 아침에 신문을 읽으며 커피를 마신다.

  K대 교수이면서 시인인 조지훈 선생님을 소개합니다.
  K대 교수이며 시인인 조지훈 선생님을 소개하겠다.

- 根據其語幹，分為以下兩種形態。
  a. 語幹以母音或ㄹ結尾時，使用-며。
  b. 語幹以ㄹ以外的其他子音結尾時，使用-으며。

  (1) 친구와 여행 사진을 보며 이야기를 나눴다.
  (2) 그는 집안 형편이 어려웠기 때문에 돈을 벌며 대학에 다녔다.
  (3) 나는 적극적이며 활발한 성격의 소유자이다.
  (4) 내 고향은 ＿＿＿＿＿＿＿＿＿＿＿＿ 곳이다.

2 -(으)나

- -(으)나是-지만的正式表現，常用於說明文、社論、官方文件或者公告中，表現兩個對立的事實。

  가진 돈은 없지만 희망이 있어 행복해요.
  가진 돈은 없으나 희망이 있어 행복하다.

- 根據其語幹，分為以下兩種形態。
  a. 語幹以母音或ㄹ結尾時，使用-나。
  b. 語幹以ㄹ以外的其他子音結尾時，使用-으나。

  (1) 한국어를 열심히 공부하나 실력이 잘 늘지 않는다.
  (2) 직원 대부분이 참가 신청서를 냈으나 김 대리는 내지 않았다.
  (3) 친구 집에 찾아갔으나 친구를 만나지 못했다.
  (4) ＿＿＿＿＿＿＿＿＿＿＿＿ 성격은 밝고 쾌활하다.

3 -아/어/여

- -아/어/여是-아/어/여서的正式表現，常用於説明文、社論、官方文件或者公告中。表現理由或兩子句的先後順序。

  너무 바빠서 점심을 못 먹었어요.
  너무 바빠 점심을 못 먹었다.

  오래간만에 친구를 만나서 많은 이야기를 나누었어요.
  오래간만에 친구를 만나 많은 이야기를 나누었다.

- 根據其語幹最後的母音，分為以下三種形態。
  a. 語幹最後的母音為ㅏ、ㅗ（하다除外）時，使用-아。
  b. 語幹最後的母音為ㅏ、ㅗ以外的其他母音時，使用-어。
  c. 語幹以하結尾時，使用-여而成為하여的形態，但更常結合成해。

  (1) 건강이 안 좋아 군대에 가지 못했다.
  (2) 한국 회사에 취직하고 싶어 한국어를 열심히 공부한다.
  (3) 이 음식은 맛과 향이 강해 먹기가 힘들다.
  (4) 그는 쉬는 날이면 몇 시간이고 거실에 앉아 그 사이 읽지 못한 신문을 읽는다.
  (5) _____ 출장이 많다.
  (6) _____ 친구에게 선물로 주었다.

MEMO

제2과 날씨와 생활
天氣與生活

目標

各位將能描述天氣和氣候對日常生活造成的影響。

主題	天氣與生活
功能	談論氣候的特徵、談論天氣對生活造成的影響
活動	聽力：聆聽一段有關天氣的對話、聆聽一段天氣預報 口說：談論天氣與生活、說明氣候 閱讀：閱讀一段有關氣候的報導 寫作：說明氣候
語彙	天氣、與天氣有關的表現、氣候
文法	-더니, -치고, -더라도
發音	「너무」和「너~무」
文化	時令食物

제2과 **날씨와 생활** 天氣與生活

1. 지금은 어느 계절인 것 같아요? 여자는 왜 이렇게 하고 있을까요?

2. 날씨와 기후에 따라 사람들의 생활은 어떻게 달라질까요?

1

세호 : 와, 덥다 더워. 며칠 전까지만 해도 아침에는 좀 괜찮더니
　　　오늘은 아침부터 푹푹 찌네요.

미경 : 어머, 세호 씨. 여름에 웬 기침이에요? 감기 걸렸어요?

세호 : 요 며칠 너무 더워서 에어컨을 계속 켜 놓고 지냈는데,
　　　진짜 감기인가…….

미경 : 아무래도 냉방병인가 보네요. 덥다고 에어컨을 계속 켜
　　　놓으면 건강에도 안 좋아요. 그리고 이 정도면 여름치고
　　　더운 것도 아니잖아요.

세호 : 제가 워낙 더위를 많이 타는 체질이라서 여름에는 에어컨 없인
　　　못 살거든요.

미경 : 그래도 더울 땐 좀 덥게, 추울 땐 좀 춥게 지내야지요.

新語彙

푹푹 찌다	悶熱
냉방병	空調病
더위를 타다	怕熱

2

알 렉 스 : 다녀왔습니다. 어, 아주머니 뭐 하세요?

아주머니 : 응, 왔니? 김장하려고. 그러고 보니 알렉스는 김장하는 거
　　　　　처음 보겠구나.

알 렉 스 : 네. 그런데 배추가 왜 이렇게 많아요? 이걸 어떻게 다
　　　　　먹어요?

아주머니 : 이게 뭐가 많아? 겨울 내내 먹을 건데. 날이 추워지면
　　　　　김치를 자주 담그기 어려우니까 이렇게 김장을 해 놓고
　　　　　두고 두고 먹는 거야.

알 렉 스 : 아, 그런데 요즘엔 언제든지 채소를 살 수 있고 날씨도
　　　　　별로 춥지 않잖아요.

아주머니 : 요즘 겨울이 아무리 따뜻해졌다고 하더라도 겨울은
　　　　　겨울이야. 찬바람이 불면 김장은 해야지.

알 렉 스 : 그렇구나. 근데 이 많은 걸 어디에 보관해요?

아주머니 : 김치냉장고에 보관하지. 그리고 땅속에 김칫독을 묻어
　　　　　두기도 하고.

新語彙

김장을 하다	醃製過冬泡菜
내내	一直、始終
두고 두고	長期多次地
보관하다	保管、保存
김치냉장고	泡菜冰箱
땅	土地
김칫독	泡菜缸

3

적도 바로 위에 위치한 말레이시아는 전형적인 열대 기후 지역으로 연평균 기온이 27℃쯤 된다. 동부와 서부의 차이가 있기는 하나, 고온 다습한 기후로 인해 연평균 강수량이 2,500mm 정도이다. 연중 기온의 변화가 거의 없고 낮과 밤의 길이도 비슷하다. 말레이시아 기후의 또 다른 특징은 우기가 있다는 것이다. 우기에는 하루에도 몇 차례씩 소나기가 내려 건기에 비해 평균 기온이 10℃ 이상 내려가기도 한다.

말레이시아에서는 고온 다습한 기후로 인해 독특한 가옥 형태가 발달하였다. 땅 위에 바로 집을 짓지 않고 기둥을 두어, 건기에는 지열이 집에 직접적으로 전달되지 않도록 하고, 우기에는 갑작스럽게 불어난 물이 집으로 들어오지 않도록 하였다.

문화　계절 음식　時令食物

● 계절은 사람들의 생활에 어떤 영향을 미칠까요? 어떤 부분에 가장 큰 영향을 미칠까요?
季節會對人們的生活產生什麼樣的影響呢？對哪一部分的影響最大呢？

● 사계절이 뚜렷한 한국은 계절마다 먹는 음식에도 큰 차이가 있습니다. 다음은 한국의 계절별 음식에 관한 글입니다.
잘 읽고 한국의 계절별 음식에 대해 이해해 보세요.
韓國四季分明，每個季節的食物也有很大的差異。以下是有關韓國每個季節飲食的文章。請仔細閱讀，並試著了解韓國的時令食物。

在春天，野蒜（달래）、薺菜（냉이）、水芹（미나리）和桔梗（도라지）等都是韓國人普遍喜愛的蔬菜。此外，艾草（쑥）也是一種容易取得的蔬菜，它可以用來煮湯或者做為年糕的材料，所以艾草糕（쑥떡）和一些野生蔬菜都是韓國人非常喜愛的時令食物。時令食物中，像是人蔘雞湯（삼계탕）和辣牛肉湯（육개장）這樣營養豐富、滋補身體的食物，在夏天就相當受到歡迎。人蔘雞湯是把糯米、大蒜、紅棗，以及其他材料放入雞中，和人蔘一起熬煮而成的食物。而辣牛肉湯，則是在料理過程中加入辛香料煮成，一年到頭都很受到韓國人歡迎。

秋天是個收穫的季節，此時可以吃到用剛收成的穀物烹煮而成的飯，還可以配上如蘿蔔塊泡菜（깍두기）等菜餚。秋天的菊花則可以用來製成菊花煎餅（화전）或菊花酒（국화주）。冬天天寒地凍，沒有農作可以收穫，因此韓國人會食用春天曬乾保存的蔬菜。而在初冬之際，也是韓國人醃製泡菜的時節。

● 여러분 고향에도 계절의 특징이 드러나는 음식이 있으면 이야기해 보세요.
如果各位的家鄉也有體現季節特性的食物，請試著說說看。

말하기 연습

1 〈보기〉와 같이 연습하고, 오늘 날씨에 대해 이야기해 보세요.

> **보기**
>
> ### 날씨가 쌀쌀하다 / 무척 추워졌다
>
> 가 : 날씨가 쌀쌀하지요?
> 나 : 네. 무척 추워졌어요.

날씨 天氣

날이 풀리다	天氣回暖
포근하다	暖和的
화창하다	風和日麗的
무덥다	濕熱的、悶熱的
후텁지근하다/후덥지근하다	（稍微）濕熱的、悶熱的
선선하다	涼爽的、涼快的
서늘하다	寒冷的
썰렁하다	微寒的
바람이 매섭다	狂風大作
푹하다	暖和的
푹푹 찌다	悶熱

❶ 날이 많이 풀렸다 / 포근해졌다

❷ 오늘 참 선선하다 / 바람도 시원해졌다

❸ 날이 푹하다 / 어제보다 따뜻해졌다

❹ 날이 후텁지근하다 / 습도가 아주 높다

❺ 바람이 매섭다 / 날씨가 몹시 춥다

❻ 정말 푹푹 찌다 / 오늘 꽤 무덥다

2 〈보기〉와 같이 이야기해 보세요.

> **보기**
>
> ### 가을 / 햇살이 따갑다, 바람이 선선해졌다
>
> 가 : 이젠 정말 가을인가 봐요.
> 나 : 그러게요. 며칠 전만 해도 햇살이 따갑더니 오늘은 바람이 선선해졌네요.

語言提點

「푹하다」用來形容暖和，但不用在春天或夏天，只適用於冬天氣溫突然回升變暖的情況。

❶ 봄 / 쌀쌀하다, 날이 많이 풀렸다

❷ 여름 / 후텁지근하다, 푹푹 찐다

❸ 가을 / 무덥게 느껴지다, 선선하다

❹ 가을 / 땀이 줄줄 흐르다, 바람이 시원하다

❺ 겨울 / 좀 서늘한 정도이다, 손발이 시리다

❻ 겨울 / 약간 썰렁한 정도이다, 바람이 아주 매섭다

3 〈보기〉와 같이 이야기해 보세요.

> **보기**
>
> **사람들 옷차림이 가벼워졌다, 봄 / 아직 춥다**
>
> 가: 사람들 옷차림이 가벼워진 것을 보니 봄이긴 봄인가
> 봐요.
> 나: 그래요? 저는 봄 날씨치고 아직 추운 것 같은데요.

新語彙

옷차림 衣著、穿著

❶ 산책하는 사람들이 많다, 봄 / 바람이 매섭다

❷ 에어컨을 켜 놓은 곳이 많다, 여름 / 별로 덥지 않다

❸ 긴 옷을 가지고 다니는 사람들이 늘다, 가을 /
아직 후텁지근하다

❹ 장갑을 끼고 다니는 사람이 늘다, 겨울 /
별로 춥지 않다

4 〈보기〉와 같이 연습하고, 여러분의 경우에 대해 이야기해
보세요.

> **보기**
>
> **열대야 때문에 잠을 거의 못 잤다 / 한숨도 못 잤다**
>
> 가: 열대야 때문에 잠을 거의 못 잤어요.
> 나: 그렇죠? 그래서 저도 한숨도 못 잤어요.

날씨와 관련된 표현
與天氣相關的表現

춘곤증 春睏症
꽃가루가 날리다 花粉飛揚
꽃샘추위 春寒
불쾌지수 （因溫度、濕度造成
的）不適指數
열대야 （夜晚氣溫在25℃以上
的）熱帶夜
찜통더위 像在蒸籠裡一樣悶熱
천고마비 秋高氣爽
삼한사온 三天寒冷四天溫暖
동장군 寒冬、嚴冬

❶ 춘곤증 때문에 하루 종일 졸았다 / 낮잠을 좀 잤다

❷ 거리에 개나리가 한창이다 / 구경하러 갔다 왔다

❸ 꽃가루가 날려서 재채기가 멈추지 않는다 /
휴지를 달고 산다

❹ 찜통더위 때문에 불쾌지수가 높다 /
하루에도 몇 번이나 샤워를 한다

❺ 가을은 정말 천고마비의 계절인 것 같다 /
종일 먹기만 하는 것 같다

❻ 눈이 많이 오고 길이 미끄럽다 / 몇 번 넘어질 뻔했다

〈보기〉와 같이 이야기해 보세요.

> **보기**
>
> **졸리다, 계속 잠만 자다 / 산책을 하다**
>
> 가: 요새는 너무 졸려서 계속 잠만 자요.
> 나: 졸리더라도 그렇게 계속 잠만 자지 말고 산책이라도 좀 하세요.

❶ 덥다, 하루 종일 에어컨을 켜 놓다 / 환기를 시키다

❷ 춥다, 방에만 있다 / 가벼운 운동을 하다

❸ 불쾌지수가 높다, 짜증만 내다 / 신나는 일을 찾아보다

❹ 날이 좋다, 매일 놀기만 하다 / 책을 읽다

 〈보기〉와 같이 연습하고, 고향의 날씨에 대해 이야기해 보세요.

> **보기**
>
> **춥다 / X, 열대성 기후, 한국처럼 춥지 않다**
>
> 가: 오늘 정말 춥네요. 마야 씨 고향도 이렇게 추워요?
> 나: 아니요, 제 고향은 열대성 기후 지역에 속해서 한국처럼 춥지 않아요.

❶ 춥다 / X, 지중해성 기후, 한국보다 훨씬 따뜻하다

❷ 덥다 / X, 해양성 기후, 이곳보다는 덜 덥다

❸ 습하다 / X, 건조 기후, 습한 날이 거의 없다

❹ 건조하다 / O, 고산 기후, 꽤 건조하다

❺ 덥다 / O, 온대성 기후, 한국만큼 덥다

❻ 춥다 / O, 대륙성 기후, 겨울엔 한국보다 더 춥다

■ 발음 發音

「너무」和「너~무」

> 가: 그 영화 너무 재미있지?
> 나: 너무 정도가 아니지. 너~무 재미있지.

韓國人在強調某種狀態或者程度時，習慣上加長一個字的音節，並且在發長音節時會刻意縮緊小舌部位。

▶ **연습해 보세요.**

(1) 가: 요즘 너무 덥지?
　　나: 맞아. 너무 더워. 에어컨 없이는 못 살겠어.

(2) 가: 눈이 많이 왔네요.
　　나: 네, 어제 정말 많이 내렸죠.

(3) 가: 저는 키가 큰 남자가 좋아요. 앤디 씨는요?
　　나: 저는 예쁜 여자가 좋아요.

■ 기후 氣候

온대성 溫帶性
열대성 熱帶性
해양성 海洋性
대륙성 大陸性
지중해성 地中海性
건조 乾燥
고산 高山

〈보기〉와 같이 연습하고, 여러분 나라의 기후에 대해 이야기해 보세요.

> **보기**
>
> **몽골, 대륙성 기후 / 강수량이 적고 맑은 날이 많다**
>
> 가: 몽골은 대륙성 기후 지역에 속하지요?
>
> 나: 맞아요. 그래서 강수량이 적고 맑은 날이 많아요.

新語彙

속하다	屬於、所屬
영향을 받다	受影響
일교차	晝夜溫差
연교차	年較差

❶ 그리스, 지중해성 기후 /
여름에는 건조하고 겨울에는 습한 편이다

❷ 싱가포르, 열대성 기후 /
고온 다습하고 계절의 변화가 거의 없다

❸ 스페인, 해양성 기후 / 겨울에 별로 춥지 않다

❹ 이집트, 건조 기후 / 일교차와 연교차가 큰 편이다

❺ 한국, 온대성 기후 / 사계절의 특징이 아주 뚜렷하다

 〈보기〉와 같이 이야기해 보세요.

> **보기**
>
> **해양성 기후, 안개로 인한 사고에 좀 더 신경을 쓰다**
>
> 가: 여기에서의 생활과 마야 씨 고향에서의 생활은 다른
> 점이 좀 있지요?
>
> 나: 네. 거기는 해양성 기후에 속한 지역이라서 안개로
> 인한 사고에 좀 더 신경을 쓰는 편이에요.

新語彙

자외선 차단제	防曬乳
보습	保濕
가급적	盡可能、盡量
피하다	避開、避免

❶ 열대성 기후, 햇빛이 강해서 자외선 차단제를 꼭
챙기다

❷ 온대성 기후, 사계절이 뚜렷해서 계절별로 준비할
것들이 많다

❸ 건조 기후, 건조한 모래 바람을 막을 수 있는 긴 옷을 항상
가지고 다니다

❹ 대륙성 기후, 피부가 건조해지지 않게 보습에 신경을 쓰다

❺ 지중해성 기후, 한낮에는 활동을 가급적 피하다

9 〈보기〉와 같이 이야기해 보세요.

> **보기**
>
> ### 지중해성 기후, 고온 건조, 그리스
>
> 가: 지중해성 기후의 특징은 무엇입니까?
>
> 나: 지중해성 기후는 여름에는 덥고 건조합니다.
> 그렇지만 나무 그늘에 있으면 시원하기 때문에
> 한국보다는 덜 덥게 느껴집니다. 그래도 햇빛이
> 강하기 때문에 자외선 차단제를 꼭 챙겨야 합니다.
> 지중해성 기후 지역에 속하는 대표적인 나라는
> 그리스입니다.

❶ 열대성 기후, 고온 다습, 말레이시아

❷ 온대성 기후, 사계절이 뚜렷하다, 프랑스

❸ 대륙성 기후, 기온 차가 심하다, 몽골

❹ 해양성 기후, 습도가 높다, 영국

聽力_듣기

1 다음은 날씨에 대한 대화입니다. 잘 듣고 아래의 내용이
맞으면○, 틀리면 ✕에 표시하세요.
以下是一段關於天氣的對話。請仔細聆聽，如果下方的內容正確，
請標示○。錯誤的話，請標示✕。

(1) 남자는 매년 봄마다 나들이를 계획했다.　　　○　　✕

(2) 이 사람들은 발표 준비를 하기 위해 모여
있다.　　○　　✕

(3) 여자들은 모두 남자의 계획에 적극적으로
찬성하고 있다.　　○　　✕

▶ 新語彙

궁리하다 琢磨、思索
머리에 쥐가 나다
腦袋麻木（形容在厭惡或可怕的
狀態下，失去熱情或想法。）

2 다음은 일기 예보입니다. 잘 듣고 질문에 답하세요.
以下是一段天氣預報。請仔細聆聽後，回答問題。

1) 어제까지의 날씨는 어땠습니까?

2) 앞으로의 날씨는 어떻겠습니까?

3) 요즘 같은 날씨에는 무엇을 해야 합니까?

▶ 新語彙

변덕스럽다 多變的、變化無常的
소강상태 緩和、稍微穩定
대비하다 防備、應對
점검하다 檢查、核對
상습 침수 지역 易淹水地區
세균 번식 細菌繁殖
식중독 食物中毒

口說_말하기

1 날씨와 생활에 대해 친구와 이야기해 보세요.
請和朋友談論有關天氣與生活的話題。

1) 좋아하는 날씨와 싫어하는 날씨

    (1) 어떤 날씨를 좋아합니까? / 싫어합니까? 그 이유는 무엇입니까?

    (2) 그런 날씨에는 무엇을 합니까?

    (3)

2) 고향의 계절별 날씨와 생활

    (1) 어느 계절이 있습니까? 그리고 각 계절의 특징은 무엇입니까?

    (2) 각 계절에 따른 사람들의 생활 모습은 어떻습니까?

    (3) 그 계절, 날씨만의 특별한 것이 있습니까?

    (4)

2 각 기후 지역에 대한 자료를 준비해 그 특징을 설명해 보세요.
請準備不同地區氣候的相關資料，並說明其特徵。

- 두세 명이 한 조가 되어 기후 지역을 선택하세요.
  請兩、三人為一組，選擇不同氣候的地區。

- 그 기후의 특징을 소개하기 위한 자료를 모아 보세요.
  請試著搜集資料，來介紹這氣候的特徵。

  예) 기후의 특징, 기후가 생활에 미치는 영향(의식주), 계절이 바뀌기 전에
  준비하는 것 등

- 준비한 자료를 정리해 어떤 내용과 순서로 발표할지 구상해 보세요.
  請整理準備好的資料，構想一下要發表的內容及順序。

- 구상한 내용을 바탕으로 발표해 보세요.
  請以構想好的內容為基礎，試著發表看看。

- 친구들의 발표를 들으면서 알게 된 새로운 정보가 있으면 다른 친구들에게도 알려
  주세요.
  在聽朋友發表的同時，如果有獲得新的資訊，也請告訴其他朋友。

📖 閱讀_읽기

1 다음은 세계에서 가장 추운 도시에 관한 글입니다. 잘 읽고 질문에 답하세요.
以下是有關世界上最冷城市的文章。請仔細閱讀後，回答問題。

● 세계에서 가장 추운 도시는 어디일까요? 날씨가 추울 때 어떤 일이 생길까요?
世界上最冷的城市會是在哪裡呢？天氣冷的時候，會發生什麼事情呢？

● 기후에 관한 글에는 어떤 내용이 쓰여 있을지 예측해 보세요.
請預測一下有關氣候的文章中，會寫些什麼樣的內容。

● 빠른 속도로 읽으면서 예상한 내용과 같은지 확인해 보세요.
請快速地閱讀，並同時確認一下是否與預想的內容相符。

일반적으로 기온이 영하 5℃로 떨어지면 대부분의 사람들은 모자와 목도리를 착용한다. 영하 20℃면 콧속 습기가 얼고 차가운 공기 때문에 기침을 하게 된다. 기온이 더 떨어져 영하 35℃가 되면 노출된 피부가 감각을 잃는다. 영하 45℃까지 내려가면 안경을 벗는 일이 말할 수 없는 고통이 된다. 안경테가 얼굴 피부에 착 들러붙기 때문이다.

그러나 지구에서 가장 추운 도시, 야쿠츠크에 사는 사람들은 영하 50℃의 날씨도 춥기는 하지만 아주 추운 건 아니라고 말한다. 동부 시베리아에 위치한 이곳은 1월 평균 기온이 영하 40℃이기 때문이다. 며칠 전 기온이 영하 50℃까지 떨어지자 도시 대부분의 난방 시설은 또다시 동파되었다. 그러나 야쿠츠크에서는 시민들이 담요를 뒤집어 쓴 채 삼삼오오 모여 일상적인 이야기를 주고받는 모습을 심심치 않게 볼 수 있었다.

영하 40℃에도 거리를 활보하고 영하 55℃가 되면 임시 휴교라는 이유로 신이 나는 아이들. 그들은 우리의 생각만큼 추워하지는 않나 보다.

新語彙

노출되다 曝露、曝光
착 들러붙다 緊緊黏住
야쿠츠크 雅庫茨克
시베리아 西伯利亞
동파 凍裂、凍破
뒤집어 쓰다 捂上、蒙上
활보하다 闊步
임시 휴교 臨時停課

● 다시 한 번 읽고 아래의 내용이 글과 같으면 ○, 다르면 ✕에 표시하세요.
請再次閱讀，如果下方的內容與文章相符，請標示○。不相符的話，請標示✕。

(1) 야쿠츠크의 연평균 기온은 영하 40℃이다. 　　　　　　　 ○ ✕

(2) 이곳에서는 추위로 인해 안경을 착용하는 사람이 거의 없다. 　○ ✕

(3) 야쿠츠크에서는 동파 사고가 자주 발생한다. 　　　　　　 ○ ✕

(4) 이곳에서는 영하 55℃가 되면 아이들은 학교에 가지 않아도 된다. ○ ✕

寫作_쓰기

1 고향의 기후를 설명하는 글을 써 보세요.
請試著書寫一篇文章來說明家鄉的氣候。

- 말하기 **2**에서 이야기한 것과 같이 고향의 기후를 설명하는 글을 써 보세요.
如請仿照口說 **2** 中談論的內容，試著書寫一篇說明家鄉氣候的文章。

- 기후를 설명하기 위해서는 어떤 내용을 포함해야 할까요? 개요를 작성해 보세요.
說明氣候應該要包含哪些內容呢？請試著整理出概要。

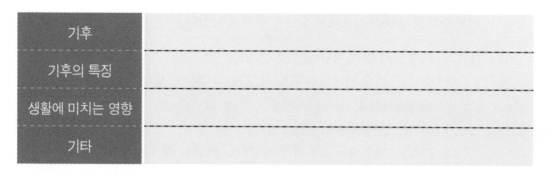

기후	
기후의 특징	
생활에 미치는 영향	
기타	

- 작성한 개요를 친구와 바꿔 읽고 어떤 내용을 더 보충하면 좋을지 이야기해 보세요.
請將書寫好的概要和朋友交換閱讀，並說說看要補充哪些內容會比較好。

- 친구와 이야기한 내용을 반영해 개요를 수정해 보세요.
請在修正概要時反映出與朋友談論的內容。

- 수정한 개요를 바탕으로 글을 완성해 보세요.
請以修正後的概要為基礎，試著完成一篇文章。

자기 평가

자我評價

- 기후에 대해 객관적으로 설명할 수 있습니까?
能客觀地說明氣候嗎？
非常棒 ●—●—●—● 待加強

- 날씨가 생활에 어떤 영향을 미치는지 이야기할 수 있습니까?
能談論天氣對人們的生活造成什麼樣的影響嗎？
非常棒 ●—●—●—● 待加強

- 날씨와 생활, 기후를 설명하는 글을 읽고 쓸 수 있습니까?
能讀懂並書寫說明天氣、生活與氣候的文章嗎？
非常棒 ●—●—●—● 待加強

1 **-더니**

- -더니接在動詞、形容詞、「名詞＋이다」後，表現話者過去感受或經歷過的事情已有所變化。

어제는 눈이 펑펑 내리더니 오늘은 봄 날씨처럼 포근하다.

- -더니不可以用於第一人稱，但與身體相關的用法除外。

어제는 머리가 많이 아프더니 오늘은 한결 좋아졌다.

(1) 가 : 이제 날이 많이 시원해진 것 같아요.
  나 : 맞아요. 며칠 전까지만 해도 잠도 못 잘 정도로 덥더니 어느새 바람이
    선선해졌어요.
(2) 가 : 여기는 날씨가 진짜 변덕스럽지요?
  나 : 그래요. 아침에는 폭우가 쏟아지더니 지금은 해가 쨍쨍하잖아요.
(3) 가 : 이제 한국 생활이 많이 익숙해졌나 봐. 처음에는 한국 음식을 입에도 못 대더니
    요즘에는 한국 음식만 찾네.
  나 : 나도 한국 사람 다 됐지, 뭐.
(4) 가 : 요즘 날씨 많이 풀렸지요?
  나 : _____.

2 **-치고**

- -치고接在名詞後的助詞，表現某事不同於一般的狀況。-치고는可強調其意義，並可縮寫為-치곤。

겨울 날씨치고 따뜻하다.

(1) 가 : 오늘은 날씨가 어떻대?
  나 : 별로 덥지 않대. 요즘은 여름치고 참 시원한 편이야.
(2) 가 : 새로 온 오세인 씨는 일을 잘해요?
  나 : 신입 사원치고는 일 처리를 아주 잘하는 것 같아요.
(3) 가 : 수미 씨 아들 말이에요. 어린아이치곤 아주 생각이 깊은 것 같아요.
  나 : 네, 정말 그렇더라고요.
(4) 가 : 여기 음식 너무 비싸지요? 그런데 맛은 어때요?
  나 : _____.

3 -더라도

● -더라도接在動詞、形容詞、「名詞＋이다」後，表現一個負面、極端的情況，或是後文的內容完成的機會不大。

● 在-더라도的句型中，前面部分提到的內容包含了一種簡單的假設或現狀的提示。

피곤하더라도 네가 맡은 일은 끝까지 해야 한다.
아무리 늦더라도 그는 서두르지 않는다.

(1) 가 : 아까는 너무 더워서 팥빙수를 3개나 먹었어.
　　나 : 그러면 안 돼. 배탈이 나기 쉬워. 다음에는 아무리 덥더라도 그러지 마.

(2) 가 : 이 일은 진하 씨가 해 주면 참 좋을 텐데…….
　　나 : 야, 그런 일은 꿈도 꾸지 마. 네가 밤낮으로 찾아가 부탁을 하더라도 들어주지 않을 게 분명해.

(3) 가 : 정성껏 준비한 거니까 맛이 없더라도 많이 드세요.
　　나 : 아주 맛있어 보이는데요.

(4) 가 : 내일이 시험인데 졸려서 죽을 것 같아요.
　　나 : ＿＿＿＿＿＿＿＿＿＿＿＿＿＿＿＿＿.

제3과 교환 · 환불
換貨 · 退款

目標

各位將能更換或者退掉所購買的商品。

主題	換貨與退款
功能	更換物品、接受退款、説明產品的問題
活動	聽力：聆聽一段有關換貨或者退款的對話、聆聽一段電視購物 換貨 · 退款的語音提示 口説：角色扮演換貨 · 退款的情景、發表自己換貨 · 退款的經驗、 調查購物的傾向 閱讀：閱讀網路商城的使用指南 寫作：書寫一篇短文來要求網路商城換貨或退款
語彙	產品的問題、不能換貨的原因、使動語彙
文法	-길래、-았/었/였더니、使動表現
發音	圓唇母音化
文化	有效使用網路商城的方法

제3과 **교환 · 환불** 換貨 · 退款

1. 여기는 어디입니까? 여자는 지금 무엇을 하고 있을까요?

2. 구입한 물건을 교환하거나 환불 받으려면 어떻게 해야 할까요?

1

손님 : 아저씨, 이거 조금 전에 사 간 멜론인데요. 집에 가서 잘라
       봤더니 속이 다 상했더라고요.

주인 : 멜론은 오늘 새벽에 들여온 거라 그럴 리가 없을 텐데요. 이리
       좀 줘 보시겠어요?

손님 : 요즘 멜론이 맛있다고 하시길래 산 건데…….

주인 : 아이고, 이거 완전히 상했군요. 제가 미처 확인을 못 해서
       죄송합니다. 싱싱한 걸로 바꿔 드릴게요.

손님 : 그럼, 멜론 말고 다른 과일로 바꿔 가도 돼요?

주인 : 물론이지요. 뭐든지 골라 보세요.

손님 : 바꿔 주시지 않을까 봐 걱정했는데. 감사합니다.

新語彙	
멜론	哈密瓜
상하다	變質、腐爛
들여오다	拿進來、買進
그럴 리가 없다	不可能
완전히	完全地、充分地
미처	未及、來不及

2

점원 : 어서 오세요.

손님 : 이 블라우스요, 며칠 전에 구입한 건데, 혹시 환불 받을 수
       있을까요?

점원 : 환불이요? 옷에 무슨 문제라도 있으세요?

손님 : 옷에 문제가 있는 건 아닌데요. 제 체형에는 맞지 않는 것
       같아서요. 어깨하고 등 부분이 너무 헐렁해서 별로 예쁘지가
       않더라고요.

점원 : 제가 다시 봐 드릴 테니까 한번 입고 나와 보시겠어요?

〈잠시 후〉

점원 : 아, 손님이 등에 너무 살이 없으셔서 그러네요. 여기하고
       여기를 조금씩 줄이면 잘 맞으실 것 같은데 수선해서
       입으시는 건 어떠세요?

손님 : 등 부분의 무늬가 특이해서 구입한 건데 거기를 줄이면
       무늬가 달라지잖아요. 그냥 환불해 주세요.

점원 : 네, 알겠습니다. 영수증 좀 보여 주시겠어요?

新語彙	
구입하다	購入、買進
환불	退款
체형	體型、身材
수선하다	修改、修繕
무늬	花紋、紋路
영수증	收據

3

나는 낡은 내 휴대 전화가 싫었다. 남들처럼 세련된 디자인에 다양한 기능을 갖춘 최신형 휴대 전화가 갖고 싶었다. 몇 주 전 드디어 새 휴대 전화를 손에 넣었다. 그런데 기쁨도 잠시, 새 휴대 전화는 문제투성이였다. 통화 중에는 빗소리 같은 잡음이 들렸고, 문자 메시지 작성 중에는 전화기가 꺼지기 일쑤였다. 전화기의 구입처에 가서 교환을 요구했더니 사용한 지 이 주일이 넘은 전화기는 교환이 불가능하단다. 어쩔 수 없이 AS센터에 전화기를 맡겼지만 문제는 개선되지 않았다. 나는 불량품이 분명한데도 교환을 거부하는 휴대 전화 업체의 태도에 화가 났다. 그리고 구형이라는 이유로 멀쩡한 전화기에 싫증을 냈던 나 자신에게도 화가 났다.

 **온라인 쇼핑몰을 효과적으로 이용하는 방법**
有效使用網路商城的方法

● 여러분은 온라인 쇼핑몰을 자주 이용해요? 온라인 쇼핑몰을 효과적으로 이용하기 위해서는 어떻게 해야 할까요?
各位經常使用網路商城嗎？為了有效地使用網路商城，應該要如何做呢？

● 다음은 온라인 쇼핑몰을 효과적으로 이용할 수 있는 방법에 관한 안내입니다. 잘 읽고 온라인 쇼핑몰 이용 방법에 대해서 이해해 보세요.
以下的介紹是有關如何有效使用網路商城的方法。請仔細閱讀，試著瞭解一下網路商城的使用方法。

 雖然有許多消費者習慣上網搜尋便宜的商品，但盲目地將時間花費在網路購物上並不是一種明智的購物方式。以下介紹幾種簡便、省錢，又可以盡量避免換貨、退款的購物方法。
- 務必要確認「安全措施」，例如是否有營利事業登記證號和履約保證服務等。隨著網路消費的增加，消費糾紛的案例也層出不窮。為了避免以上的情況發生，我們在網路購物時應先確認商家的登記證號，並瞭解在網路交易的過程中安全措施是否能夠充分地執行。
- 網路購物的換貨、退款規定：在明確標示換貨、退款規定的網站上購物是明智的選擇。根據電子交易法，單方面認定的換貨與退款規定應視為無效。網路交易過程中如果需要換貨或退款，就需要花費大量的時間與精力，因此最好在購物前就瞭解換貨與退款的相關規定。
- 折價券或累積點數是「聰明購物的準則」。正確使用折價券或點數，可以在購買商品時獲得折扣，用更優惠的價格買到商品。

● 위에 제시된 것 이외에 온라인 쇼핑몰 이용하는 자신만의 효과적인 방법이 있으면 이야기해 보세요.
除了以上提到的幾點以外，如果各位還有其他有效的網路購物方法，請試著說說看。

1 〈보기〉와 같이 이야기해 보세요.

> 보기
>
> **수박, 맛있다고 하다, 속이 다 상했다**
>
> 가: 저기요, 이 수박이요. 맛있다고 하길래 샀는데 속이
> 　　다 상했더라고요.
> 나: 그럴 리가 없을 텐데요. 제가 좀 볼게요.

新語彙

유통 기한 流通期限
신제품 新產品

❶ 딸기, 맛있어 보이다, 너무 시고 맛이 없다

❷ 간장, 싸게 팔다, 유통 기한이 며칠밖에 안 남았다

❸ 구두, 발이 편하다고 하다, 아파서 걸을 수가 없다

❹ 카메라, 신제품이라고 하다, 작년에 나온 제품이다

❺ 치마, 다른 곳에 없는 디자인이라고 하다,
　옆집에서도 판다

2 〈보기〉와 같이 이야기해 보세요.

> 보기
>
> **조금 전, 멜론, 속이 상하다, 교환하다 / 다른 것으로 갖다 주다**
>
> 가: 이거 조금 전에 여기에서 구입한 멜론인데요.
> 　　속이 상했더라고요. 교환할 수 있죠?
> 나: 네, 다른 것으로 갖다 드리겠습니다. 죄송합니다.

제품의 문제 商品存在的問題

상하다 變質、腐爛
이물질이 들어 있다 有異物
유통 기한이 지나다
過了流通期限
바느질이 잘못되다
沒縫好、跳針
품질이 떨어지다 品質下滑
얼룩이 있다 有汙痕、有汙點
파손되어 있다 破損、損壞
사용한 흔적이 있다
有被使用過的痕跡
전원이 켜지지 않다
電源打不開
구성품·사은품이 빠져 있다
缺少零部件 / 贈品

新語彙

가습기 加濕器
물통 水桶、水瓶

❶ 조금 전, 과자, 포장이 파손되어 있다, 교환하다 /
　교환해 주다

❷ 며칠 전, 바지, 주머니가 찢어져 있다, 다른 제품으로
　바꾸다 / 다른 제품으로 갖다 주다

❸ 아까, 티셔츠, 여기 바느질이 잘못됐다, 같은 디자인으로
　교환하다 / 금방 찾아다 주다

❹ 아까, 가습기, 물통이 파손되어 있다, 새 제품으로
　교환하다 / 새 제품으로 교환해 주다

❺ 조금 전, 헤어드라이어, 전원이 켜지지 않다,
　다른 제품으로 교환하다 / 바로 교환해 주다

3 〈보기〉와 같이 이야기해 보세요.

> 보기
>
> **색깔이 컴퓨터 화면에서 보던 것과 다르다, 다른 제품**
>
> 가: 거기에서 주문한 물건을 조금 전에 받았는데요.
> 색깔이 컴퓨터 화면에서 보던 것과 다르던데 혹시
> 다른 제품으로 교환할 수 있을까요?
> 나: 죄송합니다. 그런 경우는 교환이 안 됩니다.

❶ 제품 크기가 생각보다 작다, 다른 제품

❷ 며칠 전에 보니까 신상품이 나왔다, 그 상품

❸ 기대했던 것보다 품질이 떨어지다, 다른 제품

❹ 제가 구입한 직후부터 할인 행사를 하다, 할인 상품

4 〈보기〉와 같이 이야기해 보세요.

> 보기
>
> **티셔츠 세 벌, 입어 보다, 사이즈가 전부 다르다**
>
> 가: 얼마 전에 거기서 티셔츠 세 벌을 주문했거든요.
> 그런데 입어 봤더니 사이즈가 전부 다르더라고요.
> 나: 죄송합니다, 고객님. 확인 후에 다시 보내
> 드리겠습니다.

❶ 운동화, 신어 보다, 주문한 것보다 큰 게 왔다

❷ 전자사전, 잘 살펴보다, 버튼 두 개가 파손되어 있다

❸ 노트북, 제품 상자를 뜯다, 구성품이 몇 개 빠져 있다

❹ 문구 세트, 도착한 물건을 확인해 보다,
사용한 흔적이 있다

❺ 프라이팬, 한두 번 사용하다, 프라이팬 바닥이 조금씩
벗겨지다

❻ 청바지, 한 번 세탁하다, 너무 줄어서 입을 수 없겠다

● 발음 發音

圓唇母音化

> 같은 제품으로 주세요.
> [제푸므로]
> [제푸무로]

如果母音「ㅡ」位於「ㅂ」、「ㅍ」、「ㅃ」、「ㅁ」等唇音後，常會被發成[ㅜ]。這是因為唇音後發[ㅜ]的音要比發[ㅡ]的音來得簡單些。

▶ **연습해 보세요.**

(1) 가: 어떤 제품으로 드릴까요?
　　나: 디자인이 예쁘고 품질이
　　　　좋은 제품으로 보여
　　　　주세요.
(2) 가: 기분 나쁜 일 있었어?
　　나: 아니. 그냥 배고프니까
　　　　힘이 없네.
(3) 가: 영진이가 유학을 간다니
　　　　좀 슬프다.
　　나: 나도 그래. 그렇지만
　　　　기쁜 마음으로 보내
　　　　주자.

● 新語彙

버튼 按鈕、按鍵
뜯다 拆開、撕開
바닥 底部、底面
벗겨지다 脫落、剝落

5 〈보기〉와 같이 이야기해 보세요.

> 보기
>
> ### 전자사전, 잘 살펴보다, 필요한 기능이 거의 없다 / 포장을 뜯었다, 전자 제품
>
> 가: 이 전자사전이요. 잘 살펴봤더니 필요한 기능이 거의 없던데 다른 걸로 교환돼요?
> 나: 죄송합니다. 포장을 뜯은 전자 제품은 교환이 안 됩니다.

❶ 원피스, 집에서 입어 보다, 어울리지 않는 것 같다 / 라벨을 훼손했다, 의류

❷ 스웨터, 집에서 입어 보다, 마음에 안 들다 / 디자인이나 색상에 불만이 있다, 경우

❸ 휴대 전화, 한 번 바닥에 떨어뜨리다, 전원이 자꾸 꺼지다 / 고객 부주의로 문제가 생겼다, 제품

❹ 냄비, 음식을 한 번 태우다, 바닥에 음식이 자꾸 눌어붙다 / 고객 부주의로 문제가 생겼다, 경우

> 교환 불가 사유
> 不能換貨的原因
>
> 포장을 뜯다 拆掉包裝
> 제품을 개봉하다 打開產品
> 제품을 사용하다 使用產品
> 라벨을 훼손하다
> 標籤毀損、商標破損
> 영수증을 분실하다
> 遺失收據
> 고객 부주의로 문제가 생기다
> 因顧客的過失而產生問題
> 디자인이나 색상에 불만이 있다
> 對款式或者顏色不滿意

> 新語彙
>
> 태우다 燒焦
> 눌어붙다 燒焦在鍋底上

6 〈보기〉와 같이 이야기해 보세요.

> 보기
>
> ### 바지, 허리 부분의 바느질이 잘못되어 있다
>
> 가: 저기, 이 바지요. 허리 부분의 바느질이 잘못되어 있던데 교환해 주시겠어요?
> 나: 죄송합니다. 지금은 똑같은 제품이 없는데 주문해 드릴까요?
> 가: 그래요? 그러면 환불해 주세요.

❶ 점퍼, 안감에 얼룩이 묻어 있다

❷ 가방, 안쪽 지퍼가 고장 나 있다

❸ 티셔츠, 소매 부분이 찢어져 있다

❹ 헤어드라이어, 전원이 자주 꺼지다

❺ 가습기, 물통이 깨져 있다

❻ 전자사전, 이 버튼이 안 눌러지다

> 新語彙
>
> 안감 襯裡、內襯
> 묻다 附著、沾染

7 〈보기〉와 같이 이야기해 보세요.

> **보기**
>
> **바지, 허리가 너무 크다 / 허리, 줄다, 입다.**
>
> 가: 이 바지 말이야, 허리가 너무 크네.
> 나: 그러면 허리를 줄인 후에 입어.

■ 사동 어휘 使動語彙

줄이다	使…縮小、使…減少
붙이다	使…黏著、使…附著
녹이다	使…融化
먹이다	餵、讓…吃
익히다	煮熟、使…熟
입히다	給…穿上、使…穿
밝히다	搞清楚、闡明、使…明朗
늘리다	使…增加、使…提高
돌리다	使…轉動
알리다	告訴、讓…知道
울리다	弄哭、使…哭
숨기다	隱瞞、藏匿
남기다	保留、使…剩下
깨우다	叫醒、讓…醒來
비우다	空出、使…騰出
낮추다	降低、壓低
늦추다	推遲、延遲

❶ 치마, 길이가 너무 짧다 / 길이, 늘다, 입다

❷ 의자, 너무 높다 / 높이, 낮다, 사용하다

❸ 바지, 여기에 구멍이 났다 / 천, 붙다, 입다

❹ 고기, 조금 덜 익었다 / 고기, 익다, 먹다

❺ 문, 잘 안 열리다 / 손잡이, 돌다, 밀어 보다

8 〈보기〉와 같이 이야기해 보세요.

> **보기**
>
> **밥을 먹다**
>
> 아이가 밥을 먹어요.
> ⇒ 어머니가 아이에게 밥을 먹게 해요.

❶

옷을 입다

❷

신발을 신다

❸

얼굴을 씻다

❹

짐을 들다

❺

울다

❻

책을 읽다

9 〈보기〉와 같이 이야기해 보세요.

> **보기**
>
> **티셔츠, 교환하다 / 바느질이 잘못되어 있다 /**
> **같은 제품으로 교환해 주다**
>
> 가: 며칠 전에 구입한 티셔츠를 교환하려고 하는데요.
> 나: 제품에 무슨 문제라도 있으십니까?
> 가: 집에 가서 봤더니 바느질이 잘못되어 있더라고요.
> 나: 죄송합니다. 같은 제품으로 교환해 드리겠습니다.
> 가: 네, 감사합니다.

❶ 전자사전, 교환하다 / 전원이 자꾸 꺼지고 버튼도
잘 눌러지지 않다 / 같은 제품으로 교환하다

❷ 운동화, 교환하다 / 제 사이즈보다 큰 게 포장되어
있다 / 작은 걸로 찾아다 주다

❸ 가습기, 환불 받다 / 신상품이 아니라 작년 상품이다 /
환불을 해 주다

❹ 참기름, 환불 받다 / 유통 기한이 일주일 정도밖에
안 남았다 / 환불을 해 주다

▌語言提點

-아/어/여 주다和-아/어/여다 주다
都表現為某人做某事。但與
-아/어/여 주다不同，-아/어/여다
주다更強調場所的變化。如果
受動者比自己年長，則要用
-아/어/여 드리다或-아/어/여다
드리다。

▶ 예
• (돈이 없는 친구를 위해)
  빵을 사 주었다.
• (빵을 사러 갈 시간이 없는
  친구를 위해) 빵을 사다
  주었다.
• 잠깐만 이것 좀 들어 줄래?
• 이것 좀 역까지 들어다 줄래?

🎧 聽力_듣기

1 다음은 전자 제품 매장에서의 대화입니다. 잘 듣고 질문에 답하세요.
以下是一段發生在電子產品賣場的對話。請仔細聆聽後，回答問題。

1) 여자가 전자사전을 구입한 이유는 무엇입니까?

  ❶ 최신 제품이라서

  ❷ 기능이 뛰어나서

  ❸ 사장님이 권해서

  ❹ 할인 행사를 해서

▸新語彙

권하다 勸、勸說
하루가 멀다 하고
三天兩頭、幾乎每天
제대로 好好地、順利地
탓 緣故、歸咎於…

2) 대화가 끝난 후의 남자의 행동으로 알맞은 것을 고르세요.

  ❶ 여자에게 물건 값을 깎아 준다.

  ❷ 여자에게 신제품 전자사전을 갖다 준다.

  ❸ 여자에게 사전의 기능에 대해서 설명한다.

  ❹ 여자가 가지고 온 사전의 문제를 고쳐 준다.

2 다음은 홈쇼핑의 전화 안내입니다. 잘 듣고 질문에 답하세요.
以下是電視購物電話中的介紹。請仔細聆聽後，回答問題。

1) 김수미 씨는 왜 하나 홈쇼핑에 전화했습니까?

▸新語彙

우물 정자 井字鍵
별표 米字鍵
수령 領取、支領

2) 김수미 씨가 전화를 건 후에 누른 전화기의 버튼을
차례대로 이야기해 보세요.

口說_말하기

1 구매자와 판매자가 되어 물건의 교환 및 환불에 관한 역할극을 해 보세요.
請分飾買方與賣方的角色，試著換貨及退款。

- 다음 품목들의 교환 및 환불 사유는 무엇일까요? 또 교환 및 환불이 불가능한 사유는
  무엇일까요? 친구와 함께 이야기해 보세요.
  下列商品換貨及退款的原因是什麼呢？不能換貨及退款的原因又是什麼呢？請和朋友一起討論看看。

  1) 의류나 신발

  2) 전자 제품

  3) 과일 혹은 채소 등의 음식

  4) 생활용품

- 물건을 교환하거나 환불 받으려면 판매자에게 무슨 이야기를 어떻게 해야 할까요?
  판매자는 물건을 교환하거나 환불 받으려는 고객을 어떻게 응대해야 할까요?
  如果想換貨或退款，應該要跟賣方怎麼說呢？賣方又應該如何回應要求換貨或退款的買方呢？

- 판매자와 구매자가 되어 교환 및 환불에 관한 역할극을 해 보세요.
  請分飾賣方與買方的角色，試著換貨及退款。

2 교환 및 환불과 관련된 여러분의 경험을 발표해 보세요.
請發表一下各位換貨及退款的經驗。

- 구입한 상품을 교환하거나 환불 받는 과정에서 생긴 재미있는 일이나 황당했던 일
  혹은 고마웠던 일들을 생각해 보세요.
  請想想看自己在換貨或退款的過程中，是否有發生有趣的、荒唐的或者讓人感激的事情。

- 친구들에게 그 경험을 어떤 내용과 순서로 발표할지 정리해 보세요.
  請整理一下要向朋友們發表的內容和順序。

  예) 무슨 물건인지, 어디에서 얼마에 샀는지, 그것을 왜 샀는지, 그것을 교환하거나 환불
      받으려고 한 이유는 무엇이었는지, 교환하거나 환불 받는 과정에서 생긴
      일은 무엇이었는지, 그래서 어떻게 되었는지 등

- 정리한 내용을 친구들 앞에서 발표해 보세요.
  請在朋友面前發表整理好的內容。

3 반 친구들의 쇼핑 성향에 대해 조사해 보세요.
請調查看看班上朋友的購物傾向。

● 여러분이 주로 구입하는 물건은 무엇인지 생각한 후 조사할 품목을 정해 보세요.
請先想想各位主要購買的商品有哪些，然後再決定要調查的品項。

● 쇼핑 성향을 알아보기 위해서 어떤 질문을 해야 할까요? 아래의 예를 포함하여
질문지를 만들어 보세요.
想瞭解購物的傾向，應該要如何提問呢？請以下方的例子為範本，試著製作一份問卷。

예) 주로 쇼핑하는 곳, 그곳을 즐겨 찾는 이유, 좋은 물건을 고르는 자신만의 비법, 물건을
교환하거나 환불을 받는 상황이나 이유 등

● 조사할 품목을 정했으면 그 수에 맞게 조를 나눠 보세요. 그리고 각 조원들은 인터뷰할
대상을 정해 보세요.
如果決定好要調查的品項，請依照其數量分組，然後決定各組員要採訪的對象。

● 각 품목별로 우리 반 친구들의 쇼핑 성향에 대해 조사해 보세요. 각 조의 조원들은
한 품목에 대해 우리 반 친구 전체를 인터뷰해야 합니다.
請以品項為區別，試著調查班上朋友的購物傾向。各組成員須就一個品項來採訪班上所有朋友。

	의류나 신발	먹을 것		
주로 쇼핑하는 곳				
그곳을 즐겨 찾는 이유				
좋은 물건을 고르는 자신만의 비법				

● 조사한 내용을 정리해 발표해 보세요. 필요한 경우 그림이나 도표 등을 이용해 정보를
이해하기 쉽게 정리하세요.
請試著整理並發表調查的內容。必要時可以利用圖片或者圖表，讓朋友易於理解。

閱讀_읽기

1 다음은 인터넷 쇼핑몰의 이용 안내입니다. 잘 읽고 질문에 답하세요.
以下是網路商城的使用指南。請仔細閱讀後，回答問題。

- 제목을 보고 어떤 내용이 쓰여 있을지 예측해 보세요.
  請看完標題後，預測一下會寫些什麼內容。

- 빠른 속도로 읽으면서 예상한 내용과 같은지 확인해 보세요.
  請快速地閱讀，並同時確認一下是否與預想的內容相符。

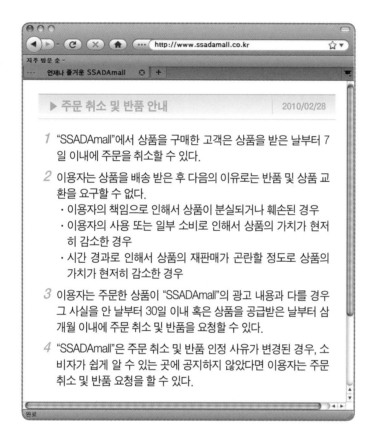

新語彙

가치 價值
현저히 明顯地
사유 事由、原因

▶ 주문 취소 및 반품 안내　　　　　2010/02/28

1　"SSADAmall"에서 상품을 구매한 고객은 상품을 받은 날부터 7일 이내에 주문을 취소할 수 있다.

2　이용자는 상품을 배송 받은 후 다음의 이유로는 반품 및 상품 교환을 요구할 수 없다.
　　· 이용자의 책임으로 인해서 상품이 분실되거나 훼손된 경우
　　· 이용자의 사용 또는 일부 소비로 인해서 상품의 가치가 현저히 감소한 경우
　　· 시간 경과로 인해서 상품의 재판매가 곤란할 정도로 상품의 가치가 현저히 감소한 경우

3　이용자는 주문한 상품이 "SSADAmall"의 광고 내용과 다를 경우 그 사실을 안 날부터 30일 이내 혹은 상품을 공급받은 날부터 삼개월 이내에 주문 취소 및 반품을 요청할 수 있다.

4　"SSADAmall"은 주문 취소 및 반품 인정 사유가 변경된 경우, 소비자가 쉽게 알 수 있는 곳에 공지하지 않았다면 이용자는 주문 취소 및 반품 요청을 할 수 있다.

- 다시 한 번 읽고 아래의 경우에 상품의 주문을 취소하거나 반품할 수 있으면 ○, 할 수 없으면 ✕에 표시하세요.
  請再次閱讀，如果以下的情況可以取消訂貨或退貨的話，請標示○。不行的話，請標示✕。

(1) 주문한 바지를 3일 전에 받았는데 제품의 색상이 컴퓨터 화면에서 보던 것과 달랐다.　　　　　　　　　　　　　○　✕

(2) 2일 전에 양말 10켤레를 구입했는데 품질이 너무 떨어져 신을 수가 없다.　　　　　　　　　　　　　　　　○　✕

(3) 배송 받은 제품을 방으로 옮기던 중 떨어뜨려 제품이 깨졌다.　○　✕

(4) 10월에 털 부츠를 구입했는데 12월에 신으려고 보니 제품의 디자인과 장식이 상품 광고의 내용과 달랐다　　　　○　✕

寫作_쓰기

1 인터넷 쇼핑몰에 상품 교환이나 환불을 요구하는 글을 써 보세요.
請書寫一篇短文來要求網路商城換貨或退款。

- 인터넷 쇼핑몰에서 구입한 물건 중에서 교환을 하고 싶거나 환불을 받고 싶은 물건이
  있었어요? 그 물건은 무엇이었는지 그리고 그것을 교환하거나 환불 받고 싶다고
  생각한 이유는 무엇인지 정리해 보세요.
  在網路商城購買的商品中，有沒有曾經想要更換或者退款的商品？請整理一下那是什麼商品，還有想要更換或者退款的理由。

- 상품 교환이나 환불을 요구하는 글에는 어떤 내용이 포함되어야 할까요? 글의 개요를
  작성해 보세요.
  在要求更換或者退款的文章中，應該包含什麼樣的內容呢？請試著寫出文章的概要。

  예) 제품 정보, 구입 일자, 제품의 문제 등

- 작성한 개요를 친구와 바꿔 읽고 어떤 내용을 보충하면 좋을지 그리고 어떤 구조로 쓸지
  이야기해 보세요.
  請將書寫好的概要和朋友交換閱讀，並說說看要補充哪些內容，還有使用什麼樣的結構會比較好。

- 친구와 이야기한 내용을 반영해 글의 개요를 수정해 보세요.
  請在修正概要時反映出與朋友談論的內容。

- 수정한 개요를 바탕으로 글을 써 보세요.
  請以修正後的概要為基礎，試著完成一篇文章。

- 여러분이 쓴 글을 인터넷 쇼핑몰에 올려 보세요.
  請將各位書寫的文章上傳到網路商城。

자기 평가   自我評價

- 구입한 물건의 문제를 설명해 다른 상품으로 교환할 수 있습니까?
  能說明購買的商品出現什麼問題，並且更換其他商品嗎？
  非常棒 ●━━●━━●━━● 待加強

- 구입한 물건의 문제를 설명해 환불 받을 수 있습니까?
  能說明購買的商品出現什麼問題，並且退款嗎？
  非常棒 ●━━●━━●━━● 待加強

- 상품 구입 취소와 환불 조건에 관한 글을 읽고 이해할 수 있습니까?
  能讀懂換貨及退款條件的相關文章嗎？
  非常棒 ●━━●━━●━━● 待加強

1　-길래

- -길래接在動詞、形容詞、「名詞＋이다」後，表現原因或理由。-기에與其意義相似，但-기에在書面語中較常使用，而-길래則常用於口語當中。

- -길래不能用於命令句或者共動句中。

- -길래表現話者的行為是由其他的動作或者狀態所引起，所以後文的主語必須是第一人稱。

저녁에 비가 온다고 하길래 우산을 가지고 나왔다.
딸기가 맛있어 보이길래 사 왔다.

(1) 가 : 무슨 손수건을 그렇게 많이 샀어요?
　　나 : 가격도 싸고 품질도 좋길래 여기저기 선물 좀 하려고요.
(2) 가 : 아이가 우네요.
　　나 : 하도 말을 안 듣길래 야단을 좀 쳤거든요.
(3) 가 : 수미 씨는 만났어요?
　　나 : 30분을 기다려도 안 오길래 그냥 왔어요.
(4) 가 : 웬일로 영화를 다 보러 갔다 와요?
　　나 : _____.

2　-았/었/였더니

- -았/었/였接在動詞後，表現 1）過去的行為是後文發生的原因，此時前後文的主語必須相同。表現 2）因為過去的行為發現後文的狀況或 3）其他人的行為或反應。

- 2）和 3）的前文主語必須是第一人稱，而後文則無限制。

오래간만에 운동을 했더니 다리가 너무 아프다.
새벽에 학교에 갔더니 교실에 아무도 없었다.
어제 선물 받은 옷을 집에 가서 입어 봤더니 생각보다 예쁘더라.
내가 노래방에 가자고 했더니 사람들이 모두 환호성을 질렀다.

● 根據其語幹最後的母音，可分為以下三種形態：

a. 語幹最後的母音為ㅏ、ㅗ（하다除外）時，使用-았더니니。

b. 語幹最後的母音為ㅏ、ㅗ以外的其他母音時，使用-었더니。

c. 語幹以하結尾時，使用-였더니，但通常會結合成했더니。

(1) 가 : 제품에 무슨 문제라도 있습니까?

　　나 : 포장을 뜯었더니 제품이 깨져 있더라고요.

(2) 가 : 왜 어제 산 신발을 안 신고 왔어요?

　　나 : 집에서 신어 봤더니 생각보다 불편해서 바꾸려고요.

(3) 가 : 계속 야근을 했더니 힘들어서 죽겠어요.

　　나 : 그러다가 병나겠어요. 오늘 하루라도 일찍 들어가서 쉬세요.

(4) 가 : 요즘 항상 싱글벙글하는 걸 보니까 무슨 좋은 일이라도 있나 봐요.

　　나 : ＿＿＿＿＿＿＿＿＿＿＿＿＿＿＿＿＿＿＿＿＿.

3 **使動表現**

● 使動表現指的是指示或者迫使人、動物或其他事物做某動作或進入某種狀態。

아이가 옷을 입었다. ➡ 엄마가 아이에게 옷을 입혔다.

● 使動表現可分為兩種，分別是[字綴使動規則]與[-게 하다使動規則]。

3-1 字綴使動規則

● 使動字綴-이-、-히-、-리-、-기-、-우-、-구-、-추-加在部分及物動詞、不及物動詞及形容詞後，這沒有固定的規則。

● 使動詞例子

> 끓이다, 녹이다, 속이다, 죽이다, 먹이다, 보이다, 높이다
> 눕히다, 앉히다, 익히다, 업히다, 입히다, 읽히다, 잡히다, 넓히다, 좁히다, 밝히다
> 날리다, 돌리다, 살리다, 놀리다, 얼리다, 울리다, 알리다, 들리다, 벌리다, 물리다
> 남기다, 웃기다, 숨기다, 벗기다, 감기다, 맡기다, 안기다, 신기다, 씻기다
> 비우다, 새우다, 피우다, 깨우다, 지우다(짐을 지우다), 키우다, 돋우다
> 돋구다(안경의 도수를 돋구다), 솟구다
> 낮추다, 늦추다

(1) 가: 소매가 너무 길어요. 다른 것으로 바꿔 주세요.

　　나: 소매를 좀 줄여서 입으시면 어떨까요?

(2) 가: 저도 다 알고 있으니까 속일 생각은 마십시오.

　　나: 솔직히 말씀드릴 테니까 걱정하지 마세요.

(3) 가: 수미야, 네가 양파 껍질 벗기는 것 좀 도와줘. 나는 매워서 더는 못 하겠어.

　　나: 그래. 나머지는 내가 벗길 테니까 너는 좀 쉬어.

(4) 가: 집이 전보다 많이 넓어진 것 같아요.

　　나: 네, 방을 하나 없애고 대신 거실을 ＿＿＿＿＿＿＿＿＿＿＿＿.

3-2 -게 하다使動規則

● -게接在敘述語的主要動詞上，後方接著하다補助動詞。此時的補助動詞하다可用만들다、시키다代替。-게　하다使動規則使用限制要比綴字使動規則要來得更廣泛一些。

● 使動詞例子

> 가게 하다, 오게 하다, 던지게 하다, 만지게 하다, 공부하게 하다, 운동하게 하다,
> 주게 하다, 받게 하다, 만나게 하다, 싸우게 하다

(1) 가: 민지가 요즘 너무 늦게 들어오는 것 같지 않아요?

　　나: 좀 일찍 들어오게 해야겠네요.

(2) 가: 제발 하리 씨와 다시 만나게 해 주세요.

　　나: 그것만은 절대 허락할 수가 없네. 이만 돌아가게.

(3) 가: 이 시계 왜 이래요?

　　나: 아까 애들이 밟아서 못 쓰게 만들어 버렸어.

(4) 가: 영수가 책을 너무 안 읽네요. 이제부터는 한 달에 두 권씩은

　　　＿＿＿＿＿＿＿＿＿＿＿＿＿.

　　나: 그렇게 하면 더 안 읽을 것 같은데요.

제4과 집안의 일상
日常家事

目標

各位將能談論不同的家事，並針對家事論述自己的想法。

主題	家事
功能	談論家事的話題、談論對於家事的不滿、辯解
活動	聽力：聆聽一段有關分擔家事的對話、聆聽一段電台的廣告
	口說：談論對於做家事的看法、談論分擔家事的議題
	閱讀：閱讀有關家事服務的報導
	寫作：書寫一篇文章來談論男性在做家事上的角色
語彙	家事1、家事2、修補和修理
文法	-(으)ㄹ 뿐만 아니라、-느라고 -는데、-는 둥 마는 둥
發音	-더라고요的語調
文化	韓國男性的家事參與

제4과 **집안의 일상** 日常家事

1. 이 사람들은 지금 무엇 때문에 곤란해 하고 있을까요?

2. 여러분은 집안일을 좋아하는 편입니까, 싫어하는 편입니까?

1

마크 : 어서 와. 집 찾느라고 힘들지는 않았지?

영진 : 금방 찾았어. 근데 이게 뭐냐? 청소한 지 몇 달은 된 것
　　　 같다.

마크 : 몇 달은 무슨 몇 달. 지난주에 한 거야. 그러는 너는 청소 자주
　　　 하냐?

영진 : 사실 내 방도 별로 다를 거 없어. 나는 집안일에는 취미도
　　　 없고 뭘 어떻게 해야 하는지도 모르겠어.

마크 : 내 말이. 나도 부모님하고 같이 살 때는 잘 몰랐는데,
　　　 청소하고 빨래하고 쓰레기 분리수거까지 할 일이
　　　 태산이야. 어제는 고장 난 싱크대도 수리했다니까. 내가
　　　 한국에 집안일을 하러 온 것도 아니고.

영진 : 난 다림질하기 싫어서 옷도 그냥 구겨진 채로 입는데
　　　 그래도 넌 하기는 하나 보네.

마크 : 야, 여기 먼지 굴러다니는 거 보이지?

新語彙	
집안일	家事
분리수거	垃圾分類回收
다림질	熨衣服
구겨지다	弄皺、變皺
먼지	灰塵、塵土
굴러다니다	打滾、滾來滾去

2

첸닝 : 마야, 그렇게 종일 텔레비전만 보지 말고 청소 좀 같이
　　　 하면 안 될까? 혼자 쓸고 닦으려니까 허리가 다 아프다.

마야 : 응? 왜? 아까 진공청소기 돌렸잖아.

첸닝 : 청소기 한 번 돌린다고 다가 아니잖아. 텔레비전 볼 시간
　　　 있으면 걸레질이라도 좀 해. 네가 어질러 놓은 것까지
　　　 내가 다 치우고 있잖아.

마야 : 아 다르고 어 다르다는데 좋은 말로 하면 되지, 왜 짜증을
　　　 내고 그래?

첸닝 : 짜증을 내는 게 아니라 우리 둘이 같이 사는 곳이니까
　　　 집안일도 반반씩 분담하자는 이야기야.

마야 : 내가 이런 일에 흥미 없는 거 너도 알잖아. 나도 하느라고
　　　 하는데 좀 이해해 주면 안 돼?

첸닝 : 하느라고 해? 항상 하는 둥 마는 둥 하잖아.

마야 : 나도 마음 먹고 하면 잘할 때도 있다, 뭐. 기숙사치고
　　　 이 정도면 준수한 거니까 우리 너무 깔끔 떨지 말자.

新語彙	
쓸다	掃
닦다	擦、刷
걸레질	用抹布擦
어질러 놓다	弄髒、弄亂
치우다	收拾、打掃
반반씩	對半分、一半一半
분담하다	分擔、分工
흥미 없다	無趣、乏味
준수하다	俊秀的、俊美的
깔끔을 떨다	太愛乾淨、潔癖

3

　사람들은 보통 집안일을 귀찮아하지만 나는 반대이다. 해도 해도 끝이 없고 부지런히 하더라도 티가 안 난다는 집안일. 그렇지만 나는 일하는 순간의 재미와 일을 마친 후의 짜릿함을 즐긴다. 창문을 활짝 열어 환기를 시키고 바빠서 듣지 못했던 음악도 틀어 놓는다. 그러면 본격적으로 청소 시작. 흐트러진 책들이나 옷가지들을 치우고, 책상 위의 물건들도 반듯하게 정리한다. 청소기로 구석구석 숨은 먼지를 빨아들이고 나면, 이번에는 걸레로 이곳저곳을 윤이 나게 닦는다. 세탁기를 돌리고 탁탁 털어 빨래까지 널고 나면 이제는 커피 시간. 이렇게 하고 나면 집안이 깨끗해질 뿐만 아니라 내 마음까지 깨끗해진다.

● 新語彙
티가 나다 有瑕疵、有破綻
본격적 正式的、正規的
흐트러지다 散、亂
옷가지 衣物
반듯하다 整齊的、端正的
구석구석 每個角落
빨아들이다 吸入、吸進
윤이 나다 發出光澤
탁탁 털다 拍打／拂（灰塵）
널다 曬、晾

한국 남성의 가사 참여
韓國男性的家事參與

- 여러분의 나라에서는 남자들도 가사에 많이 참여하는 편입니까? 집안일은 여자의 몫이라고 생각하는 남자가 많이 있어요?
  在各位的國家，男性也常參與家事嗎？認為做家事是女性職責的男性多嗎？

- 다음은 한국 남성의 가사 참여에 관한 글입니다. 잘 읽고 여러분 나라와 어떻게 다른지 이해해 보세요.
  以下是有關韓國男性參與家事的文章。請仔細閱讀後，試著瞭解與各位國家的不同之處。

 最近首爾市公布了一份名為「男性家事貢獻度」的調查報告，調查的對象為795名在首爾居住的已婚男女。調查的結果顯示，有73.4%的女性認為家事應是所有家庭成員的共同責任。但相較之下，有42.4%的男性認為家事主要應由妻子負責，而丈夫則應提供協助。但實際上，只有30%的男性會參與家事。當問到男性家事貢獻的理想比例時，有59%的男性回答應該介於「31～59%」之間，這顯示男性知道他們有分擔家事的責任。現代的男性認為照顧小孩、家庭及外出工作在家事責任上的貢獻度最大，而洗衣、燒飯和採買等工作則被認為是女性的責任，且所佔的貢獻度最低。資料也顯示年輕男性與家中年齡最小的男性在家事貢獻度上較高。然而，教育背景和職業與男性參與家事的關連性不高。根據研究的結果，在家事貢獻度上只有30%的20～30歲韓國男性，到了40～50歲時基本上都會逃避家事，而這也顯示了韓國人在家事責任上的觀念變化。

- 남성의 가사 참여에 대한 여러분의 생각은 어떻습니까? 친구들과 함께 이야기해 보세요.
  對於男性做家事這件事，各位的想法如何？請和朋友們一起討論看看。

1　〈보기〉와 같이 연습하고, 여러분이 많이 하는 집안일에
　　대해 이야기해 보세요.

> 보기
>
> **방을 치우다, 청소를 하다**
>
> 가 : 혼자 사니까 집안일이 많지요?
> 나 : 네, 방도 치우고 청소도 해야 하고 할 일이 많네요.

❶ 방을 치우다, 걸레질을 하다

❷ 바닥을 쓸고 닦다, 옷가지를 정리하다

❸ 매일 진공청소기를 돌리다, 걸레질을 하다

❹ 집 안을 정돈하다, 바닥을 쓸고 닦다

❺ 어질러진 것을 정리하다, 구석구석 청소를 하다

❻ 쓰레기를 분리하다, 분리한 쓰레기를 내다 놓다

2　〈보기〉와 같이 이야기해 보세요.

> 보기
>
> **방을 치우다, 청소하다**
>
> 가 : 요즘 살림하는 재미가 쏠쏠하겠어요?
> 나 : 방을 치우는 것부터 청소하는 것까지 할 일이
> 　　태산이라서 그럴 겨를도 없어요.

❶ 집안일을 하다, 아이들을 돌보다

❷ 장을 보다, 음식을 장만하다

❸ 빨래를 하다, 다림질을 하다

❹ 신혼살림을 정리하다, 남편을 챙기다

❺ 밥을 해 먹다, 설거지를 하다

❻ 세탁기를 돌리다, 빨래를 널고 개다

■ 집안일 1 家事 1

쓸다 掃 / 닦다 擦
치우다 收拾、打掃
걸레질하다 用抹布擦
정돈하다 整頓、整理
옷가지를 정리하다 整理衣物
진공청소기를 돌리다
用吸塵器除塵
먼지를 털다 拍打灰塵
어질러진 것을 정리하다
整理弄亂的東西
쓰레기를 분리하다 垃圾分類
쓰레기를 내다 놓다 倒垃圾

■ 집안일 2 家事 2

집안일을 하다 做家事
살림하다 持家、維持生計
설거지하다 洗碗
빨래하다 洗衣服
다림질하다 熨衣服
장을 보다 上市場採買
음식을 장만하다 準備食物
빨래를 널다/개다 晾 / 疊衣服
아이들을 돌보다 看顧小孩
가족을 챙기다 照顧家人

■ 新語彙

재미가 쏠쏠하다 還滿有趣的

3 〈보기〉와 같이 연습하고, 집안일에 대한 생각을 이야기해 보세요.

> **보기**
>
> **힘들다 / 좀 귀찮다**
>
> 가: 집안일 해 보니까 어때요? 힘들지 않아요?
> 나: 힘들다기보다는 좀 귀찮더라고요.

❶ 힘들다 / 시간이 많이 들다

❷ 어렵다 / 그냥 자꾸 미루게 되다

❸ 번거롭다 / 어떻게 해야 하는지 모르겠다

❹ 보람이 있다 / 부모님에게 감사하는 마음이 생기다

❺ 귀찮다 / 생각보다 잘하기가 힘들다

❻ 재미있는 면이 있다 / 즐기는 방법이 있다

● 발음 發音

-더라고요的語調

> 집안일이 힘들더라고요.

當句子是以-더라고요做結尾，最後一個音節요的語調會下降後再輕微上揚。

▶ **연습해 보세요.**

(1) 가: 집안일 해 보니까 어때요?
　　나: 나름대로 재미있더라고요.

(2) 가: 학교는 어때?
　　나: 선생님들이 참 좋은 것 같더라고.

(3) 가: 은지가 의외로 말이 많더라고요.
　　나: 그렇죠? 걔가 보는 것하고는 다르더라고요.

 4 〈보기〉와 같이 연습하고, 집안일에 대한 생각을 이야기해 보세요.

> **보기**
>
> **힘들다 / 어렵기까지 하다**
>
> 가: 집안일 하는 거 생각보다 힘들지요?
> 나: 네, 힘들 뿐만 아니라 어렵기까지 해요.

❶ 귀찮다 / 제 적성에도 전혀 안 맞다

❷ 하기 싫다 / 열심히 해도 티가 안 나다

❸ 쉽지 않다 / 하고 나면 굉장히 피곤하다

❹ 재미있다 / 끝내고 나면 기분까지 상쾌해지다

❺ 할 만하다 / 익숙해지니까 자연스럽게 느껴지다

❻ 손이 많이 가다 / 신경 쓸 일도 많다

● 新語彙

상쾌해지다 變得爽快、變得舒暢
손이 많이 가다 很費工、很費事

5 〈보기〉와 같이 이야기해 보세요.

> **[보기]**
>
> ### 전구가 나가다, 새로 갈다 / 전구도 갈다
>
> 가: 전구가 나가서 새로 갈아야 하는데 어떻게 하지?
> 나: 그런 건 나한테 맡겨. 내가 전문이니까.
> 가: 너 전구도 갈 줄 알아? 다시 봤는데.

❶ 싱크대에 물이 안 내려가다, 수리하다 /
   싱크대도 고치다

❷ 청소기가 망가지다, 손을 좀 보다 / 청소기도 고치다

❸ 액자가 떨어지다, 못을 다시 박다 / 못질도 하다

❹ 빨래 건조대를 새로 사다, 조립을 하다 /
   이런 것도 조립하다

❺ 나사가 풀린 것이 많다, 다시 조이다 / 그런 것도 하다

❻ 화장실 변기가 막히다, 뚫다 / 그런 것도 하다

◆ 수선과 수리 修補和修理

고치다 修理
수리하다 修理
수선하다 修補
손을 보다 修理、維修
조립을 하다 組裝、組合
전구를 갈다 換燈泡
못을 박다 釘釘子
못질을 하다 釘
(드라이버로) 나사를 조이다
（用螺絲起子）拴緊螺絲
변기를 뚫다 通馬桶
꿰매다 縫補、縫合
(떨어진) 단추를 달다
縫 / 釘上（掉了的）扣子

◆ 新語彙

전구가 나가다 燈泡壞了
싱크대 流理台
액자 相框
빨래 건조대 晾衣架、曬衣架
변기가 막히다 馬桶阻塞

6 〈보기〉와 같이 이야기해 보세요.

> **[보기]**
>
> ### 청소 좀 하다 / 늘 이 모양이다.
>
> 가: 여기가 네 방이구나. 야, 그런데 청소 좀 하고 살아라.
> 나: 하느라고 하는데도 늘 이 모양이야.
> 가: 사실은 나도 마찬가지야.

❶ 집안 정리 좀 하다 / 늘 이 모양이다

❷ 방 좀 치우다 / 늘 지저분하다

❸ 쓰레기 좀 버리다 / 어느새 이렇게 되다

❹ 집안일에 신경 좀 쓰다 / 깨끗하게 유지하기가 어렵다

❺ 설거지 좀 제때에 하다 / 툭하면 밀리다

❻ 옷 좀 옷걸이에 걸다 / 금방 이렇게 쌓이다

◆ 新語彙

유지하다 維持、保持
제때에 하다 及時做、按時做
툭하면 動不動就、動輒
옷걸이 衣架、掛衣鉤

7 〈보기〉와 같이 이야기해 보세요.

> **보기**
>
> **여기 청소하다, 먼지가 남아 있다 / 깨끗하게 하다**
>
> 가: 여기 청소한 거 맞아요? 아직도 먼지가 남아 있네요.
> 나: 어, 깨끗하게 하느라고 했는데도 그러네요.

▸新語彙

삐걱거리다 嘎吱嘎吱地響
단단하다 結實的、堅固的
물이 새다 漏水、滲水
끈적끈적하다 黏黏的

❶ 이거 설거지하다, 음식물이 묻어 있다 / 깨끗하게 닦다

❷ 이거 세탁하다, 얼룩이 남아 있다 / 신경 써서 하다

❸ 이거 고치다, 삐걱거리다 / 단단하게 조이다

❹ 이 셔츠 다림질하다, 구겨져 있다 / 꼼꼼하게 다리다

❺ 이거 손을 보다, 물이 새고 있다 / 문제없이 고치다

❻ 여기 걸레질하다, 바닥이 좀 끈적끈적하다 /
  구석구석 잘 닦다

 8 〈보기〉와 같이 이야기해 보세요.

> **보기**
>
> **집안일은 좀 분담해서 하다 / 하다**
>
> 가: 이제부터 집안일은 좀 분담해서 했으면 좋겠어.
> 나: 지금도 그렇게 하잖아. 난 잘하는 것 같은데.
> 가: 잘하기는. 항상 하는 둥 마는 둥 하면서.

▸新語彙

전담하다 全權負責

▸語言提點

一般常使用쓰레기를 분리수거하
다來表現垃圾分類回收，但使
用부리배출하다會更適當一些。

❶ 집안일은 좀 나눠서 하다 / 하다

❷ 집 안 청소는 역할을 나눠서 하다 / 청소를 하다

❸ 설거지는 네가 책임지고 하다 / 그릇을 닦다

❹ 쓰레기 분리수거는 당신이 전담하다 / 치우다

❺ 네가 집안일에 더 적극적으로 참여하다 /
  뭐든지 하다

❻ 집 안 먼지 터는 일을 제대로 하다 / 먼지를 털다

9 다음의 사람이 되어 가사 분담에 대해 이야기해 보세요.

❶ 가

요리를 하는 것은
좋아하는데 다른
집안일은 전혀 안
하려는 사람

나

같은 방 친구가
요리 외의 집안일을
도와주지 않아서 많은
일을 하는 사람

❷ 가

집안일을 한번도
해 본 적이 없어서
무슨 일을 어떻게 해야
하는지 모르는 사람

나

3년 동안 혼자서 산
적이 있어서 집안일
하는 방법을 잘 알고
있는 사람

❸ 가

무슨 일을 하든지 하는
둥 마는 둥, 대충대충
집안일을 하려는 남편

나

집 안은 무조건
깨끗하고 깔끔하게
정돈되어 있어야
한다고 생각하는 부인

❹ 가

동생에게만 집안일을
다 시키고 자기는 항상
텔레비전만 보는 형

나

집안일 하기를
너무너무 싫어하지만
형이 시키기 때문에
억지로 하는 동생

🎧 聽力_듣기

1 다음은 가사 분담에 대한 대화입니다. 잘 듣고 질문에 답하세요.
以下是一段有關分擔家事的對話。請仔細聆聽後，回答問題。

1) 두 사람이 싸우고 있는 이유는 무엇입니까?

　❶ 부인이 집안일을 잘 못해서

　❷ 남편이 집안일을 소홀히 해서

　❸ 청소 상태가 마음에 들지 않아서

　❹ 부인이 마음대로 텔레비전을 꺼 버려서

2) 아내가 남편에게 바라는 것은 무엇입니까?

　❶ 설거지는 남편이 맡아서 한다.

　❷ 집안일에 적극적으로 참여한다.

　❸ 주말에는 텔레비전을 보지 않는다.

　❹ 이제부터 집안일은 남편이 전담한다.

> **▪新語彙**
>
> 하필 何必、偏偏
> 순간 瞬間
> 잔소리 嘮叨、囉唆
> 요구하다 要求

2 다음은 라디오 광고입니다. 다음을 잘 듣고 질문에 답하세요.
以下是一段收音機的廣告。請仔細聆聽後，回答問題。

1) 무엇을 광고하고 있습니까?

2) 다시 듣고 아래의 내용이 맞으면 ○ , 틀리면 ✕에 표시하세요.

　(1) 이 회사는 육아 서비스를 제공한다.　　　　☐○　☐✕

　(2) 이 회사에서는 이불 세탁을 해 주지 않는다.　☐○　☐✕

　(3) 하루 종일 서비스를 받으려면 5만 원을 내야 한다　☐○　☐✕

> **▪新語彙**
>
> 뒤치다꺼리 善後、擦屁股
> 뒷바라지 照料、照顧
> 대청소 大掃除
> 여유롭다 寬裕的、充裕的
> 경제적 부담 經濟負擔、經濟壓力
> 인터넷 검색창 網頁檢索欄位

🎤 口說_말하기

1 집안일에 대한 자신의 생각을 친구들에게 이야기해 보세요.
請試著跟朋友談談自己對於家事的想法。

- 여러분은 집안일에 대하여 어떤 생각을 가지고 있습니까? 아래의 내용을 보고
  이야기할 내용을 정리해 보세요.
  各位對於家事有著什麼樣的看法呢？請在看完以下的內容後，整理一下要說的內容。

  1) 집안일을 좋아하는 편입니까, 싫어하는 편입니까?
  2) 주로 하는 집안일은 무엇입니까?
  3) 가장 좋아하는 집안일과 가장 싫어하는 집안일은 무엇입니까?
  4) 그런 일을 좋아하거나 싫어하는 이유는 무엇입니까?
  5)
  6)

- 위에서 정리한 내용을 바탕으로 친구들 앞에서 이야기해 보세요.
  請以上方整理的內容為基礎，試著在朋友們面前說說看。

- 발표를 듣고 집안일을 싫어하는 친구들에게는 집안일을 재미있게 할 수 있는 방법을 알려
  주세요.
  請在聽完發表後，告訴不喜歡做家事的朋友能夠愉快做家事的方法。

2 가사 분담에 대해 토론해 보세요.
請討論一下分擔家事的議題。

- 가사에서 남자와 여자의 책임이 같다고 생각합니까? 왜 그렇게 생각합니까?
  各位認為在家事上，男女的責任相同嗎？為什麼那樣認為呢？

- 가사의 역할이 다르다면 주로 여자는 어떤 일을 하고 남자는 어떤 일을 해야 합니까?
  왜 그렇게 생각합니까?
  如果家事的分擔男女有別，男女又應該各自分擔哪些家事呢？為什麼那樣認為呢？

- 서너 명이 한 팀이 되어 바람직한 가사 분담에 대해 토론해 보세요. 가사를 분담한다면
  아래의 일들을 어떻게 나누는 것이 좋은지도 정해 보세요.
  請以三、四人為一組，試著討論合理的家事分擔方式。如果要分擔家事的話，請決定一下以下的事情要如何
  分配比較好。

  1) 청소 · 세탁   2) 장보기 · 음식 장만   3) 수선 · 수리   4) 출산 · 육아

- 토론 내용을 다른 친구들에게도 소개해 보세요.
  請試著向其他的朋友介紹一下討論的內容。

📖 閱讀_읽기

1 다음은 집안일 대행 서비스에 관한 기사입니다. 잘 읽고 질문에 답하세요.
以下是一篇有關家事服務的報導。請仔細閱讀後，回答問題。

● 집안일 대행 서비스에 관한 글에는 어떤 내용이 쓰여 있을지 예측해 보세요.
  請預測一下與家事服務有關的文章中會寫些什麼內容。

● 빠른 속도로 읽으면서 예상한 내용과 같은지 확인해 보세요.
  請快速地閱讀，並同時確認一下是否與預想的內容相符。

☰ NEWS ▆

전화 한 통이면 못질에서 수리까지 뚝딱

독신 여성들이 늘어나면서 여자들이 하기에는 육체적으로 힘들거나 기술이 필요한 집안일을 해결해 주는 ㉠신개념의 가사 서비스가 최근 환영을 받고 있다.

가사 도우미라면 보통 청소나 빨래 같은 집안일을 대행해 준다고 생각하는 것이 일반적이다. 그러나 최근에는 혼자 사는 여성들의 불편함을 해소해 주는 가사 도우미가 등장해 주목을 받고 있다. 이러한 서비스를 제공하는 모 업체의 경우, 사소하게는 벽에 못을 박아 주거나 크게는 싱크대나 변기 수리, 창틀이나 문짝을 수선해 주는 일까지 전화 한 통이면 어디든 달려가 내 집처럼 고쳐 준다. 이 업체에서 근무하는 김모 기사의 말에 따르면 주요 고객은 주로 독신 여성들이지만, 요즘에는 집안일에 신경을 쓸 시간이 없는 맞벌이 부부나 혼자 사는 노인들도 애용하고 있다고 한다. 세면대에서 물이 뚝뚝 새고 있는데도 어떻게 해야 할지 모르겠다면 인터넷에 '못질뚝딱'이나 '김기사가 간다' 와 같은 상호를 입력해 보는 것은 어떨까?

1) '㉠신개념의 가사 서비스'가 의미하는 것을 이야기해 보세요.

2) 다시 한 번 읽고 아래의 내용이 글과 같으면○, 다르면✕에 표시하세요.

(1) 벽에 못을 박아 주는 등의 사소한 일은 대행하지 않는다. ☐○ ☐✕

(2) 수리·수선 같은 서비스도 제공한다. ☐○ ☐✕

(3) 독신 여성들이 이 업체의 주요 고객이다. ☐○ ☐✕

(4) 이러한 서비스는 인터넷을 통해 알아 볼 수 있다. ☐○ ☐✕

▶ 新語彙

육체적 肉體的、身體的
기술 技術
신개념 新概念
주목을 받다 受矚目、受關注
창틀 窗框
문짝 門扇、門板
업체 企業、公司
애용하다 愛用
세면대 洗臉台
상호 商號

寫作_쓰기

1 가사에서 남자의 역할에 대한 글을 써 보세요.
請試著寫一篇文章來說明男性在家事中應該當任的角色。

● 여러분은 가사에서의 남자와 여자의 역할이 똑같다고 생각합니까? 아니면 차이가
있어야 한다고 생각합니까?
各位認為在家事中男女擔負的角色相同嗎？還是認為男女有差異呢？

● 역할이 같아야 한다고 생각한다면 그 이유는 무엇입니까? 또 차이가 있어야 한다고
생각한다면 그 이유는 무엇입니까?
如果男女所應擔負的角色相同，其理由是什麼呢？如果認為男女應該有所差異，那理由又是什麼呢？

● 여러분이 생각하는 가사에서의 바람직한 남자의 역할에 대해 정리해 보세요.
請試著整理一下各位認為男性在家事應該擔負的角色為何。

● 여러분의 메모를 친구들과 바꿔 읽고 어떤 내용을 더 보충하면 좋을지 이야기해
보세요. 그리고 친구와 이야기한 내용을 반영해 메모를 수정해 보세요.
請將各位寫下的內容與同朋友交換閱讀，並試著說說看要補充些什麼內容會比較好。請根據與朋友討論的內容，
試著修正寫下的東西。

● 수정한 메모를 바탕으로 글을 써 보세요.
請以修正的內容為基礎，試著寫一篇文章。

자기 평가 🖊

自我評價

● 집안일의 종류를 설명하고 자신이 좋아하거나 싫어하는 집안일을
이야기할 수 있습니까?
能說明家事的種類，並談論自己喜歡或不喜歡做的家事嗎？

非常棒 ●━━●━━●━━● 待加強

● 집안일과 관련된 불만을 표시하거나 변명을 할 수 있습니까?
能表現或辯解對家事的不滿嗎？

非常棒 ●━━●━━●━━● 待加強

● 집안일에 대한 글을 읽고 쓸 수 있습니까?
能讀懂並書寫有關家務的文章嗎？

非常棒 ●━━●━━●━━● 待加強

1 -(으)ㄹ 뿐만 아니라

● -(으)ㄹ 뿐만 아니라接在動詞、形容詞、「名詞＋이다」後，表現除了某事實外，還有其他狀況。-뿐만 아니라接在名詞或部分助詞後。助詞도與까지常接在-(으)ㄹ 뿐만 아니라之後。

주말이면 밀린 빨래를 해야 할 뿐만 아니라 집 안 청소도 해야 해서 쉴 틈이 없다.
영수 씨는 청소뿐만 아니라 요리까지 책임지고 있다.

● 分為以下兩種形態。
a. 語幹以母音或ㄹ結尾時，使用-ㄹ 뿐만 아니라。
b. 語幹以ㄹ以外的其他子音結尾時，使用-을 뿐만 아니라。

(1) 가: 청소를 잘 안 하나 봐요.
　　나: 저는 집안일을 잘 못할 뿐만 아니라 취미도 없거든요.
(2) 가: 남편은 집안일 잘하니?
　　나: 응, 자기 일을 완벽하게 할 뿐만 아니라 내가 할 일도 많이 도와주는 편이야.
(3) 가: 지갑을 잃어버렸다면서요?
　　나: 지갑뿐만 아니라 휴대 전화까지 잃어버렸어요.
(4) 가: 영진 씨는 미나 씨를 왜 그렇게 좋아해요?
　　나: ＿＿＿＿＿＿＿＿＿＿＿＿＿＿＿＿＿.

2 -느라고 -는데

● -느라고 -는데接在動詞後，表現盡了最大努力，但是結果卻不讓人滿意。
如同-느라고，常常用在對於負面結果的解釋。

나는 열심히 집안일을 하느라고 했는데 엄마는 내가 한 게 마음에 들지 않나 보다.

(1) 가: 이거 설거지한 거 맞아요?
　　나: 왜요? 어, 깨끗하게 하느라고 했는데 아직 찌꺼기가 묻어 있네.
(2) 가: 있잖아, 네가 집안일을 좀 더 도와줬으면 좋겠어.
　　나: 미안해, 도와주느라고 도와줬는데 많이 부족했나 보다.

(3) 가: 나도 아끼느라고 아끼는데 왜 이렇게 돈이 안 모이는지 모르겠어요.

　　나: 취직한 지 얼마 안 돼서 그럴 거예요. 좀 지나면 나아질 거예요.

(4) 가: 성적이 왜 이렇게 떨어졌어요? 요즘 공부 안 해요?

　　나: _____.

3 -는 둥 마는 둥

● -는 둥 마는 둥接在動詞後，表現沒有盡心地做某事，或某事件似乎將要發生。

걸레질을 하는 둥 마는 둥 하지 말고 좀 제대로 해 봐라.

시원하게 비가 내리면 좋겠는데 며칠째 오는 둥 마는 둥 하네.

(1) 가: 너 지금 내 얘기 듣는 거 맞아? 왜 이렇게 듣는 둥 마는 둥 하냐?

　　나: 아니야, 제대로 듣고 있었어.

(2) 가: 룸메이트한테 집안일 좀 같이 하자고 해.

　　나: 하라고 해도 하는 둥 마는 둥 해서 내가 하는 것이 나아.

(3) 가: 음식이 입에 안 맞아요? 왜 그렇게 먹는 둥 마는 둥 해요?

　　나: 아니요, 아주 맛있어요. 그런데 제가 좀 전에 뭘 좀 먹고 와서요.

(4) 가: 영진 씨는 항상 일을 저런 식으로 해요?

　　나: 자기가 좋아하는 일은 _____.

제5과 직장 생활
職場生活

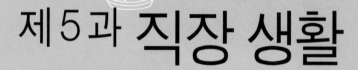

目標

各位將能瞭解受指派業務的方向，並報告最近的業務狀況。

主題	職場
功能	談論業務內容、報告業務內容、談論職場生活
活動	聽力：聆聽一段業務的對話、聆聽一段有關職場生活的對話 口説：談論業務進行的狀況、報告業務 閱讀：閱讀有關業務的電子郵件 寫作：書寫有關業務的電子郵件
語彙	公司與部門、業務1、業務2
文法	-(으)ㅁ、-(으)ㄹ 것、-다고/-냐고/-자고/-라고 했대요、 -고 생각하다
發音	格式體話語的語調
文化	成為受歡迎新職員的3大準則

제5과 **직장 생활** 職場生活

1. 여기는 어디입니까? 이 사람들은 지금 무엇을 하고 있는 것 같아요?

2. 직장인들이 하는 업무에는 무엇이 있을까요?

대화 & 이야기

1

팀　장 : '해외 진출 전망'에 대한 최종 보고회가 9월 5일로
　　　　잡혔습니다. 최종 보고서는 박도현 씨와 다니엘 씨가
　　　　정리해 보면 어떻겠습니까?

다니엘 : 네, 알겠습니다. 그런데 혹시 최종 보고서와는 별도로 발표
　　　　자료도 준비해야 될까요?

팀　장 : 보고서의 분량이 많을 테니까 그렇게 하는 게 좋겠네요.

박도현 : 최종 보고회의 세부 일정은 정해졌습니까?

팀　장 : 세부 일정은 우리 팀에서 짜면 됩니다. 그리고 발표
　　　　자료는 진출 전략을 중심으로 구성하세요.

박도현 : 알겠습니다.

팀　장 : 그리고 하다가 어려운 부분이 생기면 김 과장과
　　　　상의하도록 하세요.

新語彙

해외 진출 전망
進軍海外市場的前景
보고회 報告會
별도로 另外地
분량 分量
전략 戰略、策略

2

다니엘 : 박도현 씨, 보고회요, 뭐부터 시작할까요?

박도현 : 한 사람은 보고서를 맡고, 한 사람은 발표 자료를 맡아서
　　　　따로따로 하는 게 어때요?

다니엘 : 발표 자료는 최종 보고서를 바탕으로 해야 하니까 같이
　　　　하는 게 실수가 없을 거라고 생각합니다.

박도현 : 보고서를 담당한 사람만 서두르면 되지 않을까요?

다니엘 : 영업부의 최 대리님의 일도 있었으니까 같이 준비해
　　　　나가죠.

박도현 : 최 대리님 일이라니요?

다니엘 : 공동 프로젝트를 맡았는데 같이 일하는 사람들한테
　　　　'뭐뭐 했음', '뭐뭐 할 것' 이런 메일만 잔뜩 보내 놓고
　　　　자기는 업무 협조를 하지 않아서 결과가 안 좋았대요.

박도현 : 그래요? 그래서 어떻게 됐대요?

다니엘 : 부장님이 최 대리님보고 그런 식으로 일할 거면 회사
　　　　나올 생각은 하지도 말라고 했대요.

박도현 : 그래서 요즘 회사 분위기가 무거웠군요. 알겠어요.
　　　　같이 준비하죠.

新語彙

따로따로 各自地、分別地
담당하다 擔任、負責
협조를 하다 協助
분위기가 무겁다 氣氛凝重

3

초등학교 시절부터 회사에 입사한 지금까지, 나는 언제나 남들의 부러움을 한몸에 받는 모범생이었다. 학창 시절의 성적도 뛰어났고 입사할 때도 수석이었다. 그런데 직장 생활은 내 삶을 180도로 바꿔 놓았다. 직장 내의 일은 하나부터 열까지 다른 사람과 협력해야 하는 것들이었다. 다른 사람과 함께 공부를 하거나 일을 해 본 적이 없는 나의 업무 성적표는 말 그대로 꼴등이었다. 같이 보고서를 쓸 때도 내가 맡은 부분만 잘 쓰면 된다는 생각에 다른 사람이 쓴 내용은 읽어 보지도 않았고, 회식 자리나 동료들과의 수다도 시시하다고 생각해 전혀 끼지 않았다. 결국 난 일도 못하고 분위기 파악도 못하는 왕따가 되었다. 함께 해야 비로소 소리를 내는 오케스트라처럼 '함께'를 배우는 인생 수업은 이제부터가 시작이다.

■新語彙

부러움을 한몸에 받다
受大家羨慕

180도로 바꿔 놓다
讓（某事 / 某人）180度大轉變

협력하다 協力、合作

시시하다 無聊的、沒意思的

끼다 參與、插入

왕따 受排擠、孤立的人

비로소 才、方才

문화　사랑 받는 신입 사원 3계명
成為受歡迎新職員的3大準則

- 직장에 처음 들어가는 신입 사원들에게는 어떤 것들이 필요할까요?
  初入職場的新職員需要些什麼呢？

- 다음은 사랑 받는 신입 사원이 되기 위해 지켜야 할 3계명입니다. 잘 읽고 내용을 이해해 보세요.
  以下是想要成為受歡迎的新職員必須要遵守的3大準則。請仔細閱讀，並試著瞭解內容。

- 遵守原則：必須愛用公司的產品，且新人必須展現出自己節約的一面。特別值得一提的是，新職員若想要得到別人的認同，必須要遵守工作的期限。此外，新職員必須學習職場裡的專業術語，並且在各個方面展現出自己的積極性。
- 學習多元的商務慣例：通曉工作中各種瑣碎的業務是最基本的，這也可能成為職場上測試員工的基準。因此，新職員必須展現出自己對於各項工作的熱誠。且切記，在工作上認真負責一定夠得到相應的回報。
- 仔細聆聽並適時發問：對一個新職員而言，比起發問，仔細聆聽更為重要。詢問工作上的細節是不智之舉，這舉動會使他人覺得新職員沒有基本常識及判斷力。比較明智的方法是，表明對於公司的某方面有疑問，並希望可以得到該方面的建議，這種提問比較妥當。

- 위에 제시된 것 이외에 자신이 생각하는 계명이 있다면 이야기해 보세요.
  除以上所述，請説説看有哪些是新職員應該要遵守的準則呢？

1 〈보기〉와 같이 이야기해 보세요.

> **보기**
>
> **재무과 / 인사과**
>
> 가 : 안녕하십니까? 저는 오늘부터 재무과에서 일하게 된 강동우입니다.
> 나 : 지난주까지는 인사과에서 근무하셨다고요?

❶ 홍보팀 / 기획부

❷ 영업부 / 생산부

❸ 개발팀 / 기획부

❹ 해외 영업부 / 국내 영업부

❺ 인사과 / 총무과

❻ 고객 관리과 / 홍보팀

2 〈보기〉와 같이 이야기해 보세요.

> **보기**
>
> **인사팀, 신입 사원의 교육을 담당하다**
>
> 가 : 이번에 부서를 옮기셨다면서요?
> 나 : 네, 인사팀에서 신입 사원 교육을 담당하게 되었습니다.

❶ 제품 기획팀, 제품을 개발하고 관리하다

❷ 품질 관리팀, 제품의 안전성을 검사하다

❸ 고객 관리팀, 회사 상품에 대한 반응을 조사하다

❹ 총무과, 회사의 시설을 관리하다

❺ 디자인팀, 상품의 디자인을 담당하다

❻ 홍보부, 회사의 홈페이지를 관리하다

회사와 부서 公司與部門

증권사 證券公司
보험사 保險公司
출판사 出版社
광고 회사 廣告公司
무역 회사 貿易公司
제약 회사 製藥公司
총무과 總務部門
홍보과 宣傳部門
인사과 人事部門
비서실 祕書室
개발과 研發部門
기획과 企劃部門
관리과 管理部門
재무과 財務部門
고객 관리과 客服部門
(해외) 영업과 （海外）業務部門

업무 1 業務 1

신입 사원을 교육하다 教育新進職員
제품을 개발하다 開發產品
제품을 관리하다 管理產品
소모품을 공급하다 提供耗材
불편 사항을 접수하다 受理投訴
제품을 디자인하다 設計產品
시설을 관리하다 管理設備
고객의 반응을 조사하다 調查顧客反應

〈보기〉와 같이 이야기해 보세요.

> **보기**
> **신제품 홍보 기획안을 작성하다 / 준비가 완료되다**
> 가 : 김 대리, 이번 주까지 신제품 홍보 기획안을
>   작성하도록 하세요.
> 나 : 네, 준비가 완료되는 대로 보여 드리겠습니다.

업무 2 業務 2

기획안을 작성하다 擬訂企劃案
자료를 출력하다 列印資料
결재를 올리다/받다
請示核准 / 獲得核准
예산을 세우다 編列預算
섭외하다
交涉、安排（場所 / 人）
공문을 보내다 發送公文
목록을 입력하다 輸入目錄
물품을 청구하다 要求出貨
기자재를 설치하다 安裝器材
영수증을 처리하다 處理收據
결과를 보고하다 報告結果
거래처 客戶、交易的地方
담당자 負責人

❶ 기획안 결재를 올리다 / 초안이 나오다
❷ 신제품 광고 예산을 세우다 / 대략적인 계획이 서다
❸ 행사 장소를 섭외하다 / 후보지가 정해지다
❹ 홍보 행사 물품을 청구하다 / 물품 목록을 작성하다
❺ 결과 보고회 준비를 마치다 / 보고서를 준비하다
❻ 행사비 영수증 처리를 끝내다 / 정리가 끝나다

 〈보기〉와 같이 이야기해 보세요.

> **보기**
> **기획안 결재 / 팀장님, "기획안을 검토하고 있어요."**
> 가 : 기획안 결재는 어떻게 진행되고 있대요?
> 나 : 팀장님이 김 대리보고 기획안을 검토하고 있다고
>   했대요.

新語彙

완료되다 完了、結束
초안 草案
대략적 大略的
계획이 서다 訂定計劃
후보지 候選地點

❶ 행사 비용 처리 /
   이 대리, "영수증 정리를 다 끝냈어요."
❷ 장소 섭외 / 과장님, "후보지가 정해졌어요?"
❸ 기획팀에 협조를 부탁한 일 /
   그쪽 팀장님, "공문을 언제 보낼 거예요?"
❹ 행사 준비 / 부장님, "물품 목록부터 작성하세요."
❺ 행사 기획안 / 부장님, "초안부터 다시 작성하세요."
❻ 결과 보고회 / 이 대리, "보고서 먼저 준비합시다."

5 〈보기〉와 같이 이야기해 보세요.

■ 新語彙

참고하다 參考

소모품 耗材、消耗品

품목 項目、品目

회의록 會議記錄

> 보기
>
> **홍보부에 업무 협조 공문을 보내다 /**
> **지난번 자료를 참고해서 작성하다**
>
> 가 : 홍보부에 업무 협조 공문을 보내야 하는데, 이건
> 박도현 씨가 하세요.
> 나 : 그럼 지난번 자료를 참고해서 작성하면 될까요?

❶ 고객 조사 자료를 정리하다 / 연령별로 정리하다

❷ 소모품 현황을 파악하다 / 부족한 품목만 조사하다

❸ 회의록을 작성하다 / 지난번 회의록 형식대로 하다

❹ 기획서를 작성하다 / 내용은 김 대리와 상의하다

6 〈보기〉와 같이 이야기해 보세요.

> 보기 1
>
> **회의 자료 준비, 출력을 하다→ 복사를 하다**
>
> 가 : 회의 자료 준비요, 출력도 해야 하고 복사도 해야
> 하는데 어떻게 할까요?
> 나 : 그럼, 출력을 한 후에 복사를 하는 게 어때요?

> 보기 2
>
> **회의 자료 준비, 출력을 하다 : 복사를 하다**
>
> 가 : 회의 자료 준비요, 출력도 해야 하고 복사도 해야
> 하는데 어떻게 할까요?
> 나 : 그럼, 제가 출력을 하고 마틴 씨가 복사를 하는 게
> 어때요?

❶ 하반기 서류 정리,
보관할 것을 골라내다 → 내용별로 분류를 하다

❷ 신제품 보고회 준비,
장소를 섭외하다 → 협조 공문을 보내다

❸ 고객 설문 조사,
설문지를 작성하다 : 조사 대상을 모집하다

❹ 신상품 홍보물 제작,
담당자에게 문의를 하다 : 거래처를 방문하다

7 〈보기〉와 같이 이야기해 보세요.

> 보기
>
> **고객 설문 조사 / 이메일을 발송하다, 회신을 기다리다**
>
> 가 : 고객 설문 조사는 어떻게 진행되고 있습니까?
> 나 : 이메일은 이미 발송했고 지금은 회신을 기다리고
> 있습니다.

■ 新語彙

구두로 전달하다 口頭傳達

❶ 회의 준비 / 자료를 출력하다, 팀원들에게 나누어 주다

❷ 물품 청구 / 목록을 입력하다, 마지막으로 점검을 하다

❸ 부서 회식 준비 /
팀원들의 의견을 조사하다, 예산을 세우다

❹ 홍보물 발송 /
거래처의 주소를 확인하다, 자료를 포장하다

❺ 공문 결재 /
공문을 작성하다, 부장님의 결재를 기다리다

❻ 인사팀 업무 협조 /
구두로는 전달하다, 서류를 작성하다

8 〈보기〉와 같이 이야기해 보세요.

> 보기
>
> **지난번 자료를 검토하다, 필요하다, 생각하다**
>
> 가 : 우선 이거부터 시작할까요?
> 나 : 그것보다는 지난번 자료부터 검토하는 게 더
> 필요하다고 생각합니다.

■ 新語彙

순서이다 是順序
핵심이다 是核心
우선이다 是優先

❶ 제품의 특성을 파악하다, 중요하다, 보다

❷ 고객의 요구를 조사하다, 필요하다, 생각하다

❸ 참석 가능한 인원수를 조사하다, 급하다, 보다

❹ 남아 있는 예산을 확인하다, 순서이다, 보다

❺ 판매 전략을 세우다, 핵심이다, 생각하다

❻ 필요한 목록을 정리하다, 우선이다, 생각하다

9 〈보기〉와 같이 업무 내용을 과장님께는 보고를 하고,
동료에게는 메모를 남겨 보세요.

> 보기
>
> **사원 체육 대회 준비, 장소를 섭외했다, 행사 일정을 세운다,**
> **보낸 물품 목록을 확인해야 한다**
>
> 가: 과장님, 사원 체육 대회 준비에 대해
> 말씀드리겠습니다. 먼저 장소를 섭외했습니다.
> 그리고 현재는 행사 일정을 세우고 있습니다. 보내
> 드린 물품 목록을 확인해 주시기 바랍니다.
>
> > 박 도 현 씨.
> > 사 원 체 육 대 회 준 비
> > 장 소 섭 외 했 음.
> > 행 사 일 정 세 우 고 있 음.
> > 보 낸 물 품 목 록 확 인 할 것.

❶ 신상품 보고회 준비, 자료는 모두 준비했다, 나눠 줄
자료를 출력한다, 마지막 점검을 해야 한다

❷ 거래처 방문, 방문 일정을 세워 봤다, 추가할 내용이
있는지 확인한다, 추가 사항이 있으면 2시까지 알려줘야
한다

❸ 홍보물 발송, 거래처의 주소를 확인 중이다, 홍보물을
포장한다, 함께 보낼 안내문을 작성해야 한다

❹ 사원 대상 컴퓨터 교육 계획, 일정을 확정했다,
계획안을 작성한다, 내용을 검토해야 한다

▪발음 發音

格式體話語的語調

> 가: 결재는 받았습니까?
> 나: 아직 못 받았습니다.
> 가: 결재는 받았어요?
> 나: 아직 못 받았어요.

在正式場合，文章或句子最後
一個音節語調會下降。

▶ **연습해 보세요.**

(1) 가: 박종우 씨는 어디 갔습니
까?
나: 거래처에 간다고 조금 전
에 나갔습니다.
(2) 가: 지난번 일은 어떻게
되었습니까?
나: 잘 마무리되었습니다.
(3) 가: 사장님 계십니까?
나: 지금은 회의 중이십니다.

10 아래의 업무 내용을 〈보기〉와 같이 보고해 보세요.

보기

신상품 홍보 행사, 장소 섭외, 차량 협조 요청

가: 신상품 홍보 행사의 진행 상황에 대해서
　　말씀드리겠습니다. 현재 장소 섭외는 끝났습니다.
　　장소는 교통이 편리하고 사람이 많이 모이는
　　지하철역 근처로 정했습니다. 차량은 협조 요청을
　　했는데 아직 답변이 오지 않았습니다. 답변이 오는
　　대로 다시 말씀드리겠습니다.

❶ 신입 사원 연수회 준비, 교육 프로그램, 장소 예약

❷ 사원 체육 대회, 행사 일정, 상품 구입

❸ 사장님 업무 보고, 부서 보고서 작성, 기자재 설치

❹ 고객 반응 조사, 조사 대상 선정, 조사 방법 결정

활동 活動

🎧 聽力_듣기

1 다음은 업무 대화의 일부입니다. 잘 듣고 질문에 답하세요.
以下是一段有關公司業務的對話。請仔細聆聽後，回答問題。

1) 무엇에 대해 이야기하고 있습니까?

2) 이제부터 해야 할 업무는 무엇입니까? 맞는 것을 모두
고르세요.

☐ 기획서 제출 ☐ 생산팀과 통화

☐ 개발 예산 확인 ☐ 제품 기능 변경

■ 新語彙

공모하다 公開招募
뽑히다 被選上
꼬박 밤을 새우다
熬一整夜、熬通宵

2 다음은 홍 대리의 회사 생활 이야기입니다. 잘 듣고 질문에
답하세요.
以下是一段有關洪代理職場生活的故事。請仔細聆聽後，
回答問題。

1) 홍 대리가 부장님에게 전화를 건 이유는 무엇입니까?

2) 들은 내용과 맞으면 ○ , 틀리면 ✕에 표시하세요.

(1) 홍 대리는 건강 때문에 계속 결근을
했다.   ○ ✕

(2) 부장님은 홍 대리의 이야기를
믿지 않는다.   ○ ✕

(3) 홍 대리는 맡은 업무를 처리하지
못해서 걱정하고 있다.   ○ ✕

■ 新語彙

영 어색하다
特別彆扭、完全不自然
꾀병 裝病
흥분하다 興奮
말단 사원 基層職員

口說_말하기

1 업무의 진행 상황을 이야기해 보세요.
請試著介紹業務進行的情況。

● 다음은 여러분이 지시 받은 업무의 내용과 그 진행 상황입니다. 읽고 확인해 보세요.
以下是各位接受指派業務的內容及其進行狀況，請試著閱讀並加以確認。

> ### 새 운동화 출시
>
> 업무 내용 : 홍보 기획서 제출
>
> 진행 상황 : 자료 정리 중임.
> 　　　　　　다른 부서의 협조 부탁했음.

● 두 명이 한 팀이 되어 업무 진행 상황을 묻고 대답해 보세요.
請以兩人為一組，就業務進行的狀況進行問答。

● 역할을 바꾸어 다음의 내용으로 이야기해 보세요.
請角色交換，試著就以下的內容進行討論。

> ### 물품 배송 사고 발생
>
> 업무 내용 : 거래처에 확인 후 다시
> 　　　　　　발송
>
> 진행 상황 : 거래처와 통화했음.
> 　　　　　　다시 보낼 제품 부족함.
> 　　　　　　추가 주문 필요함.

2 여러분이 수행한 업무를 상사에게 격식을 갖추어 보고해 보세요.
請試著按照格式向上司報告執行的業務。

● 말하기 **1** 의 두 가지 업무 중 한 가지를 선택하세요. 그리고 보고를 하기 위해서는 어떤
내용을 포함해야 할지 생각을 정리해 보세요.
請在口說 **1** 兩項業務中選出一項，然後試著整理在報告時需要包含的內容。

● 정리한 내용을 격식적으로 보고하기 위해서는 어떤 표현을 사용해, 어떤 태도로 발표해야
할까요? 표현과 태도에 주의해 보고해 보세요.
為了按照格式報告整理的內容，應該要使用何種表現，以及以怎樣的態度發表呢？請留意表現與態度，試著報告
看看。

● 보고를 가장 잘한 사람은 누구입니까? 왜 그렇게 생각합니까?
報告最好的人是誰呢？為什麼那樣認為呢？

📖 閱讀_읽기

1 다음은 업무 메일입니다. 잘 읽고 질문에 답하세요.
以下是一封有關業務的電子郵件，請仔細閱讀後，回答問題。

● 업무 메일에는 어떤 내용이 쓰여 있을지 예측해 보세요.
請預測一下在有關業務的電子郵件裡會寫些什麼內容。

● 빠른 속도로 읽으면서 예상한 내용과 같은지 확인해 보세요.
請快速地閱讀，並同時確認一下是否與預想的內容相符。

받는이 ☐ 나에게	최우혁 〈goodtobe@hanmail.net〉	▾ 자주쓰는 주소 ▾ 주소록
보내는이		
제목		

에디터 ▾ 돋움 ▾ 10pt 가 가 가 가 가 ▾ 🎨 ▾ | 틀 틀 틀 틀 | 틀 틀 틀 틀 | 틀 틀 🔗 🖼 😊 🎵 📷 ✂ | 📄 편지지 🎵 배경음악

안녕하십니까?
홍보팀의 이지나입니다.
회사 일로 노고가 많으십니다. 또한 항상 저희 부서의 업무에 적극 협조해 주신 점 깊이 감사드립니다.
이번 자선 바자회 행사에서 총무부의 도움이 필요하여 이렇게 협조 메일을 보내게 되었습니다.
저는 이번 행사에서 행사장까지 물품을 수송한 후 설치하는 업무를 담당하게 되었습니다. 이와 관련하여 물품을 싣고 가서 설치를 도와줄 인력이 필요합니다. 필요한 인력은 남자 3명, 여자 2명입니다. 바쁘시겠지만 지원이 가능한 인력의 명단과 연락처를 정리해 이번 주 금요일까지 알려 주시면 감사하겠습니다.
자세한 행사 내용은 첨부한 문서를 참고하시기 바랍니다. 문의 사항이 있으시면 언제든지 저희 홍보팀으로 연락 주십시오.
그럼, 좋은 하루 되십시오.

홍보팀 이지나 드림

미래식품   홍보팀 이지나(Lee, Ji-Na)
www.mirae.co.kr   Tel : 010-3312-1234
              E-mail : jina@mirae.co.kr

보내기 | 미리보기 | 임시저장   ☐ 한사람씩보내기 ☑ 보낸편지함 저장

1) 이것이 업무용 이메일이라는 것을 알 수 있는 부분을 찾아보세요.

2) 다시 한 번 읽고 아래의 내용이 글과 같으면 〇, 다르면 ✕에 표시하세요.

(1) 총무부에 보내는 메일이다. 　〇　✕

(2) 이지나는 물품을 수송하고 설치하는 　〇　✕
　　업무를 맡았다.

(3) 회신을 할 때는 바자회의 참석 여부를 　〇　✕
　　알려 주면 된다.

● 新語彙

물품 物品
수송 輸送、運送
요청 要求、請求

3) 제목으로 알맞은 것을 고르세요.

☐ 발송 지연 사과 　　☐ 인력 지원 요청

☐ 제품 도착 통지 　　☐ 제품 손상 항의

寫作_쓰기

1 업무 메일을 써 보세요.
請試著寫一封有關業務的郵件。

- 어떤 제목으로 메일을 쓸지 아래에서 고르세요.
  請在下方選擇要以何種標題書寫郵件。

  ☐ 회의 날짜 변경   ☐ 보고서 제출을 위한 자료 요청

- 제목을 정했으면 메일의 내용을 어떻게 구성할지 구체적인 아이디어를 메모해 보세요.
  標題決定後，針對要如何組成郵件的內容，請具體寫下自己的想法。

- 업무 메일의 특징을 고려하여 어떻게 메일을 시작하고 끝맺을지 메모해 보세요.
  請考量業務郵件的特徵，試著寫下郵件該如何開頭以及結束。

- 메모한 내용을 바탕으로 메일을 써 보세요.
  請以寫下的內容為基礎，試著書寫一封郵件。

- 친구들과 바꿔 읽어 보세요. 가장 격식적으로 메일을 쓴 사람은 누구인지 이야기해 보세요.
  請試著與朋友交換閱讀，並說說看誰寫的郵件最符合格式。

자기 평가 ✏   自我評價

- 직장 생활에 필요한 표현을 이해하고 사용할 수 있습니까?
  能理解並使用職場生活上需要的表現嗎？
  非常棒 ●━●━●━●━● 待加強

- 직장에서의 업무 사항을 전달하고 결과를 보고할 수 있습니까?
  能傳達職場中的業務事項，並報告成果嗎？
  非常棒 ●━●━●━●━● 待加強

- 간단한 업무 메일을 읽고 쓸 수 있습니까?
  能閱讀並書寫簡單的業務郵件嗎？
  非常棒 ●━●━●━●━● 待加強

1 -(으)ㅁ、-(으)ㄹ 것

- -(으)ㅁ接在動詞、形容詞、「名詞＋이다」後，使其轉變為名詞。-(으)ㄹ 것則是接在動詞後，也使其轉變為名詞。

- 這常使用在簡單的記錄或公告上，-(으)ㅁ表現出簡單的敘述，而-(으)ㄹ 것則表現在命令句上。

비행기 출발 시간이 변경됐음. 확인할 것.

(1) 거래처 방문 후 바로 퇴근할 것임. 급한 일은 휴대 전화로 연락할 것.
(2) 준비 상황 - 보고서에 일정이 빠졌음. 확인 후 추가할 것.
(3) 상반기 결산 - 영수증 일괄 처리할 것. 자료는 이 대리에게 요청하기 바람.
(4) 홍보부 회식 알림 - 재미있는 복장으로 올 것. 불참할 경우 벌금 있음.
(5) 한국어과 합격생 - 총 15명의 학생이 _____.
(6) 인사팀 공지 - 신입 사원들은 다음 주까지 _____.

2 -다고/-냐고/-자고/-라고 했대요

- 間接引用法-다고/-냐고/-자고/-라고 했대요是用來轉述先前聽到的話時使用。

〈병원에서〉
의　사 : 수술은 잘됐습니다. 당분간은 무리하지 말고 푹 쉬세요.
마이클 : 네, 알겠습니다.

〈병원에서〉
영　진 : 마이클 씨, 몸은 좀 어때요? 수술은 잘됐어요?
마이클 : 네, 수술은 잘됐대요. 그래도 당분간은 무리하지 말고 푹 쉬래요.

〈학교에서〉
수미 : 린다 씨, 마이클 씨 병문안 갔다 왔어요? 수술은 잘됐대요?
린다 : 저도 바빠서 아직 못 가 봤어요. 영진이가 그러는데 의사 선생님이 마이클보고
　　　 수술은 잘됐다고 했대요. 그래도 당분간은 무리하지 말고 푹 쉬라고 했대요.

● 根據句子的不同形態，使用-다고 했대요、-냐고 했대요、-자고 했대요、
-라고 했대요。

● 不同形態的使用方式如下：

		現在	過去	將來 / 推測
陳述形	動詞	-ㄴ/는다고 했대요	-았/었/였다고 했대요	-(으)ㄹ 거라고 했대요 -겠다고 했대요
	形容詞	-다고 했대요		
	名詞＋이다	-(이)라고 했대요		
疑問形	動詞	-느냐고 했대요	-았/었/였느냐고 했대요	-(으)ㄹ 거냐고 했대요 -겠느냐고 했대요
	形容詞	-(으)냐고 했대요		
	名詞＋이다	-(이)냐고 했대요		
共動形	動詞	-자고 했대요		
命令形	動詞	-(으)라고 했대요		

● 原則上，-냐고 했대요遵守上述的規則，但-냐고 했대요一般可用在所有動詞和形容詞。

(1) 가 : 부장님이 왜 저렇게 기분이 좋으시지요?
　　나 : 사장님께서 부장님보고 우리 회사에서 제일 믿을 만한 분이라고 하셨대요.
(2) 가 : 우리 부서에서 제출한 기획서는 어떻게 됐대요?
　　나 : 뭔가 문제가 생겼는지 부장님께서 과장님께 초안부터 다시 쓰라고 했대요.
(3) 가 : 우영 씨랑 지은 씨는 결혼 날짜를 잡았대요?
　　나 : 우영 씨가 지은 씨에게 내년 봄에는 꼭 하자고 했대요.
(4) 가 : 마이클 씨가 사람들이 많은 곳에서 미영 씨한테 자기를 사랑하냐고 물었대요.
　　나 : 정말요? 마이클 씨가 그렇게 용기가 있을 줄은 몰랐네요. 다시 봐야겠어요.
(5) 가 : 강 선생님이 이르완 씨에게 한국어 실력이 많이 늘었다고 했대요.
　　나 : 그래서 이르완 씨가 하루 종일 싱글벙글했군요.
(6) 가 : 결과 보고서 준비는 어떻게 되고 있대요?
　　나 : 저도 들은 건데 _____.
(7) 가 : 부장님이 이 대리보고 뭐라고 하셨대요?
　　나 : 이메일은 오늘 오후까지 _____.
(8) 가 : _____.
　　나 : 말도 안 돼요. 그걸 나보고 지금 믿으라는 거예요?

3 -고 생각하다

- -고 생각하다接在動詞、形容詞、「名詞＋(이)다」後，在謹慎表現話者想法或感情時使用。除생각하다外，也可使用생각되다、보다、예측되다、여겨지다等動詞。

  새로운 상품을 만들기 위해서는 고객의 목소리를 충분히 들어야 한다고 생각한다.

- 不同形態的使用方式如下：

	現在	過去	將來
動詞	-ㄴ/는다고 생각하다		-(으)ㄹ 거라고 생각하다
形容詞	-다고 생각하다	-았/었/였다고 생각하다	-겠다고 생각하다
名詞＋(이)다	-(이)라고 생각하다		

(1) 가 : 우리 회사의 지난번 판매 실적이 저조한 이유가
　　　　뭐라고 보십니까?
　　나 : 고객들의 반응을 충분히 조사하지 못했기
　　　　때문이라고 생각됩니다.

● 新語彙

판매 실적 銷售業績
저조하다 低迷、下降

(2) 가 : 박 부장님은 이번 신상품 홍보회 결과에 대해
　　　　어떻게 생각하십니까?
　　나 : 신입 사원들의 아이디어가 다양해서 참
　　　　긍정적이었다고 봅니다.

(3) 가 : 이 원피스 요즘 유행하는 디자인인데 하나 살까?
　　나 : 난 그게 너한테는 별로 안 어울린다고 생각하는데,
　　　　다른 것도 좀 보고 사지 그래.

(4) 가 : 이번에 출시된 상품에 대해 어떻게 생각하십니까?
　　나 : _____.

제6과 언어와 문화
語言與文化

目標

各位將能使用慣用表現、諺語，以及韓國文化中明喻、隱喻等比喻法來與別人溝通。

主題	語言與文化
功能	用比喻法表現、使用慣用表現、使用諺語
活動	聽力：聆聽一段有關諺語使用的對話、聆聽有關諺語的課程
	口說：談論由於不了解韓國文化的表現而犯錯的經驗、說明自己國家的慣用表現和俗諺
	閱讀：閱讀有關「시치미 떼다」的文章
	寫作：說明自己國家的慣用表現和俗諺
語彙	與身體有關的慣用表現、諺語1、諺語2
文法	-듯이、-듯하다、雙重否定
發音	ㅈ：ㅊ：ㅉ
文化	韓國年輕人常用的隱語和俗語

제6과 **언어와 문화** 語言與文化

1. 남자의 이야기를 듣는 두 사람의 반응은 어때요? 두 사람의 반응이 다른 이유는 무엇일까요?

2. 여러분은 단어의 의미를 모두 알고도 그 표현을 이해하지 못한 경험이 있어요?

1

상현 : 추석 연휴라서 그런지 학교가 쥐 죽은 듯이 조용하네요.

마야 : 쥐가 죽어요? 어디요? 그럼 우리 딴 데로 가요.

상현 : '쥐 죽은 듯이'는 조용한 상태를 나타내는 관용 표현이에요.

마야 : 휴우, 괜히 놀랐네. 그런데 그 말은 좀 이해가 안돼요.
　　　 쥐가 그렇게 시끄러운 동물이 아니잖아요.

상현 : 그건 마야 씨가 옛날 한국 집의 구조를 잘 몰라서 그래요. 옛날
　　　 집은 지붕과 천장 사이의 공간이 넓어서 거기에 쥐가 많이
　　　 살았대요. 그런데 지금처럼 천장이 두껍고 튼튼하지는 않았을
　　　 테니까 쥐들이 돌아다니는 소리나 찍찍대는 소리가 얼마나
　　　 크게 들렸겠어요?

마야 : 아, 그래서 '쥐 죽은 듯이 조용하다' 이런 말이 생긴 거군요.
　　　 그럼 '윗집 이사 간 듯이'라고 써도 되겠네요. 요즘에는
　　　 윗집이 시끄러워서 못살겠다는 사람이 많으니까요.

상현 : 그렇기는 해도 그건 관용 표현이니까 그대로 쓰지 않으면 안
　　　 돼요.

2

린다 : 점심 잘 먹고 왔어요? 거기 정말 맛있죠?

수미 : 가는 날이 장날이라고 확장 공사를 하고 있지 뭐예요.

린다 : 확장 공사? 그 집 새 메뉴예요?

수미 : 아니요, 가게를 넓히는 공사를 하고 있어서 거기서 못
　　　 먹었다고요.

린다 : 아, 확장 공사. 저는 '가는 날이 장날'이라는 말만 듣고
　　　 운 좋게 더 좋은 걸 먹고 왔나 했어요. 장날은 북적북적
　　　 사람들도 많고, 이것저것 먹을 것도 많으니까 좋은 날이
　　　 잖아요.

수미 : 장날이 좋은 날이긴 한데, 그 속담은 '뜻하지 않은,
　　　 예상하지 않은 일이 생겼다'는 의미니까 부정적인 상황을
　　　 비유할 때만 써요.

린다 : 역시 속담은 의미가 고정되어 있으니까 한국 사람들이
　　　 언제 사용하는지 잘 알아 둬야 한다니까.

3

　얼마 전이었다. 내가 아르바이트를 하고 있는 가방 가게에 한 사람이 화난 얼굴로 숨을 씩씩거리며 들어왔다. 며칠 전에 산 가방의 어깨 끈이 끊어져 땅으로 떨어지는 바람에 그 안에 들어 있던 컴퓨터가 망가졌다는 것이다. 그 손님은 너무 어처구니가 없어 어떻게 해야 할지도 모르겠다고 하면서 가게가 떠나갈 듯이 소란을 피웠다. 나는 그 손님께 사과하며 다시는 끈이 끊어지는 일이 없도록 튼튼하게 수선해 드리겠다고 약속했다. 그리고 끈 수선은 가능하지만 어처구니는 원래 가방에 포함되어 있는 것이 아니니까 우리 가게에서 어떻게 할 수 있는 것이 아니라고 설명했다. 그러자 손님은 나에게 이렇게 어처구니가 없는 사람은 처음 본다며 빨리 사장을 부르라는 것이 아닌가?

　그런데 손님, 그렇게 똑같은 말만 계속하지 마시고, 그 어처구니가 뭔지 저한테 말씀을 하셔야지 처리를 해 드리지요.

■ 新語彙

숨을 씩씩거리다	氣喘吁吁
끊어지다	斷掉、斷裂
망가지다	壞掉、壞了
어처구니가 없다	（因意外的事情）荒唐、無法理解
소란을 피우다	製造騷亂、吵鬧

문화　한국의 젊은이들이 자주 쓰는 은어 · 속어
韓國年輕人常用的隱語和俗語

● 여러분은 한국의 젊은이들이 자주 사용하는 자기들만의 표현을 들어 본 적이 있어요? 다음은 한국의 젊은이들이 자주 사용하는 은어와 속어의 예입니다. 어떤 의미인지 한번 추측해 보세요.
各位曾聽過韓國年輕人之間常使用的一些表現嗎？以下的例子是韓國年輕人常用的隱語和俗語。請猜猜看它們是什麼意思。

고딩, 담탱, 뽀록나다, 야자, 깜놀, 안습

● 다음은 은어와 속어의 예와 그 의미입니다. 잘 읽고 이해해 보세요.
以下是隱語和俗語的例子與其意義。請仔細閱讀後，試著理解看看。

초딩, 중딩, 고딩, 대딩, 직딩:
초등학생, 중학생, 고등학생, 대학생, 직장인
범생 : 모범생
꼬댕이 : 공부도 못하고 놀지도 못하는 아이
담탱 : 담임 선생님. 남자는 담돌, 여자는 담순
담치기 / 땡땡이 : 수업을 빼먹는 것

뽀록나다 : 들키다
야자 : 1. 야간 자율 학습, 2. 반말하는 것
깜놀 : 깜짝 놀라다
안습 : 안구에 습기가 찰 정도로 보기가 안쓰럽다
솔까말 : 솔직히 까놓고 말해서

● 여러분은 은어와 속어의 사용을 어떻게 생각해요? 한국어를 배우는 외국 학생들은 은어와 속어의 이해와 사용에 대해서 어떤 생각을 가져야 할까요?
大家是怎麼看待隱語和俗語的使用呢？學習韓國語的外國學生對於隱語和俗語的理解與使用要抱持什麼樣的心態呢？

1 〈보기〉와 같이 이야기해 보세요.

> 보기
> ### 손이 빠르다 / 일을 하는 속도가 몹시 빠르다
>
> 가 : '손이 빠르다'라는 말이 무슨 의미예요?
> 나 : 일을 하는 속도가 몹시 빠르다는 의미예요.

❶ 얼굴이 두껍다 / 부끄러움을 모르다

❷ 발이 넓다 / 아는 사람이 많고 활동하는 범위가 넓다

❸ 어깨가 무겁다 /
　무거운 책임을 져서 마음에 부담이 크다

❹ 입이 짧다 / 음식을 심하게 가리거나 적게 먹다

❺ 귀가 얇다 / 남의 말을 쉽게 받아들이다

❻ 코가 납작해지다 / 몹시 창피를 당하거나 기가 죽다

> ▪ 신체와 관련된 관용 표현
> 　與身體有關的慣用表現
>
> 눈이 높다 眼光高
> 코가 납작해지다
> 　丟人現眼、洩氣
> 입이 짧다 挑食
> 귀가 얇다 耳根子軟
> 얼굴이 두껍다 臉皮厚
> 어깨가 무겁다
> 　肩上擔子很重、心理負擔很大
> 손이 빠르다 動作快、手快
> 발이 넓다 交遊廣闊

> ▪ 新語彙
>
> 음식을 가리다 挑食、忌口
> 창피를 당하다 丟臉、丟人
> 기가 죽다 消沉、洩氣

2 〈보기〉와 같이 이야기해 보세요.

> 보기
> ### 오늘 날씨 덥다 / 비가 오다, 땀이 흐르다
>
> 가 : 오늘 날씨 덥지요?
> 나 : 네, 정말 더워요. 비 오듯이 땀이 흘러요.

❶ 진호는 낭비가 심하다 / 물을 쓰다, 돈을 쓰다

❷ 수민이는 좀 믿기 어렵다 / 밥을 먹다, 거짓말을 하다

❸ 린다와 수미는 아주 친하다 /
　바늘에 실이 가다, 붙어 다니다

❹ 지혜는 참 성실하다 /
　내 집 일을 하다, 모든 일에 최선을 다하다

❺ 요즘 정미 얼굴 보기 어렵다 /
　가뭄에 콩이 나다, 모임에 나오다

> ▪ 新語彙
>
> 낭비가 심하다 嚴重浪費
> 바늘 針
> 실 線
> 붙어 다니다 形影不離
> 가뭄 乾旱
> 콩이 나다 長出豆子

3 〈보기〉와 같이 연습하고, 반 친구들에 대해서 이야기해 보세요.

◆新語彙

날개가 돋치다
如虎添翼、長出翅膀

교실이 떠나가다
（因巨大聲響）把教室震垮

> 보기
> **철호 씨가 많이 피곤하다 / 죽었다, 자다**
>
> 가: 철호 씨가 많이 피곤한가 봐요.
> 나: 네, 죽은 듯이 자고 있어요.

❶ 책이 재미있다 / 날개가 돋쳤다, 팔리다

❷ 미키 씨가 우리에게 화가 많이 났다 /
우리를 모른다, 지나가다

❸ 수도 씨는 정말 결혼이 하고 싶었다 /
뛰겠다, 기뻐하다

❹ 아이들이 방학을 몹시 기다렸다 /
교실이 떠나가겠다, 소리를 지르다

4 〈보기〉와 같이 이야기해 보세요.

◆新語彙

기억이 가물가물하다 記憶模糊

> 보기
> **저 사람 알다 / 정확히 기억은 안 나다, 어디선가 봤다**
>
> 가: 저 사람 알아요?
> 나: 정확히 기억은 안 나지만 어디선가 본 듯해요.

❶ 수미 씨는 어디 갔다 /
언제 나갔는지 잘 모르다, 친구를 만나러 나갔다

❷ 수미 씨한테 무슨 일이 있다 /
잘은 모르다, 몸이 좀 아프다

❸ 수미 씨는 왜 저렇게 얼굴이 안 좋다 /
정확히는 모르다, 고민이 많다

❹ 수미 씨는 요즘도 여기 자주 오다 /
저도 직접 본 적은 많지 않다, 자주 온다

❺ 수미 씨도 이 음식 잘 먹다 /
먹는 걸 직접 본 적은 없다, 잘 먹겠다

❻ 저 사람 이름이 무엇이다 /
기억이 가물가물하다, 금방 생각이 나겠다

5 〈보기〉와 같이 이야기해 보세요.

> 보기
>
> ## 장학금이 아무리 늘다, '하늘의 별 따기'
>
> 가 : 장학금이 늘어서 받기가 쉬워진대요.
> 나 : 그래요? 장학금이 아무리 는다고 해도 저한테는
> 하늘의 별 따기예요.

▪속담 1 俗諺 1

갈수록 태산
산 넘어 산
티끌 모아 태산
싼 게 비지떡
우물 안 개구리
꿩 대신 닭
식은 죽 먹기
누워서 떡 먹기
땅 짚고 헤엄치기
하늘의 별 따기
밑 빠진 독에 물 붓기

請參照第118頁的詳細解釋

❶ 장학금이 반으로 줄어들다, '식은 죽 먹기'

❷ 장학금이 지난 학기하고 똑같다, '누워서 떡 먹기'

❸ 장학금을 한 명만 주다, '땅 짚고 헤엄치기'

❹ 장학금을 받으려고 아무리 열심히 공부하다,
'밑 빠진 독에 물 붓기'

6 〈보기〉와 같이 이야기해 보세요.

> 보기
>
> ## '꿩 대신 닭'
>
> 가 : 꿩 대신 닭이라더니 지금이 딱 그런 경우네요.
> 나 : 그러게 말이에요.

▪속담 2 俗諺 2

가는 말이 고와야 오는 말이
곱다
세 살 버릇 여든까지 간다
발 없는 말이 천 리를 간다
말 한 마디로 천 냥 빚 갚는다
백지장도 맞들면 낫다
되로 주고 말로 받는다
등잔 밑이 어둡다
개천에서 용 난다
소 잃고 외양간 고친다
호랑이도 제 말 하면 온다
서당 개 삼 년이면 풍월을
읊는다
종로에서 뺨 맞고 한강에서
화풀이한다

請參照第119頁的詳細解釋

❶ '산 넘어 산'

❷ '갈수록 태산'

❸ '싼 게 비지떡'

❹ '우물 안 개구리'

❺ '개천에서 용 난다'

❻ '등잔 밑이 어둡다'

❼ '호랑이도 제 말 하면 온다'

❽ '발 없는 말이 천 리를 간다'

❾ '서당 개 삼 년이면 풍월을 읊는다'

❿ '종로에서 뺨 맞고 한강에서 화풀이한다'

〈보기〉와 같이 연습하고, 속담을 사용해 친구에게 충고해 보세요.

■ 新語彙

저축을 하다 儲蓄、存錢
끙끙거리다
（生病或吃力時）呻吟
물건을 챙기다
整理東西、照顧東西

> 보기
>
> **'티끌 모아 태산', 버는 대로 쓰다, 저축을 하다**
>
> 가: 티끌 모아 태산이라는데 그렇게 버는 대로 쓰지 말고 저축을 좀 해라.
> 나: 저도 그렇게 하려고 하는데 잘 안돼요.

❶ '싼 게 비지떡', 싸구려 물건을 몇 개씩 사다,
　 제대로 된 물건을 사다

❷ '되로 주고 말로 받는다', 사람들한테 짜증만 내다,
　 친절하게 대하다

❸ '백지장도 맞들면 낫다, 혼자서 끙끙거리다,
　 사람들의 의견도 듣다

❹ '소 잃고 외양간 고친다', 잃어버리고 후회하다,
　 물건을 잘 챙기다

 〈보기〉와 같이 이야기해 보세요.

> 보기
>
> **'티끌 모아 태산', 저축을 하다**
>
> 가: 티끌 모아 태산이라고 이제부터라도 저축을 하지 않으면 안 돼요.
> 나: 계속 그렇게 말씀하시니 저축을 하지 않을 수가 없네요.

❶ '싼 게 비지떡', 제대로 된 물건을 사다

❷ '되로 주고 말로 받는다', 사람들에게 친절하게 대하다

❸ '백지장도 맞들면 낫다', 사람들과 협력을 하다

❹ '소 잃고 외양간 고친다', 물건을 잘 챙기다

❺ '말 한 마디로 천 냥 빚을 갚는다',
　 사람들에게 따뜻하게 말을 하다

❻ '세 살 버릇 여든까지 간다',
　 나쁜 버릇을 고치려고 노력하다

9 〈보기〉와 같이 이야기해 보세요.

> 보기
>
> ### 쥐 죽은 듯이 조용하다
>
> 가: 왜 아주 조용한 상태를 쥐 죽은 듯이 조용하다고
> 해요?
> 나: 저도 정확히는 모르겠지만 돌아다니거나
> 찍찍거리던 쥐가 죽으면 갑자기 조용해지기 때문이
> 아닐까요?
> 가: 작은 쥐 몇 마리 죽었다고 별로 조용해질 것 같지
> 않은데요.
> 나: 아마 텔레비전도 자동차도 없던 아주 오래 전에 생긴
> 말이라서 그럴 거예요.

❶ '땅 짚고 헤엄치기'

❷ '서당개 삼 년이면 풍월을 읊는다'

❸ '밑 빠진 독에 물 붓기'

❹ '싼 게 비지떡'

❺ '꿩 대신 닭'

❻ '등잔 밑이 어둡다'

■ 발음 發音

ㅈ : ㅊ : ㅉ

자요? 차요? 짜요?

ㅈ、ㅊ、ㅉ可以根據呼吸的送氣量區分為ㅈ（微送氣音）、ㅊ（送氣音）、ㅉ（非送氣音）。此外，ㅈ、ㅊ、ㅉ亦可以單字首音節的音高做出區分，ㅈ為低音，而ㅊ、ㅉ為高音。

▶ **연습해 보세요.**

자　　차　　짜

(1) 차가 자주 고장 나서
　　 짜증나요.
(2) 중학교 때부터 축구를 쭉 했
　　 어요.
(3) 김치찌개 만들기는 나한테
　　 땅 짚고 헤엄치기예요.

聽力_듣기

1 다음 대화를 잘 듣고 무엇에 대한 대화인지 고르세요.
請仔細聽完以下的對話後，選出其為何種對話內容。

1) ☐ 속담의 의미

   ☐ 속담의 기능

2) ☐ 속담의 사용 방법

   ☐ 속담의 사용 상황

▸ 新語彙

거미도 줄을 쳐야 벌레를 잡는다
比喻無論什麼事都要事先準備，才能有所成果。（蜘蛛也要結網才能抓蟲子。）

대가 代價

강조하다 強調

표정을 짓다 做表情

2 다음은 강의의 일부입니다. 잘 듣고 질문에 답하세요.
以下是課程的部分內容。請仔細聆聽後，回答問題。

1) 강의의 내용으로 알맞은 것을 고르세요.

❶ 속담의 유래

❷ 속담의 유형

❸ 속담의 특징

2) 강의자가 강의 내용을 준비하는 데 활용한 것을
고르세요.

❶ 속담 사용 현황에 대한 도표나 자료

❷ 속담이 사용되는 구체적인 상황의 예

❸ 속담에 대한 다른 학자들의 연구 내용

▸ 新語彙

견해 見解

개념 概念

연구자 研究者、研究人員

종합하다 綜合、總結

사회적 社會性的

산물 產物

특징을 반영하다 反應出特徵

3) 이 강의의 앞부분과 뒷부분에는 각각 어떤 내용이 있었는지
이야기해 보세요. 그리고 그렇게 생각한 근거도 이야기해
보세요.

🎤 口說_말하기

1 한국어의 문화적인 표현이나 혹은 한국 문화를 잘 몰라서 말실수를 하거나 오해를 산 경험에 대해 이야기해 보세요.
請説説看因為不清楚韓國語中的文化表現或韓國文化，而導致失言或是遭人誤會的經驗。

- 다음과 같은 이유로 말실수를 하거나 오해를 산 경험이 있는지 생각해 보세요.
  請想想看是否有因為以下的理由而導致失言或遭到誤會的經歷。

  1) 비유적 표현, 관용 표현, 속담의 의미나 쓰임을 몰라서

  2) 은어나 속어 등 사용하면 안 되는 표현을 사용해서

- 서너 명이 한 팀이 되어 말실수나 말 때문에 생긴 오해에 대해 이야기해 보세요. 그리고 그때 어떻게 해서 그 상황을 넘겼는지, 오해를 풀었는지도 이야기해 보세요.
  請以三、四人為一組，説説看是否有因為失言而遭誤會的經驗。然後請説説看當時是如何度過難關把誤會消除的。

- 친구들과 이야기한 내용을 바탕으로 여러분의 경험을 정리해 발표해 보세요.
  請以與朋友討論的內容為基礎，整理出各位的經驗發表看看。

2 여러분 나라의 관용 표현이나 속담을 설명해 보세요.
請説明看看各位國家的慣用表現或俗諺。

- 어떤 관용 표현이나 속담입니까? 그것을 소개하려는 이유는 무엇인지 정리해 보세요.
  是什麼樣的慣用表現或俗諺呢？想要介紹這些慣用表現或俗諺的理由是什麼呢？請整理看看。

- 관용 표현이나 속담을 설명할 때는 어떤 내용을 포함해야 할까요? 아래에 제시된 내용 외에 더 필요한 것이 있으면 메모해 보세요.
  在説明慣用表現或俗諺時應該包含哪些內容呢？除了以下提示的內容外，如果還有需要補充的話，請簡單紀錄下來。

  예) 그 관용 표현이나 속담의 의미, 유래, 사용 방법, 사용 상황 등

- 위에서 정리한 내용을 어떤 순서로, 어떻게 이야기할지 정리해 보세요.
  請整理一下以上的內容，想想看該以什麼樣的順序和方式介紹。

- 정리한 내용을 바탕으로 여러분 나라의 관용 표현이나 속담을 설명해 보세요.
  請以整理的內容為基礎，試著説明各位國家的慣用表現和俗諺。

📖 閱讀_읽기

1 다음은 관용 표현 '시치미를 떼다'를 설명하는 글입니다. 잘 읽고 질문에 답하세요.
以下是一篇說明慣用表現「시치미를 떼다」的文章。請仔細閱讀後，回答問題。

● 관용 표현을 설명하는 글에는 어떤 내용이 쓰여 있을지 예측해 보세요.
請預測一下說明慣用表現的文章中會寫些什麼內容。

● 빠른 속도로 읽으면서 예상한 내용과 같은지 확인해 보세요.
請快速地閱讀，並同時確認與預想的內容是否相符。

한국어의 관용 표현 중에 '시치미를 떼다'라는 것이 있다. 이 말은 자기가 하고도 하지 않은 척하거나 알고 있으면서도 모르는 척하는 경우를 표현할 때 사용한다. '시치미를 떼다'는 매를 이용한 사냥에서 생겨난 말인데 그 유래는 다음과 같다. 매를 이용해 사냥을 하기 위해서는 오랜 시간 특별한 방법으로 매를 훈련시켜야 했다. 그런데 시간과 정성을 들여 훈련시킨 매를 잃어버리면 매 주인은 큰 손해를 입게 된다. 그래서 주인들은 자신의 매라는 것을 표시하기 위해서 매의 꽁지 속에 이름표를 달아 놓았다. 그러면 매가 길을 잃어 집에 돌아오지 못하게 되더라도 그 매를 발견한 사람이 주인에게 데려다 줄 수 있기 때문이다. 매에게 달아 놓은 이 이름표를 평안도 말로 '시치미'라고 한다. 그런데 길을 잃은 매를 주인에게 돌려주기는커녕 오히려 ＿＿＿＿＿＿＿＿＿＿. 이런 사람들에게 시치미를 뗐다고 말하기 시작했는데 이 말이 굳어져서 지금의 의미로 사용되게 된 것이다.

新語彙
매 老鷹
사냥 打獵
훈련시키다 訓練
정성을 들이다 精心
손해를 입다 遭受損失
꽁지 尾羽
평안도 平安道（北韓）

● 다시 한 번 읽고 질문에 답하세요.
請再次閱讀後，回答問題。

1) 이 글에 포함되어 있는 내용을 고르고, 그것을 간단하게 정리해 보세요.

☐ 관용 표현의 의미　　　＿＿＿＿＿＿＿＿＿＿＿＿＿＿＿

☐ 관용 표현의 유래　　　＿＿＿＿＿＿＿＿＿＿＿＿＿＿＿

☐ 관용 표현을 사용하는 상황　＿＿＿＿＿＿＿＿＿＿＿＿＿＿

2) 위 글의 ＿＿＿＿＿＿ 부분에 알맞은 내용을 써 보세요.

✏️ 寫作_쓰기

1 여러분 나라의 관용 표현이나 속담을 설명하는 글을 써 보세요.
請寫一篇文章來説明一下各位國家的慣用表現或俗諺。

- 말하기 **2** 에서 발표한 내용을 글로 쓰려면 어떻게 해야 할까요? 발표하기와 글 쓰기는 어떤 차이가 있을지 생각해 보세요.
如果要把口説 **2** 中發表的內容寫成一篇文章的話，應該要怎麼寫呢？請想想看發表和寫作有什麼樣的差異。

- 여러분이 생각한 것이 잘 드러나도록 글의 개요를 작성해 보세요. 이때 읽는 사람의 흥미를 끌 만한 내용이나 방법도 생각해 보세요.
為了讓各位的想法能夠確實展現，請試著書寫文章的概要。請想想看有什麼內容或方法可以吸引讀者的興趣。

- 작성한 개요를 친구와 바꿔 읽고 어떤 내용을 더 보충하면 좋을지 이야기해 보세요. 그리고 이야기한 내용을 반영해 개요를 수정해 보세요.
請和朋友交換閱讀書寫的概要，並説説看要補充些什麼內容好。然後反映討論的內容，試著修正概要。

- 수정한 개요를 바탕으로 글을 써 보세요.
請以修正的概要為基礎，試著書寫一篇文章。

- 글을 다 썼으면 글의 내용을 포괄할 수 있는 제목을 붙여 완성해 보세요.
文章寫完後，請定一個能夠包括文章內容的題目。

자기 평가 ✏️   自我評價

- 비유적 표현, 관용 표현, 속담 등을 이해할 수 있습니까?
能理解比喻的表現、慣用表現和俗諺嗎？
   非常棒 ●━●━●━●━● 待加強

- 비유적 표현, 관용 표현, 속담 등을 사용할 수 있습니까?
能使用比喻的表現、慣用表現和俗諺嗎？
   非常棒 ●━●━●━●━● 待加強

- 관용 표현, 속담 등의 의미와 유래를 설명하는 글을 읽고 쓸 수 있습니까?
能夠閱讀並書寫説明慣用表現、俗語的意義及由來的文章嗎？
   非常棒 ●━●━●━●━● 待加強

1 - 듯이

- -듯이接在動詞、形容詞、「名詞＋이다」、冠形詞形語尾-(으)ㄴ/는/(으)ㄹ/던後，表現前文跟後文的意義幾乎相同。前文是用來比喻後文。

오랜만에 자전거를 타니까 온몸에 땀이 비 오듯이 흘렀다.
하루 종일 잠만 잤더니 몸이 날아갈 듯이 가벼워졌다.

(1) 가 : 영진이는 잘 지내지?
  나 : 그렇겠지.
  가 : 둘이 싸웠니? 영진이를 하루라도 안 만나면 죽는 줄 알던 네가 왜 남의 얘기하듯이 그래?

(2) 가 : 최 선생님께서는 요즘 어떻게 지내시는지 혹시 아세요?
  나 : 산 속에서 사신 게 큰 효과가 있었는지 병이 씻은 듯이 나으셨대요. 그래서 외출도 하시고 책도 쓰신대요.

(3) 가 : 얼굴이 왜 그렇게 하얘요?
  나 : 요 앞에서 어떤 큰 개가 잡아먹을 듯이 달려들잖아요. 무서워서 혼났어요.

(4) 가 : 오늘 기분 어떠세요?
  나 : _____.

2 - 듯하다

- -듯하다接在動詞、形容詞、「名詞＋이다」的冠形詞形後，表現話者對先前事件或狀況的判斷或推測。

하루 종일 잠만 잤더니 몸이 날아갈 듯하다.
해원이의 머리 모양이 달라진 것을 보니 미용실에 갔다 온 듯하다.

(1) 가 : 오늘은 현주 씨가 일찍 퇴근했나 보네요.
  나 : 아까 보니까 몸이 좀 안 좋은 듯했습니다.

(2) 가 : 선경 씨, 저 두 사람은 무슨 관계일까요?
  나 : 아무래도 연인인 듯해요.

(3) 가 : 저 사람 이름이 뭐였지?

　　나 : 나도 아까부터 계속 생각하고 있었는데 기억이 날 듯하면서도 안 나네.

(4) 가 : 준혁이 집에 있어요?

　　나 : 방에서 아무 소리도 안 나는 걸 보니 밖에 나간 듯하네. 혹시 모르니까 방에
　　　　 있는지 확인해 봐.

(5) 가 : 명숙 씨 어디 갔는지 알아요?

　　나 : 잔뜩 꾸미고 나가는 걸 보니 _____.

(6) 가 : 이번 주말에 사람들이 얼마나 모일 것 같습니까?

　　나 : _____.

3　雙重否定

● 雙重否定是針對已被否定的事物再次否定，是表達強烈肯定的用法。

-지 않으면 안 되다　　　-지 않을 수 없다

□新語彙

닥치다 面臨、遇到
허리띠를 졸라매다 勒緊褲帶
어정쩡하다 模稜兩可、不明確

관용 표현은 정해진 그대로 쓰지 않으면 안 된다.

그의 이야기를 들으니 그를 용서하지 않을 수 없었다.

(1) 가 : 서두르지 않으면 안 됩니다.

　　나 : 그런데 이렇게 서두르다가 실수라도 할까 걱정입니다.

(2) 가 : 오늘도 동생 숙제해 주는 거야?

　　나 : 울면서 부탁을 하니까 도와주지 않을 수가 없겠더라고.

(3) 가 : 이제는 돈도 어느 정도 모았고, 아이들도 컸으니 돈 좀 쓰면서 살아도 되지
　　　　 않아요?

　　나 : 앞으로 어떤 일이 닥칠지 어떻게 알아요? 이럴수록 더욱 허리띠를 졸라매지
　　　　 않으면 안 돼요.

(4) 가 : 너 그렇게 어정쩡하게 굴거면 지금이라도 관심없다고 해. 걘 너한테 목숨
　　　　 걸고 있는데.

　　나 : 관심이 없지는 않아. 아직 누구를 사귈 만한 여유가 없어서 그래.

(5) 가 : 준영 씨는 정말 애교가 많은 것 같아요.

　　나 : 맞아요. 그래서 준영 씨가 부탁을 하면 아무리 어려운 일이라도
　　　　 _____.

(6) 가 : 저도 꼭 가야 할까요?

　　나 : _____.

1

갈수록 태산
比喻處境越來越難。（越走越是高山。）

산 넘어 산
比喻困難重重。（越過一座山，還有一座山。）

티끌 모아 태산
比喻聚沙成塔。（聚合塵土，成為高山。）

싼 게 비지떡
比喻便宜沒好貨。（便宜的東西是豆渣餅。）

우물 안 개구리
比喻井底之蛙。（井裡的青蛙。）

꿩 대신 닭
比喻沒魚蝦也好。（用雞代替雉雞。）

식은 죽 먹기
比喻輕而易舉、易如反掌。（吃涼粥。）

누워서 떡 먹기
比喻輕而易舉、易如反掌。（躺著吃糕。）

땅 짚고 헤엄치기
比喻輕而易舉、易如反掌。（撐在地上游泳。）

하늘의 별 따기
比喻難如摘星。（摘天空的星星。）

밑 빠진 독에 물 붓기
比喻竹籃子打水。（往破了個洞的缸裡倒水。）

2

가는 말이 고와야 오는 말이 곱다
比喻禮尚往來。（去的話要好，回來的話才會好。）

세 살 버릇 여든까지 간다
比喻小時養成壞習慣，長大很難更改，因此從小就要注意。（三歲的習慣會帶到八十歲。）

발 없는 말이 천 리를 간다
比喻說話要小心。（沒有腳的馬[話]走千里。）

말 한 마디로 천 냥 빚 갚는다
比喻只要會說話，看起來很困難的事也都能解決。（一句話還千兩的債。）

백지장도 맞들면 낫다
比喻即使是簡單的事，多人合力也會簡單許多。（白紙兩人一起拿也比較好。）

되로 주고 말로 받는다
比喻稍微幫助別人，卻收到大量的回報。（給人一升，收回一斗。）

등잔 밑이 어둡다
比喻越靠近的人或物反而越不清楚。（燈盞下很黑。）

개천에서 용 난다
比喻出身低微家庭裡的人成了了不起的人物。（河溝裡生出了龍。）

소 잃고 외양간 고친다
比喻為時已晚。（牛丟了後，才修牛棚。）

호랑이도 제 말 하면 온다
比喻說曹操，曹操就到。（說到老虎，老虎就出現。）

서당 개 삼 년이면 풍월을 읊는다
比喻即使沒有相關知識或經驗，在那地方待久了，也會有一定的能力。（狗在私塾待了三年，也能吟詩作對。）

종로에서 뺨 맞고 한강에서 화풀이한다
比喻受辱時什麼話都無法說，之後才在憤恨不平。（在鍾路上挨了耳光，到漢江去出氣。）

제7과 스트레스
壓力

目標

各位將能談論壓力的原因及症狀，以及緩解壓力的方法。

主題	壓力
功能	談論壓力的原因、説明壓力的症狀、談論緩解壓力的方法
活動	聽力：聆聽一段有關壓力的對話、聆聽一段公益廣告 口説：談論有關緩解壓力的方法、針對壓力提出建議 閱讀：閱讀有關韓國人緩解壓力方法的報導 寫作：書寫有關壓力管理方法的文章
語彙	壓力的表現、壓力的症狀、緩解壓力的方法
文法	-에다가 -까지、-아/어/여 가다、-(으)ㄴ 척하다
發音	ㄷ：ㅌ：ㄸ
文化	韓國人為了緩解壓力的各種聚餐文化

제7과 **스트레스** 壓力

1. 남자는 무엇 때문에 힘들어 하고 있을까요?

2. 여러분은 어떤 일 때문에 스트레스를 받아요? 그리고 그럴 때는 어떻게 해요?

1

영진 : 헤마 씨, 안색이 왜 그렇게 안 좋아요? 어디 아파요?

헤마 : 아픈 건 아니고 요즘 스트레스가 좀 많아서 그럴 거예요.

영진 : 뭐 때문에 그렇게 스트레스를 받는데요?

헤마 : 제가 대학교 입학하려고 여기저기 지원하는 거 알지요?
　　　 근데 그게 너무 힘드네요. 준비할 서류도 많고 이번 주에는
　　　 시험에다가 면접까지 있어서 스트레스가 이만저만이
　　　 아니에요.

영진 : 정말 힘들겠네요. 그래도 그동안 열심히 준비했으니까
　　　 좋은 결과가 있을 거예요.

헤마 : 저도 긍정적으로 생각하고 싶지만 그래도 좀 불안해요.
　　　 요 며칠은 잠도 계속 설치고 입맛도 없고요.

영진 : 그렇게 스트레스 받지 말고 조금만 더 힘내세요. 다 끝나
　　　 가잖아요.

新語彙
스트레스 壓力
지원하다 申請、應聘
이만저만이 아니다 不是一般、不尋常
긍정적 肯定的、正面的
불안하다 不安的
잠을 설치다 沒睡好

2

의사 : 어떻게 오셨습니까?

환자 : 요즘에 계속 소화도 안되고 두통도 심한데, 무슨 이상이
　　　 있는 건 아닌지 궁금해서요.

의사 : 일단 진찰을 해 봐야 하니까 이쪽으로 누워 보십시오.

〈잠시 후〉

의사 : 음, 몸에 큰 이상이 있는 건 아닌 것 같은데 혹시 최근에
　　　 스트레스를 받는 일이 좀 있으셨어요?

환자 : 얼마 전에 회사에서 새로 맡은 업무가 제 적성에 맞지
　　　 않아서 그런지 스트레스가 심한 편이기는 한데요.

의사 : 환자 분도 아시겠지만 스트레스는 만병의 근원입니다.
　　　 스트레스가 계속 쌓이면 나중에 큰 병이 될 수도 있거든요.

환자 : 그거야 저도 알지만 그게 마음대로 되는 일이 아니라서요.
　　　 어떻게 하지요? 약을 좀 먹어야 할까요?

의사 : 약을 처방해 드릴 수는 있지만 약에 의존하기보다는 마음을
　　　 편하게 먹고 충분한 휴식을 취하는 게 좋을 것 같네요.

新語彙
진찰 診查、診斷
이상이 있다 有異常
만병의 근원 萬病的根源
의존하다 依存、依靠

3

안녕하세요, 라디오 3분 건강입니다. 스트레스 없이 사는 현대인이 있을까요? 어린아이들까지 스트레스로 인하여 힘들어 하는 요즘, 스트레스를 피하기는 쉽지 않지요. 그런데 문제는 이것이 각종 질병의 원인이 된다는 것입니다. 외모 문제에서 진학이나 취업 문제까지 스트레스를 받는 이유도 많고, 편두통에서 성격 변화까지 그 증상도 다양합니다. 그래서 스트레스성 질병을 치료하는 것은 그만큼 쉽지 않은데요. 중요한 것은 스트레스가 쌓이지 않도록 그때 그때 해소해 주는 것입니다. 스트레스가 있어도 없는 척, 문제가 생겨도 아닌 척 하는 것은 상황을 더욱 악화시킬 뿐입니다. 스트레스는 건강을 해친다는 사실을 명심하고 그 원인을 찾아 적극적으로 해결하는 것이 가장 좋습니다. 오늘의 3분 건강, '스트레스는 건강의 적'이었습니다.

新語彙

편두통 偏頭痛
치료 治療
해소하다 緩解、消除
건강을 해치다 有害健康
명심하다 銘記在心
적 敵人

스트레스 해소를 위한 한국인의 다양한 회식 문화
韓國人為了緩解壓力的各種聚餐文化

- 여러분 나라의 직장인들은 스트레스를 어떻게 해소합니까? 여러분은 한국 직장인들의 스트레스 해소 방법에 대해서 알고 있어요?
  各位國家的上班族是如何緩解壓力的呢？各位知道韓國上班族緩解壓力的方法嗎？

- 다음은 한국인의 스트레스 해소법 중의 하나인 회식에 관한 이야기입니다. 잘 읽고 회식 문화에 대해서 이해해 보세요.
  以下的文章是韓國人用聚餐來緩解壓力的方法。請仔細閱讀後，試著瞭解一下聚餐文化。

韓國人喜歡與人交際、計畫聚會活動，且公司時常舉辦聚餐以緩解員工的壓力。在過去，公司的聚餐多從晚上開始，然後一直喝酒喝到深夜。但最近，公司的聚餐文化為了迎合員工的興趣和喜好，也已做了改變。以下的聚餐文化在近來受到很大的歡迎。
- 集體去看一場表演：比起喝酒喝到深夜，星期五晚上去聽場音樂劇如何？在音樂劇結束後，大家可找一家家庭式西餐廳共進晚餐，共享愉快時光。這種聚餐很受二十幾歲的年輕人喜愛。
- 遠離城市去旅行：在令人窒息的城市中生活本身就是一種壓力。遠離城市，來段旅行吧！星期六晚上下班後不要老是喝啤酒，離開城市去享受怡人的大自然。
- 體育活動：整天在室內工作讓人覺得身體不適，這時到戶外走走如何？和好朋友或同事相約，一起去踢場足球或做些什麼運動吧！這既可以加深友誼，還可以緩解壓力。對於每天都得動腦工作的現代人來說，這是一種緩解壓力的很好方法。

- 위에 제시된 것 이외에 스트레스 해소에 도움을 줄 수 있는 방법이 있으면 이야기해 보세요.
  除了以上提示的方法外，請說說看還有哪些緩解壓力的好方法。

1 〈보기〉와 같이 이야기해 보세요.

> 보기
> ### 회사 일이 힘들다, 스트레스가 좀 많다
> 가: 안색이 안 좋은 걸 보니 무슨 일이 있나 봐요.
> 나: 회사 일이 힘들어서 스트레스가 좀 많아요.

❶ 취업 준비를 하고 있다, 스트레스가 좀 있다

❷ 친구들 사이에 오해가 생기다, 스트레스를 좀 받았다

❸ 요즘 업무 부담이 크다,
　스트레스가 많이 쌓였다

❹ 회사에 나를 괴롭히는 상사가 있다,
　스트레스를 많이 받다

❺ 돈도 떨어지고 아르바이트 자리도 없다,
　그게 스트레스가 되다

❻ 부모님이 자꾸 결혼을 하라고 하시다,
　그게 좀 스트레스이다

2 〈보기〉와 같이 이야기해 보세요.

> 보기
> ### 잠을 자주 설치다, 밥맛이 전혀 없다
> 가: 요즘 스트레스를 많이 받는다면서요? 힘들지요?
> 나: 네, 잠을 자주 설치고 밥맛이 전혀 없어요.

❶ 식욕이 떨어지다, 소화가 잘 안되다

❷ 신경이 예민해지다, 작은 일에도 쉽게 화가 나다

❸ 불면증이 생기다, 편두통이 심하다

❹ 매사에 의욕이 없다, 대인 관계도 피하게 되다

❺ 어깨하고 목이 결리다, 얼굴에도 뭐가 나다

❻ 세상만사가 귀찮다, 툭하면 짜증이 나다

스트레스 표현 壓力的表現

스트레스가 많다 壓力很大
스트레스가 있다 有壓力
스트레스가 생기다 產生壓力
스트레스가 쌓이다 壓力累積
스트레스를 받다 受到壓力
스트레스가 되다 成為壓力
스트레스이다 是壓力
스트레스를 풀다/해소하다
緩解壓力

스트레스 증상 壓力的症狀

식욕이 떨어지다
食慾下降、食慾不振
소화가 잘 안되다 消化不良
신경이 예민해지다
神經變得緊張
불면증이 생기다 出現失眠症狀
편두통이 심하다 偏頭痛很嚴重
매사에 의욕이 없다
對每件事都很消極
대인 관계를 피하다
不願意與人接觸
어깨/목이 걸리다
肩膀 / 脖子疼痛
얼굴에 뭐가 나다 臉上長東西
세상만사가 귀찮다 厭世
툭하면 짜증을 내다
動不動就不耐煩

3 〈보기〉와 같이 이야기해 보세요.

> 보기
>
> ### 숙제, 시험, 있다
>
> 가: 무슨 일 때문에 그렇게 스트레스를 많이 받는 거예요?
> 나: 숙제에다가 시험까지 있어서 정말 죽겠어요.

 新語彙

겹치다 重疊

❶ 아르바이트, 학교 행사 준비, 해야 되다

❷ 과장님이 시킨 일, 부장님이 시킨 일, 겹치다

❸ 집들이, 시부모님 생신 잔치, 준비해야 하다

❹ 자격증 시험, 입사 면접시험, 줄줄이 있다

❺ 여드름, 다른 피부병, 얼굴에 생기다

❻ 회의가 3개, 며칠째 야근, 겹치다

4 〈보기〉와 같이 이야기해 보세요.

> 보기
>
> ### 짜증이 많이 난다 / 취직 문제, 건강, 이상이 생기다
>
> 가: 요즘 무슨 일 있어요? 힘들어 보여요.
> 나: 말도 마세요. 요즘 스트레스를 하도 받아서 짜증이 많이 나요.
> 가: 왜 그러는데요?
> 나: 취직 문제에다가 건강까지 이상이 생겨서 너무 힘들어요.

❶ 신경질이 난다 / 한국어 공부, 영어 공부, 해야 되다

❷ 신경이 예민해졌다 / 결혼 비용 문제, 이사 비용 문제, 생기다

❸ 어깨하고 목이 결린다 / 전부터 하던 업무, 새로운 업무, 맡다

❹ 두통이 심하다 / 발표 준비, 숙제, 끝내야 하다

❺ 매사에 의욕이 없다 / 등록금, 하숙비, 오르다

❻ 세상만사가 다 귀찮다 / 여드름, 눈병, 나다

■ 발음 發音

ㄷ : ㅌ : ㄸ

ㄷ、ㅌ、ㄸ可以根據呼吸的送氣量區分為ㄷ（微送氣音）、ㅌ（送氣音）、ㄸ（非送氣音）。此外，ㄷ、ㅌ、ㄸ亦可以單字首音節的音高做出區分，ㄷ為低音，而ㅌ、ㄸ為高音。

달　　탈　　딸

▶ **연습해 보세요.**

(1) 대리님, 힘들 때는 저한테 말씀하세요.

(2) 동규 씨는 뚱뚱한 게 아니라 통통한 거예요.

(3) 딸기가 달다고 많이 먹더니 결국 탈이 났군요.

5 〈보기〉와 같이 이야기해 보세요.

■ 新語彙

> 보기
>
> ### 일을 하면 할수록 더 쌓이다, 정말 미칠 것 같다
>
> 가: 요즘 스트레스로 힘들어 한다고 들었는데 좀 어때요?
> 나: 일을 하면 할수록 더 쌓여 가서 정말 미칠 것 같아요.

심리적으로 心理上地

수입 收入

마음 편할 날이 없다
沒有一天心裡感到舒服

한숨 돌리다 鬆口氣

 원서 마감일이 다 되다 / 걱정이 태산이다

 모아 놓은 돈이 다 떨어지다 / 심리적으로 좀 불안하다

 수입은 줄었는데 돈 쓸 일은 자꾸 늘다 /
마음 편할 날이 없다

 할 일들을 거의 다하다 / 이제는 한숨 돌렸다

 힘든 프로젝트가 다 끝나다 / 이젠 좀 살 만해졌다

6 〈보기〉와 같이 연습하고, 스트레스에 대해 이야기해
보세요.

■ 스트레스 해소 방법
緩解壓力的方法

> 보기
>
> ### 정말 아무것도 하기 싫다 /
> ### 너무 집에만 있다, 친구들이라도 좀 만나 보다
>
> 가: 스트레스 때문에 정말 아무것도 하기 싫어.
> 나: 그렇다고 너무 집에만 있지 말고 친구들이라도 좀
> 만나 보지 그래?

땀을 흘리다 流汗

취미 생활을 즐기다
享受趣味生活

회식 자리에 참석하다
參加聚餐

숙면을 취하다 熟睡

기분 전환을 하다 轉換心情

상담을 받다 接受諮詢

먹는 것에 의존하다 依靠吃東西

가만히 있다 安靜地待著

몸을 혹사시키다
使身體透支、糟蹋身子

 자꾸 폭식을 하게 되다 /
먹는 것에만 의존하다, 운동이라도 하다

 신경이 좀 예민한 상태이다 /
계속 그 문제에만 집착하다, 취미 생활이라도 즐기다

 모든 일이 귀찮다 / 혼자서 참기만 하다,
사람들이라도 만나고 회식 자리에도 참석하다

 툭하면 짜증이 나다 /
화만 내다, 기분 전환이라도 할 겸 어디든 나가 보다

 불면증이 심하다 / 가만히 있다, 어디 가서 상담이라도
받아 보다

〈보기〉와 같이 연습하고, 스트레스에 대해 이야기해
보세요.

● 新語彙

속아 주다 甘願被騙
하찮다 微不足道的、沒價值的
오해 誤會
금이 가다 出現裂痕
덮어 두다 擱置、掩蓋
기분이 상하다 傷心、難過
죄책감이 느껴지다
感到內疚、感到罪惡感
속마음 內心
아무렇지 않다
不痛不癢、無關緊要

> 보기
>
> **같이 사는 친구하고 성격이 안 맞다, 너무 힘들다 /
> 별일 아니다, 넘어가다**
>
> 가: 같이 사는 친구하고 성격이 안 맞아서 너무
>   힘들어요.
> 나: 그럴 때 별일 아닌 척하고 넘어가면 문제만 더
>   커지니까 그냥 이야기해 보세요.

❶ 남자 친구가 자꾸 다른 여자를 만나다, 속상해 죽겠다 /
   모르다, 속아 주다

❷ 우리 과장님이 저만 괴롭히다, 과장님 얼굴 보기도
   싫다 / 괜찮다, 참고 있다

❸ 하찮은 오해 때문에 친구 사이에 금이 가게 되다,
   마음이 너무 아프다 / 신경 안 쓰다, 덮어 두다

❹ 제가 영어를 잘하는 줄 알고 회사 선배가 자꾸 번역을
   맡기다, 거짓말하느라 힘들다 / 영어를 잘하다,
   사람들을 속이다

❺ 친구가 자꾸 내가 싫어하는 별명을 부르다,
   기분이 좀 상하다 / 아무렇지도 않다, 그냥 넘어가다

❻ 친구의 여자 친구를 나도 몰래 사랑하게 되다,
   친구한테 죄책감이 느껴지다 / 아무 일도 없다,
   속마음을 숨기다

❼ 시키는 일에 최선을 다했더니 계속 나한테만 일을
   주다, 힘들어 죽겠다 / 아무렇지도 않다, 열심히 하다

❽ 사람들이 내가 뭘 먹기만 하면 살 찐다고 그만 먹으라고
   구박하다, 자존심이 상하다 / 신경이 안 쓰이다,
   넘어가다

8 〈보기〉와 같이 이야기해 보세요.

> **보기**
>
> ### 스트레스, 얼굴에 자꾸 뭐가 나다 / 스트레스성 피부병이 생겼다, 피부에 휴식을 주다
>
> 가: 안녕하세요, 어떻게 오셨습니까?
> 나: 요즘 스트레스 때문인지 얼굴에 자꾸 뭐가 나는데 어떻게 해야 할지 모르겠어요.
> 가: 진찰을 해 봐야 알겠지만 일단 스트레스성 피부병이 생긴 경우에는 피부에 휴식을 주는 것이 좋습니다.

新語彙

과로 過勞
틈틈이 一有空
체조 體操
갑작스럽다 突然的
수면 장애 睡眠障礙
생활의 리듬이 깨어지다 生活節奏被打破
안정시키다 使安靜、使鎭定
비타민 維生素
섭취하다 攝取

❶ 과로, 어깨와 목이 늘 결리다 / 과로로 인해서 여기저기 결린다, 틈틈이 가벼운 체조를 해 주다

❷ 스트레스, 사람들을 대하는 게 힘들어지다 / 그런 문제가 생기다, 자꾸 뭔가를 하려고 애쓰지 말고 잠시 사람들과 거리를 두다

❸ 스트레스, 편두통이 심하고 소화도 안되다 / 스트레스성 질병이 발생했다, 원인을 찾아서 적극적으로 치료하다

❹ 불면증, 하루 종일 피로하고 업무에 집중을 못하다, 갑작스러운 수면 장애가 생겼다, 원인을 찾아 해결하다

❺ 불안감, 자꾸 폭식을 하게 되다 / 불안감 해소를 위해 음식에만 의존하게 됐다, 그 문제에만 집착하지 말고 생각을 다른 데로 돌리다

❻ 취업 준비, 잠도 설치고 밥맛도 없다 / 스트레스로 인해 생활의 리듬이 깨졌다, 마음을 안정시키고 비타민 같은 것을 섭취하다

❼ 새로 맡게 된 업무, 잠을 깊이 못 자고 악몽에 시달리다 / 스트레스로 인해 수면 장애가 생겼다, 잠을 자기 전에 편안한 음악을 듣거나 따뜻한 물로 샤워를 하다

9 〈보기〉와 같이 이야기해 보세요.

보기

원인 : 여자 친구와 헤어지다
증상 : 매사에 의욕이 없다,
　　　그 여자 친구만 생각나다
해소 방법 : 터놓고 말하다

가: 야, 너 요즘 인생 포기한 사람 같아. 왜 그러냐?

나: 말도 꺼내지 마. 나 여자 친구랑 헤어져서 죽을 만큼
　　힘들어. 하고 싶은 일도 없고 하루 종일 걔 생각이
　　머리에서 떠나지를 않아.

가: 여자 친구를 그렇게 사랑한다면 네 마음을 숨기지
　　말고 터놓고 말해 봐. 그냥 아무렇지도 않은 척하면
　　오히려 너만 더 힘들어져.

❶

원인 : 자꾸 늘어 가는 업무,
　　　잦은 야근
증상 : 어깨와 목이 결리다,
　　　피곤한데도 잠을 자기
　　　힘들다
해소 방법 : 가벼운 체조를 하다

❷

원인 : 취직 준비,
　　　영어 시험 준비
증상 : 소화가 안되다,
　　　신경이 예민해져서 쉽게
　　　화를 내다
해소 방법 : 가끔 바람을 쐬다

❸

원인 : 얼굴에 막 뭐가 나다
증상 : 사람 만나기가 싫다,
　　　짜증만 나다
해소 방법 : 피부에만 집착하지
　　　　　　않다

🎧 聽力_듣기

1 다음은 스트레스에 대한 대화입니다. 잘 듣고 질문에 답하세요.
以下是一段有關壓力的對話，請仔細聆聽後，回答問題。

1) 제니가 요즘 스트레스를 받고 있는 이유는 무엇입니까?

❶ 남자 친구가 다른 여자들에게 관심을 보여서

❷ 좋아하는 후배의 생일 선물을 고르기 힘들어서

❸ 남자 친구가 자신의 생일날 케이크만을 선물해서

❹ 여자 후배들이 자기 남자 친구에게 관심을 가져서

> ▪新語彙
>
> **따지다** 計較、追究
> **꼬치꼬치** 追根究柢地

2) 친구가 이야기한 해결 방법이 아닌 것을 고르세요.

❶ 모르는 척하고 기다려 본다.

❷ 둘의 관계에 대해서 물어본다.

❸ 식욕이 없어도 음식을 먹어 둔다.

❹ 솔직하게 마음에 있는 말을 한다.

2 다음을 잘 듣고 질문에 답하세요.
請仔細聆聽以下的內容後，回答問題。

1) 들은 이야기의 종류를 고르세요.

❶ 병원의 안내 방송

❷ 라디오의 공익 광고

❸ 건강 상담 전화 안내

❹ 코미디 프로그램 예고

> ▪新語彙
>
> **웃음 치료** 微笑療法
> **마음의 여유** 內心的從容
> **캠페인** 活動、運動
> **공익 광고** 公益廣告

2) 아래의 내용이 맞으면○, 틀리면✕에 표시하세요

(1) 웃는 연습을 하는 웃음 치료가
　　인기이다.　　　　　　　　　　　○　✕

(2) 웃음 치료는 몸과 마음의 병을
　　고치는 데 도움이 된다.　　　　　○　✕

(3) 많이 웃고 긍정적으로 생각하면
　　스트레스가 해소된다.　　　　　　○　✕

口說_말하기

1 다음은 스트레스 때문에 힘들어하는 사람의 이야기입니다. 이 사람에게 맞는 스트레스
해소 방법을 제안해 보세요.
以下的這個人因壓力而飽受痛苦，請針對他的狀況提出緩解壓力的合適建議。

1) 이 사람이 스트레스를 받고 있는 이유는 무엇이며 그 증상은 어떻습니까?

2) 이 사람이 생각하는 해결 방법은 무엇입니까? 그것은 좋은 방법이라고 생각합니까?
   아니라면 여러분이 생각하는 해결 방법은 무엇입니까?

3) 이 사람의 친구가 되어 이 문제의 해결 방법에 대해 이야기해 보세요.

2 친구들과 함께 자신의 스트레스에 대해 이야기하고 조언해 보세요.
請和朋友們談談自己的壓力，並且提供建言。

● 다음에 대해 친구들과 이야기해 보세요.
   請針對以下的問題和朋友討論看看。

1) 여러분은 스트레스가 많이 있습니까? 여러분에게 스트레스가 되는 문제는
   무엇입니까?

2) 그 문제 때문에 여러분의 생활은 얼만큼 힘들어졌습니까? 어떤 문제들이
   생겼습니까?

3) 스트레스의 원인과 증상, 그리고 해소 방법에 대하여 친구 3명에게 인터뷰를
   해 보세요.

● 우리 반 친구들의 가장 큰 스트레스는 무엇입니까? 증상으로는 어떤 것이 있습니까? 해소
   방법으로는 무엇이 있습니까? 인터뷰의 결과를 발표해 보세요.
   班上朋友們最大的壓力是什麼呢？有什麼樣的症狀呢？有什麼樣的緩解方法呢？請發表一下採訪的結果。

📖 閱讀_읽기

1 다음은 한국인의 스트레스 해소 방법에 관한 기사입니다. 잘 읽고 질문에 답하세요.
以下是一篇有關韓國人如何緩解壓力的報導。請仔細閱讀後，回答問題。

● 한국인들은 주로 어떻게 스트레스를 풀까요? 스트레스 해소 방법에 관한 글에는
어떤 내용이 쓰여 있을지 예측해 보세요.
韓國人主要是如何緩解壓力的呢？請預測一下有關如何緩解壓力的文章中會寫些什麼內容。

● 빠른 속도로 읽으면서 예상한 내용과 같은지 확인해 보세요.
請快速地閱讀，並同時確認與預想的內容是否相符。

> 현대인들은 어떻게 스트레스를 해소할까? 시립정신건강센터에서는 지난 6일 한국인들이 선호하는 스트레스 해소 방법에 대한 설문 조사를 실시했다. 이 조사는 대도시에 거주하는 20대에서 60대까지의 성인 남녀 500명을 대상으로, 스트레스를 풀기 위해 가장 자주 하는 일에 대한 질문을 중심으로 이루어졌다. 그 결과 '동료들과 회식을 한다'가 24.5%로 1위, '집에서 가족들과 쉬면서 함께 시간을 보낸다'가 18.7%로 2위, 그리고 '그냥 참고 그 일이 지나가기를 기다린다'가 11%로 3위를 차지하였다. 조사 결과를 보면 한국의 현대인들은 주로 사람들과 함께 즐거운 시간을 보내며 스트레스를 해소한다는 것을 알 수 있다. 또 특별한 해소 방법 없이 그냥 참고 넘기는 사람들도 많다는 사실을 알 수 있다. 한편 '스트레스를 처음부터 받지 않는다'는 응답도 상당수 있어 처음부터 스트레스를 받지 않도록 노력하는 사람들도 많은 것으로 나타났다.

1) 위의 설문 조사를 보고 다음의 그래프를 완성하세요.

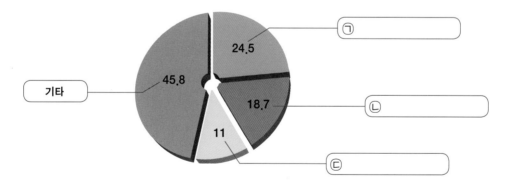

2) 위 글의 내용과 같은 것을 고르세요.

❶ 한국인들은 주로 사람들과 어울리면서 스트레스를 해소한다.

❷ 대부분의 한국인들은 스트레스를 처음부터 받지 않는 편이다.

❸ 스트레스를 받을 때 그냥 참고 넘기는 한국인들은 별로 많지 않다.

❹ 한국인들은 스트레스를 해소하기 위해서 주로 여가 생활을 즐긴다.

寫作_쓰기

1 자신의 스트레스 관리법에 대하여 써 보세요.
請寫一篇文章介紹自己管理壓力的方法。

● 여러분은 주로 어떤 문제로 인해 스트레스를 받습니까? 스트레스를 받으면
어떻게 하는 편입니까? 다음에 대해 메모해 보세요.
各位主要是因為什麼問題而有壓力呢？有壓力的話，主要會怎麼做呢？請針對以下的提問簡單寫下答案。

1) 여러분이 최근에 스트레스를 받은 일은 무엇입니까?

2) 여러분은 스트레스를 잘 받는 성격입니까, 아닙니까? 스트레스를 받으면 어떤
증상이 나타납니까?

3) 여러분이 선호하는 스트레스 해소 방법으로는 무엇이 있습니까? 그 방법이
효과적이라고 생각합니까? 그 이유는 무엇입니까?

4) 스트레스가 여러분의 생활에 긍정적인 역할을 하기도 합니까? 어떤 경우입니까?

● '나의 스트레스 관리법'이라는 제목으로 글을 써 보세요.
請以「我的壓力管理方法」為題，寫一篇文章。

자기 평가
自我評價

● 스트레스의 원인과 증상, 해소 방법에 대하여 이야기할 수 있습니까?
能談論壓力的原因、症狀及緩解方法嗎？　　非常棒 ●━●━●━●━○ 待加強

● 다른 사람의 스트레스 문제에 대하여 해결책을 제시할 수 있습니까?
能針對別人的壓力問題提供解決辦法嗎？　　非常棒 ●━●━●━●━○ 待加強

● 스트레스에 대한 글을 읽고 쓸 수 있습니까?
能閱讀並書寫有關壓力的文章嗎？　　非常棒 ●━●━●━●━○ 待加強

1 -에다가 -까지

● -에다가 -까지接在名詞之後，表現除了前一個名詞外，還添加上某些內容。如果是與動詞或形容詞結合，則使用-는/(으)ㄴ 데다가的形式。

● -는 데다가可以接在以있다、없다結束的現在式動詞或形容詞後。-(으)ㄴ 데다가可以接在現在式的形容詞或過去式動詞後。

이번 주에는 자격증 시험을 보는 데다가 이사도 가야 해서 스트레스가 많다.
이 하숙집은 방이 넓은 데다가 화장실까지 딸려 있어서 조금 비싸다.
기말시험을 못 본 데다가 결석까지 많이 해서 다음 급으로 올라가기 어렵겠다.
이번 달에는 월급에다가 보너스까지 많이 받아서 기분이 날아갈 듯하다.

(1) 가 : 요즘에 왜 그렇게 스트레스를 많이 받아요?
　　나 : 결혼 비용에다가 전세 비용까지 마련하려니까 걱정이 돼서요.
(2) 가 : 일이 늘어서 잠 잘 시간도 없겠어요.
　　나 : 네. 원래 하던 일에다가 새로 생긴 일까지 있어 눈코 뜰 새 없이 바빠요.
(3) 가 : 기온이 떨어진 데다가 바람까지 불어서 여간 추운 게 아니에요.
　　나 : 맞아요. 갑자기 겨울이 되어 버린 것 같아요.
(4) 가 : 뭐가 그렇게 바빠요? 얼굴 보기가 힘드네요.
　　나 : _____.

2 -아/어/여 가다

● -아/어/여 가다接在動詞和部分形容詞後，表現某動作或狀態的持續。主要與動詞結合，表現進行中的動作即將進入尾聲。

가 : 어디야? 도착하려면 아직 멀었어?
나 : 이제 다 와 가니까 조금만 기다려.

● 根據語幹的可分為三種形態。
a. 語幹最後一個音節的母音為ㅏ、ㅗ（하다除外）時，使用-아 가다。
b. 語幹最後一個音節的母音為ㅏ、ㅗ以外時，使用-어 가다。
c. 語幹最後一個音節為하時，使用-여 가다，但-해 가다更常被使用。

(1) 가 : 요즘에도 스트레스 때문에 힘드세요?
　　나 : 아니요, 힘든 일들이 거의 끝나 가니 좀 괜찮네요.

(2) 가 : 안색을 보니 스트레스가 이만저만이 아닌가 봐요.

　　나 : 네, 업무는 자꾸 늘어 가고 시간은 없고 정말 죽겠네요.

(3) 가 : 회의 시간 다 되어 가는데 자료 준비 아직 멀었어요?

　　나 : 아닙니다. 이제 다 돼 갑니다.

(4) 가 : 영진아, 아직도 점심 먹고 있는 거야?

　　나 : _____.

3 -(으)ㄴ 척하다

- -(으)ㄴ 척하다接在動詞、形容詞、「名詞＋이다」後，表現行為為自己杜撰編造的。

재는 제대로 아는 것은 하나도 없는데 무슨 이야기만 나오면 아는 척한다.

- 有以下有三種形態：

　a. 動詞語幹、形容詞語幹以있다/없다結尾時，使用-ㄴ 척하다。

　b. 形容詞語幹以母音或ㄹ結尾時，使用-ㄴ 척하다。

　c. 形容詞語幹以ㄹ以外的子音結尾時，使用-은 척하다。

(1) 가 : 이런 정도의 스트레스는 그냥 시간이 지나가면 괜찮아지겠지요?

　　나 : 그냥 별일 아닌 척하고 넘어가면 오히려 스트레스를 키우게 되는 거예요.

(2) 가 : 스트레스를 엄청 받을 텐데 어떻게 아무렇지도 않은 척할 수 있어요?

　　나 : 아무렇지도 않은 척하는 게 아니라 제가 스트레스를 잘 안 받는 성격이에요.

(3) 가 : 너 엄마한테 또 혼났다면서?

　　나 : 응, 공부하는 척하면서 컴퓨터 게임을 하고 있었거든.

(4) 가 : 재는 항상 저러더라.

　　나 : 맞아. 왜 알면서도 모르는 척하는지 도대체 이해가 안돼.

(5) 가 : 김종수 씨가 애가 둘이나 딸린 유부남이라면서요?

　　나 : 정말이요? _____.

(6) 가 : 경실 씨는 못하는 게 하나도 없다면서요?

　　나 : 글쎄요. _____.

MEMO

제8과 추억

回憶

目標

各位將能談論小時候及學生時期的回憶。

主題	回憶
功能	談論小的時候、談論學生時期、談論小時候讓人回憶的遊戲與歌曲等
活動	聽力：聆聽一段談論回憶中音樂的對話、聆聽一段尋人的廣播
	口說：了解一下學生時期自己和同學是什麼樣的學生、談論最難忘的回憶
	閱讀：閱讀有關最難忘的老師的文章
	寫作：書寫有關最難忘的回憶的文章
語彙	回憶、綽號、小時候及學生時期的回憶
文法	무렵、-고는 하다、-ㄴ지、-은/는커녕、기는커녕
發音	-는걸요的語調
文化	韓國人小時候常玩的遊戲

제8과 **추억** 回憶

1. 남자와 여자는 지금 무엇을 보고 있어요? 두 사람은 무슨 이야기를 하고 있을까요?

2. 여러분은 어렸을 때 주로 무엇을 하면서 놀았어요?

1

제프 : 수미 씨, 저 아이들이 지금 하고 있는 게 뭐죠?

수미 : 아, 저거요? 숨바꼭질이라고, 술래가 된 아이가 숨어 있는
　　　친구들을 찾아내는 놀이예요.

제프 : 맞다, 숨바꼭질. 그 단어가 기억이 안 나 가지고요.

수미 : 제프 씨도 숨바꼭질을 알아요?

제프 : 그럼요. 미국에도 똑같은 놀이가 있어요. 저도 어릴 때
　　　많이 하고 놀았어요. 그런데 요즘 아이들은 별로 재미가
　　　없는지 숨바꼭질을 잘 안 하더라고요. 이렇게 직접 보는 건
　　　굉장히 오랜만이에요.

수미 : 그러고 보니 저도 그런 것 같네요. 쟤네들을 보고 있으니까
　　　왠지 옛날 생각이 나는데요.

新語彙
숨바꼭질 捉迷藏
술래 當鬼的人
쟤네 他們

2

히로미 : 몽흐졸 씨, 우리 좀 쉬었다가 할까요?

몽흐졸 : 읽던 거니까 이것까지만 다 읽고요.

히로미 : 그래요. 그런데 몽흐졸 씨, 지금도 이렇게 열심히 공부하는
　　　　걸 보면 학교 다닐 때는 꽤 모범생이었겠어요.

몽흐졸 : 아니요, 제가 얼마나 문제아였다고요. 특히 고등학교에
　　　　다닐 무렵에는 하도 학교에 안 가서 같은 반 친구들도 제
　　　　이름을 모를 정도였는걸요.

히로미 : 에이, 말도 안 돼요.

몽흐졸 : 정말이에요. 그땐 영화감독이 되겠다고 틈만 나면 영화를
　　　　보러 다녔거든요. 어쩌다가 집에 있는 날에도 시나리오를
　　　　쓴다고 방 안에만 틀어박혀 있고는 했어요.

히로미 : 그래도 친구들을 괴롭히거나 나쁜 짓을 한 건 아니죠? 저는
　　　　문제아였다고 하길래 살짝 긴장했는데……

몽흐졸 : 문제아라는 소리에 긴장한 걸 보면 히로미 씨야말로
　　　　앞뒤가 꽉 막힌 공붓벌레였겠는데요.

新語彙
모범생 模範生
문제아 問題兒童
무렵 時候、時分
틈이 나다 有空
어쩌다가 偶爾、碰巧
틀어박히다 窩在、悶在
앞뒤가 꽉 막히다
無法變通、缺乏靈活性
공붓벌레 書呆子

3

열 살 무렵 나는 컴퓨터 게임에 푹 빠져 있었다. 용돈이 부족했던 나는 어느 날 아버지의 지갑에서 돈을 훔치고 말았다. PC방에 있는 동안에는 몰랐는데 집에 가야 할 때가 되니 '들키면 어떡하지' 하는 걱정에 가슴이 콩닥콩닥 뛰었다. 그런데 아버지께서는 돈이 없어진 것을 모르는지 평소와 다름없이 나를 대하셨다. 나는 아버지께서 눈치채시지 못한 것을 다행스러워하며 잠자리에 들었다. 그리고 며칠 후, 아버지께서는 나에게 같이 낚시를 가자고 하시는 게 아닌가? 나는 '드디어 올 것이 왔구나' 하는 생각을 하며 고개를 푹 숙인 채 따라 나섰다. 그런데 아버지께서는 나를 혼내기는커녕 이런저런 이야기를 하시며 오히려 자상하게 대해 주시는 것이었다. 그런데도 나는 잘못했다는 말을 하지 못한 채 낚싯대만 만지작거리고 있었다. 그 일이 있은 후 얼마 지나지 않아 갑자기 아버지께서 돌아가셨다. 이제 두 번 다시는 함께 낚시를 갈 수 없지만 나는 아버지가 그리울 때면 아버지의 낚싯대를 닦으며 아버지와의 추억에 잠기곤 한다.

新語彙

용돈 零用錢	
들키다 被發現、被抓到	
가슴이 뛰다 心跳	
콩닥콩닥 （心臟）噗通噗通	
다름없다 無異、沒有兩樣	
대하다 對待	
눈치채다 察覺、看出	
잠자리에 들다 上床睡覺	
낚싯대 釣竿	
만지작거리다 摸來摸去、把玩	
그립다 思念的	
추억에 잠기다 沈浸在回憶中	

문화 한국 사람들이 어린 시절에 자주 하는 놀이
韓國人小時候常玩的遊戲

● 다음은 옛날 한국 어린이들이 주로 한 놀이의 사진과 이름입니다. 어떤 놀이일지 생각해 보세요.
　以下是過去韓國小孩子們常玩的遊戲照片和名稱。請想一想是些什麼遊戲。

제기차기　　　　자치기　　　　공기놀이　　　고무줄놀이

● 다음은 각 놀이에 대한 설명입니다. 잘 읽고 이해해 보세요.
　以下是針對各遊戲的說明。請仔細閱讀，並試著瞭解一下。

- 踢毽子：用一塊布或紙包住如硬幣之類的東西，然後把多餘的布或紙剪掉做成毽子。踢毽子時不能讓毽子掉到地上，且踢的次數越多越好。踢毽子是一種老少皆宜的遊戲。
- 打木塊遊戲：小孩子們依序排成一列，然後用木棍去打木塊，誰打得最遠就贏得比賽。
- 抓石子遊戲：使用五個小石子，小孩子將這些石子攤開放在地上，然後按照遊戲規則拋、抓石子。
- 跳橡皮筋繩：跳橡皮筋繩是很受女孩子喜歡的遊戲，一邊唱著兒歌，一邊以各種方式來越過橡皮筋繩。依照遊戲進行方式的不同，腳可碰、也可不碰到橡皮筋繩。

● 여러분 나라의 어린이 놀이를 소개해 보세요.
　請介紹一下各位國家小孩子們的遊戲。

1 〈보기〉와 같이 이야기해 보세요.

> **보기**
>
> **아이들이 노는 것을 보다, 어린 시절이 떠오르다**
>
> 가 : 아이들이 노는 것을 보니까 어린 시절이
>   떠오르네요.
> 나 : 그러게요. 저도 지금 옛날 생각을 하고 있었어요.

**① ** 이 사진을 보다,
  어린 시절의 추억들이 어제의 일처럼 떠오르다

**② ** 이 노래를 듣다,
  어릴 때의 기억들이 새록새록 떠오르다

**③ ** 김 선생님과 닮은 사람을 보다,
  학창 시절의 추억들이 생각나다

**④ ** 학창 시절의 이야기를 하고 있다,
  그때가 어제처럼 생생하게 느껴지다

• 추억 回憶

기억에 남다	留在記憶中
잊을 수 없다	無法忘懷
추억에 잠기다	沈浸在回憶中
기억이 나다	想起來、記起來
추억이 떠오르다	回憶浮現
새록새록 생각나다	一再地想起
엊그제 같다	像幾天前發生的一樣
어제처럼 느껴지다	感覺就像昨天一樣
어제 일처럼 생생하다	就像昨天剛發生的事情一樣記憶猶新
눈에 선하다	歷歷在目

• 新語彙

학창 시절	學生時期

2 〈보기〉와 같이 연습하고, 추억에 대해 이야기해 보세요.

> **보기**
>
> **처음, 혼자서 잠을 자다 / 초등학교에 입학하다**
>
> 가 : 처음으로 혼자서 잠을 잔 게 언제였어요?
> 나 : 아마 초등학교에 입학할 무렵이었던 것 같아요.

• 新語彙

사춘기	青春期
벌을 서다	受罰

**① ** 처음, 부모님께 거짓말을 하다 / 중학교에 다니다

**② ** 처음, 친구들끼리만 여행을 가다 /
  고등학교를 졸업하다

**③ ** 처음, 이름을 쓸 줄 알게 되다 / 초등학교에 들어가다

**④ ** 처음, 연예인을 좋아하게 되다 / 사춘기가 시작되다

**⑤ ** 마지막, 학교에서 벌을 서다 / 초등학교를 졸업하다

**⑥ ** 마지막, 부모님을 따라 극장에 가다 / 고등학교에
  입학하다

3 〈보기〉와 같이 연습하고, 추억에 대해 이야기해 보세요.

> _{보기}
>
> ### 시간만 나다, 여기저기 쏘다니다
>
> 가: 어릴 때는 주로 뭘 하고 놀았어요?
> 나: 친구들하고 시간만 났다 하면 여기저기 쏘다니고는
>   했어요.
> 가: 어릴 때는 꽤나 개구쟁이였나 봐요.

▪新語彙

쏘다니다 閒逛、瞎晃
개구쟁이 淘氣鬼、搗蛋鬼

❶ 시간만 나다, 축구를 하다

❷ 모이다, 컴퓨터 게임을 하다

❸ 틈만 나다, 영화를 보러 다니다

❹ 만나다, 산이나 들로 뛰어다니다

❺ 뭉치다, 여자아이들을 괴롭히고 다니다

4 〈보기〉와 같이 이야기해 보세요.

> _{보기}
>
> ### 축구, 재미있다 /
> ### 그게 좋다, 축구를 하지 않은 날이 하루도 없다
>
> 가: 축구가 그렇게 재미있었어요?
> 나: 그때는 그게 좋았는지 축구를 하지 않은 날이 하루도
>   없었어요.

▪新語彙

입에 달고 살다
不離嘴、總是掛在嘴邊
손에서 놓지 않다
不離手、不放手

❶ 떡볶이, 맛있다 /
  그걸 정말 좋아하다, 떡볶이를 입에 달고 살다

❷ 컴퓨터 게임, 재미있다 /
  돈도 많다, 집에서보다 PC방에서 더 오래 있다

❸ 옆집 오빠, 좋다 /
  눈에 콩깍지가 쓰이다, 하루라도 안 보면 잠을 못 자다

❹ 영화 보는 것, 재미있다 /
  지겹지도 않다, 같은 영화도 몇 번씩 보다

❺ 만화책, 좋다 /
  뭐가 그렇게 재미있다, 만화책을 손에서 놓지 않다

5 〈보기〉와 같이 이야기해 보세요.

> 보기
>
> **소꿉놀이를 하다 / 어머니가 장난감을 내다 버리다 /**
> **여자아이**
>
> 가: 쟤네들 소꿉놀이를 하네.
> 　　나도 저만 할 때 자주 하곤 했는데······.
> 나: 정말이요? 저도 소꿉놀이를 하도 많이 해서
> 　　어머니가 장난감을 내다 버릴 정도였어요.
> 다: 여자아이치고 소꿉놀이를 좋아하지 않은 애가 어디
> 　　있겠어요?

❶ 제기차기를 하다 / 어머니가 제기를 내다 버리다 /
　남자아이

❷ 딱지치기를 하다 / 어머니가 딱지를 숨겨 놓다 /
　남자아이

❸ 인형을 사다 / 방이 인형으로 꽉 차다 / 여자아이

❹ 모형 자동차를 사다 / 방에 발 디딜 곳이 없다 /
　남자아이

6 〈보기〉와 같이 연습하고, 별명에 대해 이야기해 보세요.

> 보기
>
> **학창 시절, 문제아 / 모범생이다, 성실하다**
>
> 가: 디에고 씨는 학창 시절에 문제아였을 것 같아요.
> 나: 문제아요? 제가 얼마나 모범생이었다고요. 제가
> 　　보기보다 성실한 면이 있거든요.

❶ 학창 시절, 모범생 / 말썽꾸러기이다, 엉뚱하다

❷ 학창 시절, 지각 대장 / 시간을 잘 지키다, 성실하다

❸ 학창 시절, 왕따 / 친구들이 많다, 사교적이다

❹ 어릴 때, 울보 / 배짱이 좋다, 대범하다

❺ 어릴 때, 개구쟁이 /
　어머니의 말을 잘 듣다, 얌전하다

❻ 어렸을 때, 말썽꾸러기 /
　어른들한테 귀여움을 많이 받다, 애교가 많다

7 〈보기〉와 같이 연습하고, 어린 시절에 대해 이야기해 보세요.

> 보기
>
> ### 여자애들을 괴롭히는 말썽꾸러기 / 너무 잘해 주다, 여자애들한테 인기가 많다
>
> 가 : 마이클 씨는 여자애들을 괴롭히는 말썽꾸러기였을 것 같아요.
>
> 나 : 아니에요. 괴롭히기는커녕 너무 잘해 줘서 여자 애들한테 인기가 많았는걸요.

❶ 선생님의 말씀을 잘 듣는 모범생 /
항상 반대로 하다, 사람들이 청개구리라고 부르다

❷ 하루 종일 공부만 하는 공붓벌레 /
하도 책을 안 읽다, 책 좀 읽으라는 잔소리를 자주 듣다

❸ 무슨 일만 있으면 울음을 터뜨리는 울보 /
웬만한 일에는 눈도 깜짝 안 하다, 강심장이라고 불리다

❹ 어른들의 사랑을 한 몸에 받는 귀염둥이 /
무슨 일만 했다 하면 꾸중을 듣다, 부모님을 피해 다니기만 하다

❺ 친구들을 다 때리고 다니는 말썽꾸러기 /
친구들하고 사이좋게 잘 놀다, 어른들께 칭찬을 자주 듣다

❻ 매일 어머니께 잔소리를 듣는 개구쟁이 /
부모님 말씀을 잘 듣다, 우리 아들 최고라는 말만 듣다

■ 新語彙

반대로 하다
唱反調

청개구리
唱反調的人（青蛙）

울음을 터뜨리다
放聲大哭

강심장 大膽的人

귀염둥이 可愛的小孩

■ 발음 發音

-는걸요的語調

> 가 : 아빠는 학교 다닐 때 모범생이었어요?
>
> 나 : 무슨 소리. 하루도 문제를 안 일으킨 날이 없을 정도였는걸.

-는걸요是用來告知對方一個不知道的事實，提供批判對方想法時的證據。因此，儘管是以陳述句來表達，也會像yes-no問句一樣在第二個音節語調下降，而在最後音節聲調上升。

▶ 연습해 보세요.

(1) 가 : 너는 중학교 때부터 키가 좀 컸던 것 같아.
나 : 무슨 소리. 그때 제일 앞에 앉아 있었는걸.

(2) 가 : 선생님, 사랑해요.
나 : 어쩌죠? 전 이미 사랑하는 사람이 있는걸요.

(3) 가 : 범인은 바로 당신입니다.
나 : 저는 그때 집에서 자고 있었는걸요.

8 〈보기〉와 같이 이야기해 보세요.

> **보기**
>
> ## 선생님의 말씀을 잘 듣다, 학생
>
> 가: 마리 씨는 선생님의 말씀을 잘 듣는 학생이었죠?
> 나: 어떻게 아셨어요? 이왕 말이 나왔으니 하는
>   말이지만 저처럼 선생님의 말씀을 잘 들은 사람도
>   아마 없었을 거예요.

❶ 상을 많이 받다, 학생

❷ 어른들의 사랑을 독차지하다, 아이

❸ 친구를 괴롭히다, 아이

❹ 어른들께 꾸중을 많이 듣다, 학생

9 여러분에게는 어떤 추억이 있어요? 〈보기〉와 같이 이야기해
보세요.

> **보기**
>
> ## 학창 시절 / 춤을 추고 노래를 하다
>
> 가: 학창 시절하면 제일 먼저 떠오르는 일이 뭐예요?
> 나: 춤을 추고 노래를 한 일이에요.
> 가: 왜 그게 제일 기억에 남아요?
> 나: 제가 중학교에 다닐 무렵이었는데, 그때
>   '동방신기'라는 그룹이 인기가 많았거든요.
>   그때는 저도 그렇게 되고 싶었는지 틈만 나면 춤을
>   추고 노래를 했어요. 생각해 보면 그때가 제일
>   행복했던 순간이었던 것 같아요.
> 가: 지금도 가끔 그때 생각해요?
> 나: 그럼요. '동방신기'의 음악을 들을 때마다 생각하곤
>   해요.

❶ 학창 시절 / 짝사랑하던 친구 누나를 쫓아다니다

❷ 어린 시절 / 만화책에 파묻혀 살다

❸ 어린 시절의 추억 /
  친구들하고 자전거를 타고 여기저기를 쏘다니다

❹ 고등학교 시절 /
  불량한 친구들과 몰려다니며 문제를 일으키다

◀ 어린 시절, 학창시절의 추억
小時候及學生時期的回憶

말을 잘 듣다 很聽話
상을 받다 得獎、獲獎
칭찬을 듣다 被稱讚
귀여움을 받다 討人喜歡、受寵愛
사랑을 독차지하다
集三千寵愛於一身
잘못을 저지르다 犯錯
반항하다 反抗、叛逆
방황하다 彷徨
수업을 빼먹고 놀러 가다
蹺課去玩
친구를 괴롭히다 欺負朋友
문제를 일으키다 惹事
가출하다 離家出走
꾸중을 듣다 挨罵、受責備
혼이 나다 挨罵、受責備
벌을 서다 受罰
매를 맞다 挨打
따돌림을 당하다 受排斥、受排擠
뉘우치다 悔悟、反省

◀ 新語彙

동방신기
東方神起（韓國男子團體）

활동   活動

🎧 聽力_듣기

1 다음은 노래와 관련된 추억에 대한 대화입니다. 잘 듣고
질문에 답하세요.
以下是一段有關回憶過去歌曲的對話。請仔細聆聽後，回答問題。

1) 아래의 내용이 맞으면○, 틀리면✕에 표시하세요.

   (1) 이 노래는 최근에 인기를 끌기 시작했다.   ◯ ✕

   (2) 지연 씨는 남편이 적극적으로 다가와
      결혼하게 되었다.   ◯ ✕

   (3) 크리스틴 씨는 사랑을 주제로 한
      드라마를 좋아한다.   ◯ ✕

2) 크리스틴 씨의 심정으로 알맞은 것을 고르세요.

  ❶ 지연 씨의 남편이 불쌍하다고 생각하고 있다.

  ❷ 추억할 첫사랑이 있는 지연 씨를 부러워하고 있다.

  ❸ 첫사랑을 그리워하는 지연 씨의 모습에 실망하고 있다.

> **新語彙**
>
> **사연이 있다** 有緣由、有故事
> **내숭을 떨다** 裝模作樣、外表似
> 單純實而內心陰險
> **어설프다** 不熟悉的、不自然的
> **다가가다** 靠近、接近
> **애매하다** 含糊的、不清楚的
> **애정 공세를 펼치다**
> 展開愛情攻勢

2 다음은 라디오 방송의 일부입니다. 잘 듣고 질문에 답하세요
以下是廣播中的部分內容。請仔細聆聽後，回答問題。

1) 누구를 찾고 있는지 이야기해 보세요.

> **新語彙**
>
> **단짝** 摯友、密友
> **야간 자율 학습** 晚自習
> **어엿하다** 堂堂的、體面的

2) 지금 찾고 있는 사람과 어떤 추억이 있는지 이야기해
   보세요.

口說_말하기

1 반 친구들은 학창 시절에 모범생이었을까요, 문제아였을까요? 다음의 설문지로 친구들을
인터뷰해 보세요.
班上的朋友誰是學生時期的模範生呢？誰是問題學生呢？請用以下的問卷，試著採訪一下朋友。

● 가장 모범생이었을 것 같은 친구는 누구이고, 문제아였을 것 같은 친구는 누구인지
이야기해 보세요.
請說說看最像模範生的朋友是誰呢？誰又最像問題學生呢？

● 다음은 모범생이었는지, 문제아였는지를 확인해 볼 수 있는 설문지입니다. 먼저
자신은 어떤지 표시해 보고 그 결과를 확인해 보세요.
以下是一份確認誰是模範學生和問題學生的問卷。請先標示自己的狀況後，再確認其結果。

● 서너 명이 한 조가 되어 인터뷰해 보세요.
請以三、四人為一組，試著採訪看看。

		그렇다	아니다
1	수업 시간이면 항상 교실 중앙의 앞자리에 앉곤 했다.	☐	☐
2	수업 시간에 졸거나 다른 일을 해 본 적이 없다.	☐	☐
3	선생님의 질문에 제일 먼저 대답하곤 했다.	☐	☐
4	학창 시절에 공부를 하다가 쓰러진 적이 있다.	☐	☐
5	친구들이 부러워할 정도로 선생님의 칭찬을 들은 적이 있다.	☐	☐
6	학교 수업을 빼먹고 놀러 간 적이 없다.	☐	☐
7	시험을 볼 때 부정행위를 한 적이 없다.	☐	☐
8	학창 시절에 친구들에게 미움을 받은 적이 없다.	☐	☐
9	학교에 다닐 때 친구들과 큰소리로 싸워 본 적이 없다.	☐	☐
10	친구의 잘못을 친구 몰래 선생님께 이야기한 적이 없다.	☐	☐
11	수업 시간에 쫓겨나거나 집에서 가출한 적이 없다.	☐	☐
12	장난을 치다가 사람을 다치게 하거나 물건을 망가뜨린 적이 없다.	☐	☐
13	성인 잡지나 성인 비디오 같은 것을 본 적이 없다.	☐	☐
14	선생님이나 부모님의 말에 반항하고 내 마음대로 행동한 적이 없다.	☐	☐
15	학교에 다닐 때 담배를 피우거나 술을 마신 적이 없다.	☐	☐

나는 어떤 사람?

'그렇다'가 8개 이상		당신은 앞뒤 꽉 막힌 모범생 타입! 사람들이 당신과 대화할 때 지루해하거나 바쁜 척하지는 않았나요? 그런 느낌을 전혀 못 받았다면 당신은 정말 심각한 상태입니다.
'그렇다'가 4~7개		설마 당신은 상황에 따라 새인 척, 짐승인 척하는 박쥐 타입? 규칙과 원칙을 지켜야 한다고 생각하면서도 마음은 딴 곳에 있는 당신. 마음이 시키는 대로 사는 것도 인생을 즐기는 방법입니다.
'그렇다'가 3개 이하		당신은 가끔은 연기가 필요한 문제아 타입! 사람들을 두려움에 떨게 하거나 긴장하지 않게 하려면 순한 양이 되는 순간도 필요합니다.

● 인터뷰 결과를 발표해 보세요. 그리고 우리 반에서 가장 모범생이었던 친구와 가장 문제아였던 친구를 뽑아 보세요.
請發表一下探訪的結果，並選出班上最具代表的模範生和問題學生。

◀ 新語彙

부정행위 舞弊行為、不正當行為
두려움에 떨다 因害怕而發抖

---

2 잊을 수 없는 추억을 소개해 보세요.
請介紹一下最難忘的回憶。

● 무슨 추억입니까? 그 추억을 소개하기 위해서는 무엇을 이야기해야 할지 정리해 보세요.
是什麼樣的回憶呢？在介紹之前，請先整理一下要説些什麼內容。

예) 무엇과 / 누구와 관련된 추억인지, 왜 잊을 수 없는지, 그 추억이 언제 떠오르는지 등

● 위에서 정리한 내용을 어떤 순서로, 어떤 표현을 사용해서 이야기할지 생각해 보세요. 이때 듣는 사람의 흥미를 끌 만한 내용이나 방법도 반드시 포함시키세요.
請先想想要以什麼樣的順序與表現來談論以上整理的內容。談論時一定要包含能引起聽者興趣的內容或方法。

● 추억과 관련된 물건, 사진, 음악 등이 있으면 그것을 이용해 소개해 보세요.
如果有與回憶相關的物品、照片及音樂的話，請使用那些東西來介紹。

📖 閱讀_읽기

1 다음은 잊을 수 없는 선생님에 관한 글입니다. 잘 읽고 질문에 답하세요.
以下是一篇有關最難忘的老師的短文。請仔細閱讀後，回答問題。

● 잊을 수 없는 선생님을 소개하는 글에는 어떤 내용이 쓰여 있을지 예측해 보세요.
請預測一下在介紹難忘的老師的短文中，會寫些什麼內容。

● 빠른 속도로 읽으면서 예상한 내용과 같은지 확인해 보세요.
請快速地閱讀，並同時確認與預想的內容是否相符。

新語彙
미술계 美術界 이름을 날리다 揚名、聞名 능력의 소유자 具備能力的人、有才能的人 가르마 髮線 푸석푸석하다 疏鬆的、鬆脆的 볼품없다 難看的、不成樣子的 구멍가게 小店、小鋪子 느닷없이 突然地、忽然地 맹세를 하다 發誓、起誓 목말라하다 渴望、口渴

　　고등학교 시절을 떠올리다 보면 생각은 어느새 미술 선생님과의 추억으로 흘러가곤 한다.

　　뛰어난 작품으로 미술계에선 이름을 날리던 능력의 소유자였으나 2:8 가르마의 푸석푸석한 단발머리, 코 옆에 난 볼품없는 까만 점. 이런 외모 때문에 학생들에게는 인기도 없었고, 스스로도 학생들에게 별 관심이 없었던 선생님.

　　그런데 어느 날 야간 자율 학습을 빼먹고 뒷문 근처의 구멍가게 앞에서 소주를 마시던 나와 내 친구들 앞에 느닷없이 나타난 선생님은 놀란 우리들을 어느 소주방으로 끌고 가셨다. 너 한 잔, 선생님 한 잔, 이번엔 선생님 한 잔, 너 한 잔으로 밤을 새우며, 우리에게 다시는 술을 마시지 않겠다는 맹세를 받아 낸 후에야 우리를 풀어 주신 미술 선생님.

　　그때 선생님께서는 우리가 얼마나 관심과 애정에 목말라하고 있었는지, 무엇 때문에 방황하고 있었는지 이미 다 알고 계셨던 것은 아니었을까?

● 다시 한 번 읽고 질문에 대답하세요.
請再次閱讀後，回答問題。

(1) 미술 선생님에 대한 미술계와 학생들의 평가는 어땠습니까?

(2) 나는 미술 선생님과 어떤 추억이 있습니까?

(3) 나는 미술 선생님을 어떤 사람으로 평가하고 있습니까?

✏️ 寫作_쓰기

1 잊을 수 없는 추억을 소개하는 글을 써 보세요.
請寫一篇文章來介紹難忘的回憶。

● 말하기 **2**에서 발표한 내용을 글로 쓰려면 어떻게 해야 할까요? 발표하기와 글 쓰기는 어떤 차이가 있을지 생각해 보세요.
如果要將口說 **2** 中發表內容寫成一篇文章的話，應該要怎麼做呢？請想想發表和寫作有什麼樣的差異。

● 여러분이 생각한 것이 잘 드러나도록 글의 개요를 작성해 보세요. 이때 읽는 사람의 흥미를 끌 만한 내용이나 방법도 포함시키세요.
為了具體呈現各位所想的內容，請試著寫出文章的概要。書寫時請包含足以引起讀者興趣的內容或方法。

● 작성한 개요를 친구와 바꿔 읽고 어떤 내용을 더 보충하면 좋을지 이야기해 보세요. 그리고 이야기한 내용을 반영해 개요를 수정해 보세요.
請將寫好的概要和朋友交換閱讀，並說說看有哪些內容需要加以補充。然後在修正概要時反應出討論的內容。

● 수정한 개요를 바탕으로 글을 써 보세요.
請以修改後的概要為基礎，試著書寫一篇文章。

자기 평가 ✏️   自我評價

● 추억에 대해 이야기할 수 있습니까? 能談論有關回憶的話題嗎？	非常棒 ●—●—●—● 待加強
● 추억에 대한 이야기를 듣고 이해할 수 있습니까? 能聽懂有關回憶的內容嗎？	非常棒 ●—●—●—● 待加強
● 추억을 소개하는 글을 읽고 쓸 수 있습니까? 能讀閱讀並書寫介紹回憶的文章嗎？	非常棒 ●—●—●—● 待加強

1 무렵

● 무렵接在某些特定名詞和冠形詞形語尾 [-(으)ㄴ/는/(으)ㄹ/던] 後，表現某特定期間內的時間。

저녁 무렵이 다 되어서야 집에 돌아갔다.
유치원에 다니던 무렵에 나는 서울로 이사를 오게 되었다.

(1) 가 : 지연이하고는 요즘도 자주 만나지?
　　나 : 지연이 지금 한국에 안 살아. 고등학교 졸업할 무렵에 미국으로 이민 갔어.
(2) 가 : 우리 언제 만날까요?
　　나 : 내일 퇴근 시간 무렵에 회사 근처로 올래요?
(3) 가 : 마이클하고 이야기는 잘했니?
　　나 : 내가 막 이야기를 꺼내려고 할 무렵에 급한 전화가 오는 바람에 못했어.
(4) 가 : 사랑 때문에 처음으로 잠을 설쳐 본 게 언제쯤이었어요?
　　나 : _____.

2 -고는 하다

● -고는 하다接在動詞語幹後，表現某種狀態或事件的反覆進行。-고는常縮寫成-곤，而成為-곤 하다的形態。

우리 오빠는 부모님이 집을 비우시면 항상 친구들과 비디오를 보고는 했다.
엄마 생각이 날 때면 눈물을 참으며 운동장을 달리곤 했다.

● -고는 하다無法與죽다、졸업하다等無法重複發生的動詞結合。

(1) 가 : 어릴 때는 주로 뭘 하고 놀았어요?
　　나 : 친구들하고 축구를 하거나 컴퓨터 게임을
　　　　 하고는 했어요.
(2) 가 : 어머, 이 노래 내가 초등학교에 다닐 무렵에
　　　　 매일 듣곤 했는데…….
　　나 : 꽤나 조숙했나 보네요.
(3) 가 : 어쩌면 그렇게 영화 내용을 하나도 빠짐없이 기억해요?
　　나 : 제가 아주 좋아하는 영화라서 지금도 틈만 나면 보곤 하거든요.
(4) 가 : 저는 어렸을 때 _____.
　　나 : 정말이요? 좋았겠어요.

> ■ 新語彙
>
> 조숙하다 早熟的
> 빠짐없이 毫無遺漏地、全部地

3 -ㄴ지

- -ㄴ지接在動詞、形容詞、「名詞＋이다」後，表現後文內中的不明確理由或狀況。

  금숙이는 정말 만화를 좋아하는지 만화 가게만 들어가면 나올 생각을 안 한다

- 分為以下幾種形態。

	現在	過去
動詞 & 있다/없다	-는지	
形容詞	-(으)ㄴ지	-았/었/였는지
名詞＋이다	-(이)ㄴ지	

- 因語意上的特性，-ㄴ지鮮少使用在未來式。

  (1) 가 : 선영이 지금 어디 있어요?
  　　나 : 방에 있는데 뭘 하는지 꼼짝도 안 한다.
  (2) 가 : 정민이 왜 저래요? 무슨 고민이라도 있는지 통
  　　　　웃지를 않네요.
  　　나 : 글쎄 말이에요.
  (3) 가 : 요즘 마이클 씨 본 적 있어요?
  　　나 : 바쁜지 일주일이 넘도록 연락도 없어요.
  (4) 가 : 왜 이렇게 졸아요?
  　　나 : 감기 때문인지 계속 잠이 와요.
  (5) 가 : 도훈이는 잘 만났어요?
  　　나 : ＿＿＿＿＿＿＿＿＿＿＿＿＿＿＿
  　　　　살이 많이 빠졌더라고요.
  (6) 가 : ＿＿＿＿＿＿＿＿＿＿＿＿＿＿＿.
  　　나 : 저도 가끔 그럴 때가 있어요.

■新語彙

꼼짝도 안 하다 一動也不動

4 -은/는커녕, -기는커녕

- -은/는커녕接在名詞或副詞後，而-기는커녕接在動詞、形容詞、「名詞＋이다」後，藉由比較前後文的內容，來強調對於前文內容的否定。-은/는커녕、-기는커녕只能使用在負面、否定的情況。

저 사람은 큰돈은커녕 밥값도 없는 것 같다.
영진이는 요리를 잘하기는커녕 라면도 끓일 줄 모르더라.

(1) 가 : 영화 재미있었어요?

　　나 : 재미있기는커녕 너무 지루해서 보는 내내 졸기만 했어요.

(2) 가 : 오늘은 선배 일을 도와주고 왔으니까 맛있는 걸 많이 얻어먹었겠네요?

　　나 : 맛있는 걸 얻어먹기는커녕 하루 종일 물 한 잔도 못 마시고 일만 하다가 왔어요.

(3) 가 : 이렇게 열심히 공부했으니 이번 시험에서 수석으로 합격하는 거 아니에요?

　　나 : 수석은커녕 떨어지지나 않으면 다행입니다. 제가 전혀 예상하지 못한 문제들만 나왔더라고요.

(4) 가 : 마야 씨는 한국말을 참 잘하죠?

　　나 : ＿＿＿＿＿＿＿＿＿＿＿＿＿＿＿＿.

제9과 여행의 감동
旅行的感動

目標

各位將能解釋旅行的路線和地點，並描述旅行的感想和經驗。

主題	旅行
功能	談論旅行的目的和行程、談論旅行地點的特色、談論旅行的感想
活動	聽力：聆聽一段有關旅行經驗的對話、聆聽廣播中的聽眾來信 口說：調查旅行的經驗、談論旅行的經驗 閱讀：閱讀遊記 寫作：書寫遊記
語彙	在旅遊地點做的事、旅遊地點的特色、旅行的感想
文法	-ㄴ 김에、-아/어/여 보니、-다시피
發音	口蓋音化
文化	韓國的主題觀光

제9과 **여행의 감동** 旅行的感動

1. 여기는 어디입니까? 여러분은 이런 곳을 여행한 적이 있어요?

2. 여러분은 한국의 어디를 여행했어요? 그곳에서 무엇을 했어요?

1

첸닝 : 알리 씨, 안 그래도 연락하려고 했는데 잘 만났네요. 지난주에
　　　설악산 갔다 왔다면서요? 어땠어요? 뭐 했어요?

알리 : 첸닝 씨, 한 가지씩 물어보세요. 정신이 하나도 없어요.

첸닝 : 어머, 나 좀 봐. 내 생각만 했네요. 설악산, 실제로 가 보니
　　　어땠어요? 여행 갔다 온 이야기 좀 해 주세요.

알리 : 친구들 네 명이서 2박 3일 동안 갔다 왔는데요. 첫날은
　　　저녁에 도착해서 그냥 경포대에서 밤바다를 구경하면서
　　　회를 먹었고요. 둘째 날에는 설악산에 올라가서 단풍 구경을
　　　했어요. 그리고 마지막 날에는 속초 해수욕장에 가서
　　　친구들하고 장난도 치고 놀다가 왔어요.

첸닝 : 진짜 좋았겠다. 정말 좋았지요? 소감 좀 이야기해 봐요.

알리 : 네, 오랜만에 나갔더니 기분 전환도 되고 가을 정취를 한껏
　　　느낄 수 있어서 좋더라고요. 기억에 오래 남을 것 같아요.

新語彙

경포대 鏡浦台
속초 束草（市）
소감 感想、感受
정취 情趣、情調

2

니콜 : 홍콩 잘 다녀왔어요? 표정이 밝아진 걸 보니 좋았나 보네요.

수미 : 네, 정말 재미있었어요. 금요일에 출발해서 월요일 새벽에
　　　돌아왔는데 진짜 알차게 잘 놀고 왔어요.

니콜 : 저도 여름에 거기 갈 계획인데 일정을 어떻게 짜면 좋을지
　　　모르겠어요. 홍콩은 그 정도 일정이면 충분한가요?

수미 : 그럴 것 같아요. 거긴 대중교통이 잘되어 있어서, 전 웬만한
　　　명소는 거의 다 둘러보고 간 김에 마카오도 다녀왔는걸요.

니콜 : 수미 씨도 알다시피 제가 먹는 걸 워낙 좋아하잖아요.
　　　홍콩은 미식가들의 천국이라던데 정말 그래요?

수미 : 네. 직접 가 보면 왜 홍콩을 그렇게 말하는지 실감하게 될
　　　거예요.

니콜 : 진짜 기대되네요. 그런데 이번 여행에서 뭐가 제일 마음에
　　　들었어요?

수미 : 다 좋았지만 특히 빅토리아피크요. 영화에서만 보다가 직접
　　　가 보니 제가 마치 영화 속 주인공이 된 것 같더라고요. 그때 본
　　　야경은 지금도 눈에 선해요.

新語彙

알차다 充實的、實在的
명소 名勝
빅토리아피크 太平山（香港）

3

지난 주말은 내가 한국에서 보내는 마지막 주말이었다. 특별한 추억을 만들고 싶어서 나는 여행을 떠나기로 했다. 목적지는 '춘향전'의 무대로 잘 알려진 남원으로 정했다. 고속버스에 몸을 실은 지 3시간쯤 지나니 남원 터미널이 눈에 들어왔다. 1박 2일의 짧은 여행이었기 때문에 숙소를 정하지 않고 바로 관광을 시작했다. 처음 간 곳은 광한루. 말로만 듣던 '춘향전'의 무대는 생각했던 것보다 평화롭고 조용한 느낌이었다. 정자 밑 연못에서 헤엄치는 예쁜 색깔의 잉어들을 보니 왠지 마음이 편안해지는 것 같았다. 광한루에서 두 시간 정도 머문 후에, 한옥 단지로 발길을 옮겨 시골의 맛이 물씬 풍기는 두부 요리를 먹었다. 서울에서 먹는 두부의 맛과는 정말 비교할 수가 없었다. 저녁 해가 저물자 강변에서는 국악 공연이 펼쳐지기 시작했고 나는 한참을 듣다가 숙소로 들어가 잠을 청했다. 그동안 한국하면 서울 같은 대도시의 모습이 전부라고 생각했는데 이번의 남원 여행은 소박한 한국의 정취를 느끼게 해 준 소중한 경험이었다.

新語彙

춘향전	春香傳
남원	南原（市）
터미널	（巴士）總站
광한루	廣寒樓（傳統建築）
평화롭다	平和的、和睦的
정자	亭子
연못	蓮花池
잉어	鯉魚
한옥 단지	韓屋園區
물씬 풍기다	散發、發出
국악 공연	國樂公演
펼쳐지다	展開、翻開

문화 **한국의 테마 관광** 韓國的主題觀光

- 여러분은 테마 관광이라는 말을 들어 본 적이 있습니까? 어떤 의미라고 생각합니까?
  各位曾聽說過主題觀光嗎？各位認為它的意思是什麼呢？

- 다음은 한국의 테마 관광에 대한 글입니다. 잘 읽고 테마 관광에 대해 이해해 보세요.
  以下是一段有關韓國主題觀光的文章。請仔細閱讀後，試著瞭解一下主題觀光。

在過去十年間，來韓國旅遊的人數不斷地增加。而最近，越來越多的觀光客開始注意到「主題觀光」。

- 醫療觀光：很多外國人來韓國接受復健或是醫療服務，例如：檢康檢查、治療等。遊客在體驗韓國先進醫療技術的同時，也能享受他們的韓國旅程。

- 跆拳道觀光：首爾市在2007年開始了跆拳道觀光。從此，有很多人來韓國體驗跆拳道。觀光期間，他們可以穿上跆拳道服、學習一些跆拳道的基本動作，以及如何靜坐冥思。

- 美食觀光：喜愛美食的外國觀光客來到韓國，不會只想吃烤肉或拌飯。他們會去吃三清洞刀削麵、東大門一隻雞、新沙洞碳火烤肉等美食。

- 여러분은 위에서 말한 테마 관광 중 어느 상품에 가장 관심이 많습니까? 그 이유는 무엇입니까?
  在上方提到的主題觀光中，各位對哪一個商品最感興趣呢？理由是什麼呢？

1 〈보기〉와 같이 이야기해 보세요.

> 보기
>
> ### 쇼핑을 하다, 사진도 많이 찍다
>
> 가: 이번 여행은 어땠어요?
> 나: 쇼핑을 하고 사진도 많이 찍고 정말 좋았어요.

❶ 유명한 유적지에 가 보다, 문화 체험을 즐기다

❷ 낮에는 축제에 참가하다, 밤에는 강변의 야경을 감상하다

❸ 관광 명소를 둘러 보다, 산에 올라가서 자연을 만끽하다

❹ 사진에서만 보던 성곽을 구경하다, 박물관도 관람하다

❺ 친구들하고 맛집을 찾아다니다, 문화 체험을 즐기다

❻ 바다에서 해수욕을 하다, 해변에 누워서 휴식도 취하다

> 여행지에서 하는 일
> 在旅遊地點做的事
>
> 관광 명소를 둘러보다 探訪景點
> 유적지에 가 보다 遊覽遺址
> 성곽을 구경하다 遊覽城郭
> 박물관을 관람하다 參觀博物館
> 야경을 감상하다 觀賞夜景
> 자연을 만끽하다 盡情享受自然
> 축제에 참가하다 參加慶典
> 맛집을 찾아다니다
> 到處尋找美食店
> 기념품을 사다 買紀念品

2 〈보기〉와 같이 이야기해 보세요.

> 보기
>
> ### 전주 / 한옥 마을을 구경하다, 한지 만들기 체험을 하고 나서 전주 비빔밥을 먹다, 전통 공예품을 사러 다니다
>
> 가: 전주에 가서 뭐 했어요?
> 나: 첫째 날은 한옥 마을을 구경하고, 둘째 날은 한지
> 만들기 체험을 하고 나서 전주 비빔밥을 먹었어요.
> 마지막 날에는 전통 공예품을 사러 다녔고요.

> 新語彙
>
> 공예품 工藝品

❶ 설악산 / 경포대에 가서 해수욕을 하다, 설악산에서 단풍
구경을 한 다음에 숙소에 돌아와서 쉬다,
정동진에 들르다

❷ 서울 / 경복궁하고 인사동을 둘러보다, 명동에서
쇼핑을 하고 나서 태권도 체험 행사에 참가하다,
친구들을 만나서 신나게 놀다

❸ 태국 / 방콕 시내에 여장을 풀자마자 시내 관광을 하다,
파타야로 이동해서 해수욕을 하다, 리조트에서 하루 종일
쉬다 오다

3 〈보기〉와 같이 이야기해 보세요.

> **보기**
> **설악산 / 단풍이 절정이다, 산과 바다를 모두 즐길 수 있다**
>
> 가 : 특별히 설악산을 선택한 이유가 있어요?
> 나 : 단풍이 절정이고 산과 바다를 모두 즐길 수 있다길래
> 한번 가 보고 싶었거든요.

❶ 해운대 / 바다 전망이 아름답다, 즐길 거리가 많다

❷ 전주 / 한옥 마을이 유명하다, 음식 맛이 일품이다

❸ 경주 / 전통문화를 느낄 수 있다, 경치가 아름답다

❹ 안동 / 한국의 정취를 느낄 수 있다, 온천도 있다

❺ 제주도 / 자연 경관이 이국적이다, 최고의 휴양지이다

❻ 춘천 / 호수가 아름답다, 해양 레포츠를 즐길 수 있다

여행지의 특색 旅遊地點的特色

경치가 아름답다 風景美麗
자연 경관이 이국적이다
自然景觀具有異國風情
전망이 뛰어나다 視野壯麗
단풍이 절정이다 楓紅到了高峰
한국의 정취를 느끼다
感受韓國風情
전통문화를 느끼다
感受傳統文化
음식 맛이 일품이다
食物的味道一流
즐길 거리가 많다
可以享受的東西很多
해양 레포츠를 즐기다
享受海上休閒活動
최고의 휴양지이다
最棒的休養勝地
온천이 있다 有溫泉

4 〈보기〉와 같이 이야기해 보세요.

> **보기**
> **주로 경주에서 관광하다, 거기까지 가다,**
> **부산에도 하루 갔다 오다**
>
> 가 : 여행 가서 뭐 했어요?
> 나 : 주로 경주에서 관광을 했고요. 거기까지 간 김에
> 부산에도 하루 갔다 왔어요.

新語彙

울산 蔚山（城市）
디즈니랜드 迪士尼樂園
뮤지컬 音樂劇

❶ 사흘은 부산에 있다, 거기까지 가다, 울산에도 하루
다녀오다

❷ 같이 공부했던 친구들을 만나다, 거기까지 가다,
근처에 사는 사촌 형도 만나다

❸ 전자 제품 매장을 실컷 구경하다, 도쿄에 가다,
디즈니랜드에도 다녀오다

❹ 주로 시내를 돌아다니다, 어차피 돈을 좀 쓰기로 하다,
뮤지컬 공연도 한 편 보다

❺ 자동차를 빌려서 섬을 한 바퀴 돌다, 차를 빌리다,
좀 떨어진 관광지에도 갔다 오다

5 〈보기〉와 같이 연습하고, 여러분이 한 여행에 대해
이야기해 보세요.

◦ 新語彙

백록담 白鹿潭（火口湖）

해돋이 日出

전통 여관 傳統旅店

땅끝마을 海角村

땅끝해맞이축제 海角迎日出慶典

다도해 多島海

> 보기
>
> **주말 / 오랜만에 여유가 좀 생겼다, 제주도 /
> 한라산에 가서 백록담을 보다, 제주도까지 가다,
> 아침 일찍 해돋이도 보고 오다**
>
> 가: 주말에 여행 다녀왔다면서요?
> 나: 네, 오랜만에 여유가 좀 생겼길래 제주도에 여행을
> 다녀왔어요.
> 가: 와, 부럽네요. 제주도에 가서 뭐 했어요?
> 나: 한라산에 가서 백록담을 보고 제주도까지 간 김에
> 아침 일찍 해돋이도 보고 왔어요.

❶ 주말 / 친구가 부산에서 결혼식을 한다고 하다, 부산 /
학창 시절 친구들을 많이 만나다, 부산에 가다,
회도 잔뜩 먹다

❷ 방학 동안 / 친구가 놀러 오라고 하다, 일본 /
전통 여관에서 온천을 즐기다, 거기까지 가다,
원숭이 공원도 구경하다

❸ 지난달 / 이번 기회가 아니면 못 갈 것 같다, 유럽 /
먼저 프랑스하고 독일을 보다, 이왕 시간 내서 가다,
이탈리아까지 갔다 오다

❹ 얼마 전 / 사람들이 꼭 한번 가 봐야 한다고 하다,
체코 / 프라하에서 나흘 정도 머물렀다, 체코까지
가다, 오스트리아도 들르려고 했는데 갑자기 일이
생겨 돌아오다

❺ 지난 주말 / 땅끝마을이라는 곳이 있다고 하다, 해남 /
땅끝해맞이축제에 참가하다, 남해안에 가다,
다도해도 둘러보다

❻ 휴가 기간 동안 / 친구들이 하도 여행을 가자고 하다, LA /
할리우드를 구경하다, LA까지 가다,
거기 유학 간 친구도 만나고 오다

6 〈보기〉와 같이 이야기해 보세요.

新語彙

울릉도 鬱陵島（島嶼）

막국수 蕎麥涼麵

> 보기
>
> **제주도는 정말 분위기가 이국적이다 /**
> **○, 실제로 가다, 꼭 외국에 온 것 같다**
>
> 가: 제주도는 정말 분위기가 이국적이라면서요?
> 나: 네, 실제로 가 보니 꼭 외국에 온 것 같았어요.

❶ 전라도는 정말 음식 맛이 일품이다 /
  ○, 직접 먹다, 다른 데 음식하고는 비교가 안 되다

❷ 울릉도는 정말 멀다 / ✕, 멀 거라고 예상했는데 막상 가다 /
  생각만큼 멀지는 않다

❸ 부산하면 바다가 최고이다 / ✕, 눈으로 직접 보다, 부산은
  바닷가 느낌보다는 도시의 느낌이 강하다

❹ 춘천에는 막국수집이 그렇게 많다 / ✕, 막상 시내에
  나가다, 막국수집보다 닭갈비집이 더 많다

7 〈보기〉와 같이 이야기해 보세요.

新語彙

일정이 빠듯하다 日程緊湊

촉박하다 緊迫、急迫

넉넉하다 充裕、寬裕

> 보기
>
> **알다, 베이징은 워낙 큰 도시이다, 일정이 굉장히 빠듯하다**
>
> 가: 거기는 그 정도 일정이면 여행하기에 충분한가요?
> 나: 알다시피 베이징은 워낙 큰 도시라서 일정이 굉장히
>   빠듯했어요.

❶ 다 알고 있다, 경주는 볼 것이 많다, 시간이 좀 촉박하다

❷ 전에도 이야기했다, 런던만 보고 오다,
  4박 5일이면 그런대로 충분하다

❸ 우리가 늘 이야기를 했다, 여행을 하다 보면 욕심이
  생기다, 일주일도 짧게 느껴지다

❹ 아까도 말씀드렸다, 출장 겸 여행이다,
  일정이 넉넉하지는 않다

❺ 텔레비전에서 자주 보시다, 도쿄는 정말 대도시이다,
  2박 3일로는 좀 빠듯한 느낌이다

❻ 알다, 뉴욕은 워낙 멀다, 4박 5일로는 부족하다

8 〈보기〉와 같이 연습하고, 여행에 대한 소감을 이야기해
보세요.

> 보기
> **기분 전환도 되다, 휴식을 취할 수 있는 기회도 가지다, 좋다**
>
> 가: 오래간만에 멀리까지 여행을 다녀온 소감이 어때요?
> 나: 기분 전환도 되고 휴식을 취할 수 있는 기회도
>   가져서 좋았어요.

▪여행 소감 旅行的感想

> **기억에 오래 남다**
> 長久留在記憶當中
>
> **잊을 수 없는 추억이 되다**
> 成為無法忘懷的回憶
>
> **보람이 있다** 有成就感、有價值
>
> **뿌듯하다** 滿足、滿意
>
> **답답했던 마음이 다 풀리다**
> 煩悶的心情一掃而空
>
> **한국의 인정을 느끼다**
> 感受韓國的人情
>
> **실망하다** 失望
>
> **아쉽다** 可惜、不捨
>
> **기대에 미치지 못하다**
> 達不到期待

❶ 답답했던 마음이 다 풀리다, 한국의 인정을 느낄 수 있다,
보람이 있다

❷ 한국의 새로운 모습을 발견하다, 혼자 갔다 왔더니
용기도 생기다, 뿌듯하다

❸ 텔레비전에서 보던 명소를 직접 보다, 유럽의 문화를
경험해 볼 수 있다, 기억에 오래 남을 것 같다

❹ 견문도 많이 넓히다, 알찬 시간을 보내다, 잊을 수
없는 추억이 되다

❺ 일정이 너무 빠듯하다, 계획했던 일들도 하지 못하다, 좀
아쉽다

❻ 생각했던 것과 많이 다르다, 기대에도 미치지 못하다, 좀
실망하다

❼ 일행들이 너무 많다, 여행 내내 일정에 끌려다니다, 괜히
간 것 같다

❽ 같이 간 친구가 자기 주장만 고집하다, 계속 투덜대다, 집에
있는 게 나을 뻔하다

보기

보성 2박 3일
이국적이고 바다가 인접해 있어서,
녹차밭 산책, 보람이 있다

가 : 보성에 다녀왔다면서요?
나 : 네, 텔레비전에서 보니까 차밭도 정말 이국적이고
   바다도 인접해 있다길래 한번 꼭
   가 보고 싶었거든요.
가 : 그랬군요. 보성은 실제로 가 보니 어땠어요?
나 : 텔레비전에서 본 대로 정말 이국적이어서 다른
   나라에 온 것 같았어요. 2박 3일 있었는데, 첫째 날은
   차밭을 산책하고 녹차 상품도 좀 샀어요. 둘째 날은
   근처의 해수욕장에 가서 하루 종일 수영도 하고
   해변에서 푹 쉬었어요. 정말 보람이 있었어요.

❶ 설악산 1박 2일
바다와 산을 다 즐길 수 있어서,
등산, 스트레스가 풀리다

❷ 제주도 3박 4일
대표적인 휴양지라서,
해돋이 구경, 낭만적이다

❸ 홍콩 2박 3일
쇼핑과 음식의 천국이라서,
야경, 알차고 재미있다

❹ 유럽 일주일
동양과는 다른 정취가 느껴져서,
여기저기를 구경, 인상적이다

● 新語彙

보성 寶城（地名）

차밭 茶園

● 발음 發音

口蓋音化

같이 해돋이 보러 가요.
[가치] [해도지]

當前一個音節是以ㄷ或ㅌ結尾，
而下個音節是이或히時，不會
發成[디]或[티]的音，而是要發
成[지]或[치]的音。ㄷ、ㅌ雖然
都是利用牙齦發音，但對韓國
人來説，在相同位置上和母音
ㅣ發音時，發ㅈ、ㅊ的音會更
加輕鬆。

▶ **연습해 보세요.**

(1) 가 : 저기 잔디밭이 있어요.
   나 : 저건 잔디밭이 아니라,
      차밭이에요.
(2) 가 : 땅끝마을은 어땠어요?
   나 : 땅끝에서 보는 해돋이가
      정말 멋있었어요.
(3) 가 : 문이 닫힙니다. 올라갑니
      다.
   나 : 잠깐만요. 같이 가요.

🎧 聽力_듣기

1 다음은 여행에 대한 대화입니다. 잘 듣고 질문에 답하세요.
以下是一段有關旅行的對話。請仔細聆聽後，回答問題。

1) 남자가 경주로 여행을 다녀온 이유는 무엇입니까?

新語彙
불국사 佛國寺（寺廟） **첨성대** 瞻星台 **보문단지** 普門觀光園區

2) 남자가 여행지에서 한 일을 모두 고르세요.

☐ 보문단지를 산책했다.

☐ 경주의 야경을 감상했다.

☐ 관광 명소를 둘러보았다.

☐ 알고 있던 친구를 만났다.

☐ 친구의 결혼식에 참석했다.

2 다음은 라디오 방송에 보낸 청취자의 사연입니다. 잘 듣고
아래의 내용이 맞으면 ○ , 틀리면 ×에 표시하세요.
以下是廣播中的一封聽眾來信。請仔細聆聽，如果下方內容
正確的話，請標示○。錯誤的話，請標示×。

1) 남자는 이번 여행에 대해 좋은 추억을   ○   ×
   가지고 있다.

2) 민호와 해린은 여행을 하는 중에 서로   ○   ×
   오해가 생겼다.

3) 여유 있는 일정 덕분에 많은 것을 구경할   ○   ×
   수 있었다.

新語彙
가슴이 설레다 內心激動 **소나무 숲** 松樹林 **별을 세다** 數星星 **닭살이 돋다** 起雞皮疙瘩 **청하다** 請求、要求

口說_말하기

1 반 친구들의 여행 경험에 대해 인터뷰해 보세요.
請針對班上朋友的旅行經驗，試著進行採訪。

● 여행 경험에 대해 이야기할 때는 어떤 질문을 할지 생각해 보세요.
請想想看在談論旅行經驗時，應該要問哪些問題。

1) 가장 좋았던 여행은 어떤 여행이었습니까? 그 이유는 무엇입니까?

2) 가장 아쉬웠던 여행은 어떤 여행이었습니까? 그 이유는 무엇입니까?

3) 가장 실망스러웠던 여행은 어떤 여행이었습니까? 그 이유는 무엇입니까?

4)

5)

● 위의 내용에 대하여 우리 반 친구들 3~4명에게 인터뷰해 보세요.
請針對以上的內容，試著對班上三、四位朋友進行採訪。

2 여행 경험에 대해 발표해 보세요.
請針對旅行的經驗，試著發表看看。

● 지금까지 했던 여행 중에 가장 기억에 남는 여행은 어떤 여행이었는지 생각해 보세요.
請想想看到目前為止的旅行當中，最令人難忘的是什麼樣的旅行。

예) 그곳을 선택한 이유와 그곳의 특징, 여행지에서 했던 일(시간의 순서에 따라),
여행지에서 느낀 점과 여행에 대한 소감 등

● 위에서 정리한 내용들을 어떻게 구성하면 좋을지 생각해 보세요.
請想想看以上整理的內容，應該要如何組合比較好。

● 여행지에서 찍은 사진이나 그곳에서 사 온 기념품 등을 이용해 여러분의 여행 경험을
발표해 보세요.
請利用在旅遊地點照的照片或在那裡買回來的紀念品，試著發表一下各位的旅行經驗。

● 친구들의 발표를 듣고 가 보고 싶어진 곳은 어디인지, 왜 그런지 이야기해 보세요.
請在聽完朋友們的發表後，說說看自己想去什麼地方，還有為什麼想去。

📖 閲讀_읽기

1 다음은 기행문입니다. 잘 읽고 질문에 답하세요.
以下是一篇遊記。請仔細閱讀後，回答問題。

● 기행문에는 어떤 내용이 쓰여 있을지 예측해 보세요,
請預測看看在遊記中會寫些什麼內容。

● 빠른 속도로 읽으면서 예상한 내용과 같은지 확인해 보세요.
請快速地閱讀，並同時確認與預想的內容是否相符。

新語彙

상파울루 聖保羅（城市）
상쾌하다 舒爽的、爽快的
여장을 풀다 打開行李、卸下行李
생산량 產量
늘어서 있다 排列著
부랴부랴 急忙地、匆忙地
발길을 돌리다 調轉腳步、折回去
포르투갈어 葡萄牙語
눈썹이 짙다 眉毛濃密
노을이 지다 出現彩霞

인천 공항에서 출발해 36시간이 넘게 걸려 도착한 브라질 상파울루. 브라질은 열대 지역에 위치해 있어 무척 더울 거라고 생각했지만, 실제 도착해 보니 날씨는 생각보다 상쾌했다.

여장을 풀자마자 가까운 카페로 갔다. 전 세계 생산량의 40%를 차지한다는 상파울루 커피를 맛본 후, 거리를 걷다 보니 현대식 고층 건물들과 포르투갈식의 고풍스러운 건물들이 그림처럼 늘어서 있었다.

나는 사진을 몇 장 찍으려고 가방 안에 손을 넣었다. 세상에, 가방 안에 분명히 있어야 할 카메라가 보이지 않았다. 이번 여행을 준비하면서 특별히 구입한 최신형 카메라인데. 어디에서 잃어버린 걸까. 그때 카페에서 사진을 몇 장 찍은 것이 생각났다. 부랴부랴 다시 발길을 돌려 카페로 향했다. 포르투갈어를 몰라 주저하고 있는데 눈썹이 짙은 카페 종업원 한 명이 어떻게 알았는지 내 카메라를 들고 나오는 것이 아닌가. 여행지에서의 뜻하지 않은 친절에 나는 감동하고 말았다. 고맙다는 말을 열 번도 넘게 하고서야 나는 브라질 독립기념공원으로 향할 수 있었다.

어느새 하늘에는 노을이 지고 있었다.

● 다시 한 번 읽고 질문에 답하세요.
請再次閱讀後，回答問題。

1) 이 글에 포함된 내용을 모두 고르세요.

☐ 여행의 일정 ☐ 여행의 목적

☐ 여행지의 특색 ☐ 여행에 대한 소감

☐ 여행지에서 한 일 ☐ 여행지를 선택한 이유

2) 아래의 내용이 글과 같으면 ○, 다르면 ✕에 표시하세요.

(1) 이 사람은 상파울루에서 카메라를 분실했다. ○ ✕

(2) 여행지의 날씨는 예상했던 대로 무척 무더웠다. ○ ✕

(3) 독립기념공원에서 유명한 상파울루 커피를 즐겼다. ○ ✕

(4) 상파울루 시내에서는 과거와 현대를 동시에 느낄 수 있었다. ○ ✕

寫作_쓰기

1 여러분의 여행 경험을 글로 써 보세요.
請試著將各位的旅行經驗寫成一篇文章。

● 말하기 **2** 에서 발표한 내용을 글로 쓰려면 어떻게 해야 할까요? 발표하기와
  글 쓰기는 어떤 차이가 있을지 생각해 보세요.
  如果打算把口說 **2** 中發表的內容寫成一篇文章，應該怎麼寫呢？請想想看發表和寫作有著什麼樣的差異。

● 기행문을 쓸 때 어떤 순서에 따라 쓰는 것이 가장 좋을지 생각하고 개요를 작성해
  보세요.
  請先想想在寫遊記的時候，應該按照怎樣的順序來寫會比較好，然後試著寫出概要。

● 작성한 개요를 친구와 바꿔 읽고 어떤 내용을 더 보충하면 좋을지 이야기해 보세요.
  그리고 이야기한 내용을 반영해 개요를 수정해 보세요.
  請將寫好的概要和朋友交換閱讀後，談論看看要補充些什麼內容會比較才好。然後試著在修正概要時反應出談
  論的內容。

● 수정한 개요를 바탕으로 기행문을 써 보세요.
  請以修正的概要為基礎，試著書寫一篇遊記。

자기 평가 ✏️   自我評價

● 여행의 일정 및 여행지의 특색에 대하여 이야기할 수 있습니까? | 非常棒 ●━━●━━●━━● 待加強
  能談論旅行的日程及旅行地點的特色嗎？

● 여행지에서의 경험과 여행에 대한 소감을 이야기할 수 있습니까? | 非常棒 ●━━●━━●━━● 待加強
  能談論在旅行地點的經歷及針對旅行的感想嗎？

● 기행문을 읽고 쓸 수 있습니까? | 非常棒 ●━━●━━●━━● 待加強
  能閱讀並書寫遊記嗎？

1 -ㄴ 김에

- -ㄴ 김에接在動詞後，表現利用某個已經發生的狀況做為機會，讓下個動作能夠進行。已發生的狀況會是使下個狀況達成的絕好機會。

방 청소를 시작한 김에 온 집안을 모두 쓸고 닦았다.
부산까지 간 김에 경주에도 들렀다.
부산까지 가는 김에 경주에도 들러 보는 것은 어때?

(1) 가 : 전주로 여행을 다녀왔다면서요?
　　나 : 네, 전주에 간 김에 남원에도 갔다가 왔어요.
(2) 가 : 동해에서 수영 실컷 하고 왔어요?
　　나 : 네. 그리고 간 김에 회도 마음껏 먹었지요.
(3) 가 : 시내에 나가는 김에 영화도 한 편 보고 올까?
　　나 : 그거 좋지. 영화 보고 밥까지 먹고 오자.
(4) 가 : 백화점에 잠깐 갔다 온다더니 왜 이렇게 늦었어요?
　　나 : _____.

2 -아/어/여 보니

- -아/어/여 보니接在動詞後，表現以前嘗試的事或經歷的結果。一般用在評價嘗試的事情上，後面常會接上針對結果與預想是否一致的肯定或否定表現。

제주도에 실제 가 보니 듣던 대로 정말 환상적인 섬이었다.
뉴욕에 도착해 보니 예상과 달리 지하철 이용이 쉽지 않았다.

- 根據語幹最後的母音，分為三種形態。
  a. 語幹最後一個音節的母音為ㅏ、ㅗ（하다除外）時，使用-아 보니。
  b. 語幹最後一個音節的母音為ㅏ、ㅗ以外時，使用-어 보니。
  c. 語幹最後一個音節為하時，使用-여 보니，但縮寫型-해 보니更常被使用。

(1) 가 : 동해에서 회도 먹었다고요? 그런 거 싫어했잖아요.
　　나 : 막상 먹어 보니 별로 이상하지 않더라고요.
(2) 가 : 시드니는 어땠어요? 대도시라 좀 복잡하지 않았어요?
　　나 : 아니요, 가 보니 생각과 달리 좀 한적했어요.

(3) 가 : 김 부장님은 정말 가까이하기가 어려워요.

나 : 저도 그렇게 생각했는데 일을 같이 해 보니 좋은 분이더라고요.

(4) 가 : 와, 한국어로 그렇게 어려운 책도 읽을 수 있어요?

나 : _____.

3 -다시피

● 다시피接在動詞後，表現聽者已經知道或認知到的事。常與보다、듣다、알다、이야기하다等類型的動詞一起使用。

이 지도에서 보다시피 서울은 걸어서 관광하기에는 너무 넓습니다.

잘 아시다시피 제주도는 한국을 대표하는 관광지입니다.

아까도 말씀드렸다시피 지금은 성수기라 빈방을 구하기가 쉽지 않아요.

(1) 가 : 이번 주말에 또 여행을 다녀오셨다고요?

나 : 네, 아시다시피 제가 여행을 좀 좋아하잖아요.

(2) 가 : 일본에 직접 가 보니까 어땠어요?

나 : 지난번에 대리님도 이야기하셨다시피 한국하고 비슷한 것 같으면서도 다르더라고요.

(3) 가 : 환불이 안 되면 교환이라도 해 주셔야지요.

나 : 여기에 써 있다시피 저희 가게는 환불도 교환도 안 됩니다.

(4) 가 : 너 지난번에 소개받은 사람하고 잘되어 가?

나 : _____.

MEMO

제 10 과 결혼
結婚

目標

各位將能說明結婚的過程和習俗。

主題	結婚
功能	談論有關結婚的想法、說明結婚的過程、說明結婚相關的統計資料
活動	聽力：聆聽一段在結婚禮堂中的對話、聆聽有關婚姻觀的調查結果 口說：談論有關結婚的想法、說明結婚的習俗 閱讀：閱讀說明傳統婚禮習俗的文章 寫作：利用統計資料，書寫有關婚姻觀的文章
語彙	相識與結婚、結婚準備
文法	-지요、-는 데에、-(으)로
發音	中間音現象
文化	韓國的婚禮習俗

제10과 **결혼** 結婚

1. 지금은 결혼식의 어떤 순서인 것 같아요? 한국의 결혼식은 어떤 순서로 진행될까요?

2. 한국에서는 보통 어디에서 결혼식을 할까요? 여러분은 결혼식을 어디에서, 어떻게 하고 싶어요?

1

히로미 : 신랑 신부가 정말 잘 어울리지 않아요?

지　혜 : 네, 참 잘 어울려요. 천생연분인 것 같아요.

히로미 : 맞아요. 얼굴도 많이 닮았고요. 그런데 두 사람은
　　　　연애결혼이에요, 중매결혼이에요?

지　혜 : 회사에서 만났으니까 연애결혼이지요. 3년 열애 끝에
　　　　결혼하는 거예요.

히로미 : 부러워요. 저도 빨리 결혼하고 싶어요.

지　혜 : 곧 그렇게 될 거예요. 그런데 히로미 씨는 어떤 사람을
　　　　만나고 싶어요?

히로미 : 글쎄요. 자상하고, 똑똑하고, 잘생기고, 부자인 남자? 혹시
　　　　주위에 그런 남자 있으면 좀 소개해 주세요.

지　혜 : 그런 남자가 있으면 왜 히로미 씨한테 소개해 줘요?
　　　　내가 만나지.

◦新語彙

신부 新娘
천생연분 天生一對、天作之合
연애결혼 自由戀愛結婚
중매결혼 相親結婚
열애 熱戀

2

히로미 : 참, 지혜 씨, 영미 씨 함 받는 날 영미 씨 집에 갔었어요?

지　혜 : 그럼요. 가서 맹활약을 했지요.

히로미 : 맹활약이요? 뭘 했는데요?

지　혜 : 신랑 친구들을 집으로 들어오게 하는 데 제가 힘을 좀
　　　　발휘했어요.

히로미 : 어떻게요? 나가서 끌고 들어왔어요?

지　혜 : 아니요. 미인계를 썼지요.

히로미 : 미인계요? 신랑 친구들 눈이 진짜 낮았나 봐요.
　　　　농담이에요.

지　혜 : 히로미 씨 날 놀렸어요. 두고 봐요.

히로미 : 뭘 그런 걸 가지고. 그건 그렇고 한국에서는 결혼식은
　　　　서양식으로 많이 하는데 결혼 풍습에는 전통적인 것도 꽤
　　　　남아 있는 것 같아요.

지　혜 : 그렇지요? 결혼식 전에 예단과 함을 보내는 것도 그렇고
　　　　결혼식이 끝난 후에 폐백을 드리는 것도 그렇고요.

◦新語彙

함 聘禮箱
맹활약 非常活躍
발휘하다 發揮
미인계 美人計
눈이 낮다 眼光低
놀리다 捉弄、取笑
서양식 西式
전통적 傳統的
예단
（婚禮時做為禮品交換的）綢緞
폐백 拜見公婆的儀式

3

한국인의 초혼 연령이 점차 높아지고 있다. 통계청 자료에 따르면 1990년에 남자는 27.8세, 여자는 24.8세였던 평균 초혼 연령이 2008년에는 각각 31.4세, 28.3세로 높아졌다고 한다. 초혼 연령은 거주 지역에 따라서도 차이를 나타내는 것으로 드러났다. 2008년 도시 거주자의 평균 초혼 연령이 남자는 32.5세, 여자는 29.8세인데 비해 시골 거주자의 경우는 30.1세와 26.5세로 차이를 보였다.

한편 결혼 시기가 늦어지면서 25세에서 34세의 미혼 남녀가 차지하는 비중도 높아진 것으로 나타났다. 2008년, 25세에서 34세의 미혼 비중은 5년 전에 비해 12.4% 증가하였는데, 특히 여성 미혼자의 증가가 두드러졌다. 이는 여성의 사회 참여 증가, 경제적 지위 상승 등과 관련이 있는 것으로 판단된다.

◆新語彙	
초혼 初婚	
연령 年齡	
통계청 統計廳	
자료 資料	
평균 平均	
거주 지역 居住地區	
드러나다 顯現、顯示	
거주자 居民	
미혼 未婚	
비중 比重	
두드러지다 顯眼、突出	
사회 참여 社會參與	
지위 地位	
상승 上升	
판단되다 判斷	

한국의 결혼 풍습 韓國的婚禮習俗

- 여러분 나라의 결혼식은 어떤 특징이 있어요? 지금도 전통적인 방식으로 결혼하는 사람들이 많아요?
  各位國家的婚禮有什麼樣的特徵呢？現在還有很多人按照傳統的方式舉行婚禮嗎？

- 한국의 결혼 풍습에 대해 아는 것을 이야기해 보세요. 그리고 다음 글을 읽고 한국의 결혼 풍습을 이해해 보세요.
  請就各位所知，說說看韓國的結婚習俗。然後閱讀以下的文章，試著理解一下韓國的結婚習俗。

在韓國，傳統的婚禮是在新娘家舉行，但現在大部分都是在婚宴場、飯店或是宗教性的場所裡舉行結婚典禮。新娘穿著婚紗，新郎穿上燕尾服，已經很難在當中找到與傳統婚禮的相同之處。
然而，還是有婚宴場提供傳統的結婚典禮，保留住贈送娘家聘禮箱與綢緞等禮品的傳統習俗。聘禮箱（함 / 函）是裝有新郎的家人送給新娘家人的婚約信與綢緞的木箱，而綢緞（예단 / 禮緞）則是新郎新娘結婚時交換的禮物。雖然現代的習俗與過去不太一樣，但大部分的人依然會在結婚時贈送聘禮箱和綢緞。幣帛（폐백）指的是新娘第一次向公婆行大禮，現在大多是在結婚典禮結束後於婚宴場裡舉行。可是隨著現代女性社會地位的逐漸提高，許多新郎也會向新娘的父母行大禮。

- 여러분 나라의 결혼 풍습에 대해 이야기해 보세요.
  請說說看各位國家的婚禮習俗。

1 〈보기〉와 같이 이야기해 보세요.

> 보기
> ### 친구가 소개해 주다
> 가: 두 사람이 정말 잘 어울리네요. 그런데 어떻게
>   만났대요?
> 나: 친구가 소개해 줬대요.

❶ 신랑 동생이 소개해 주다

❷ 남자가 첫눈에 반해서 따라다니다

❸ 대학교 동창이다

❹ 직장 동료이다

❺ 선을 보다

❻ 엄마 친구가 중매를 하다

▶ **만남과 결혼** 相識與結婚

연애하다 談戀愛
선을 보다 相親
중매하다 作媒、介紹對象
연애결혼 自由戀愛結婚
중매결혼 相親結婚
결혼하다 結婚
약혼하다 訂婚
파혼하다 解除婚約
이혼하다 離婚

2 〈보기〉와 같이 이야기해 보세요.

> 보기
> ### 신부가 입장하다
> 가: 다음 순서는 뭐예요?
> 나: 신부가 입장할 차례예요.

❶ 혼인 서약을 하다

❷ 성혼 선언을 하다

❸ 주례사를 하다

❹ 양가 부모님께 인사를 하다

❺ 축가를 부르다

❻ 신랑 신부가 퇴장을 하다

▶ **결혼식** 婚禮

신랑 新郎
신부 新娘
주례 主婚人、證婚人
사회자 主持人
입장하다 入場
혼인 서약을 하다 結婚宣誓
성혼 선언을 하다 宣布成婚
주례사 證婚詞
축가를 부르다 唱祝福歌
퇴장하다 退場
폐백을 드리다 向公婆行大禮
신혼 여행을 가다 去蜜月旅行
전통 혼례 傳統婚禮

3 〈보기〉와 같이 이야기해 보세요.

> **결혼 날짜를 잡다 / ○, 5월 10일로 정하다**
>
> 가: 결혼 날짜를 잡았어요?
> 나: 네, 5월 10일로 정했어요.

❶ 청첩장을 돌리다 / ○, 가까운 사람들에게만 돌리다

❷ 혼수를 장만하다 / ○, 간단하게 하다

❸ 궁합을 보다 / ✕, 그런 거 안 믿어서 안 보다

❹ 약혼식을 하다 / ✕, 생략하기로 하다

❺ 예물을 준비하다 / ○, 금반지 하나씩 하다

❻ 신혼집을 구하다 / ○, 회사 근처로 정하다

결혼 준비 結婚準備
궁합을 보다 合八字
상견례를 하다 結婚前兩家父母的正式見面
결혼 날짜를 잡다 定結婚日子
함을 보내다/받다 送 / 收聘禮箱
결혼식장을 잡다 預定婚宴場所
청첩장을 돌리다 發送帖子、喜帖
집을 구하다 找房子
혼수를 장만하다 準備結婚用品
예복 禮服
예물 （新郎、新娘交換的）禮物
예단 （新郎、新娘交換的）綢緞

4 〈보기〉와 같이 이야기해 보세요.

> **수미 씨 결혼식에 갔다 왔다 / 제가 소개해 줬다**
>
> 가: 수미 씨 결혼식에 갔다 왔어요?
> 나: 그럼요. 갔다 왔지요. 제가 소개해 줬는데요.

❶ 결혼을 했다 / 지금 제 나이가 몇이다

❷ 예복 같은 건 안 했다 / 입을 일도 없다

❸ 준경 씨는 결혼했다 / 벌써 애가 둘이다

❹ 남편한테 첫눈에 반했다 / 완전히 제 이상형이다

❺ 입장하기 전에 설레다 / 얼마나 기다리던 순간이었다

❻ 결혼하니까 좋다 / 사랑하는 사람과 살다

5 〈보기〉와 같이 이야기해 보세요.

■ 발음 發音

> **보기**
>
> **결혼을 준비하다, 힘이 많이 들다 / 정말 힘들다**
>
> 가: 결혼을 준비하는 데에 힘이 많이 들지요?
> 나: 네, 정말 힘들더라고요.

❶ 집을 장만하다, 돈이 많이 들다 / 집값이 너무 비싸다

❷ 결혼 예복을 맞추다, 돈이 많이 들다 /
　마음에 드는 옷은 비싸다

❸ 혼수를 장만하다, 시간이 많이 걸리다 /
　사야 할 게 생각보다 많다

❹ 결혼식장을 잡다, 어려움이 많았다 /
　성수기라 참 힘들다

❺ 신혼집을 꾸미다, 정성을 많이 들였다 /
　남편이 그런 데에 관심이 많다

❻ 신혼여행을 가다, 돈이 많이 들다 /
　생각보다 하고 싶은 게 많다

中間音現象

> 신혼집 [찝]
> 어린이집 [집]
> 시 모음집 [집]

韓語中，在複合詞單字界線後的子音前出現插入音，稱作中間音（사잇소리）現象，此現象發生在複合詞其中一個構成要素為固有詞時。但是以固有詞構成的複合詞不一定都會遵守此規則，而以漢字語構成的複合詞偶爾卻適用。因個別的差異而存在相當多的例外，所以需要多注意韓國人的複合詞發音。

▶ **연습해 보세요.**

(1) 가: 신혼집은 구했어요?
　　나: 네. 부모님 댁 근처로 정
　　　　했어요.

(2) 가: 영빈 씨는 최고의 신랑감
　　　　인 것 같아요.
　　나: 명숙 씨도 최고의 신붓감
　　　　이지요.

(3) 가: 큰 방을 공부방으로
　　　　쓰는 게 어때요?
　　나: 그럼, 작은 방을 침대방으
　　　　로 하고요?

---

6 다음 사진은 무엇을 하는 장면입니까? 이 장면을 전후로
어떤 일들이 이루어지는지 이야기해 보세요.

· 입장하다 / 퇴장하다
· 주례사를 하다
· 성혼 선언을 하다
· 폐백을 드리다
· 신혼여행을 가다

7 〈보기〉와 같이 이야기해 보세요.

> 보기
> ### 결혼 연령이 높아지고 있다, 나타나다
> 결혼 연령이 높아지고 있는 것으로 나타났다.

❶ 독신자 비율이 점차 늘고 있다, 나타나다

❷ 재혼 가정의 비율이 점차 증가하고 있다, 나타나다

❸ 출산율이 점차 낮아지고 있다, 나타나다

❹ 이혼 비율이 최근 2년간 감소하고 있다, 드러나다

❺ 배우자를 선택할 때 가장 중요하게 고려하는 점은
성격이다, 드러나다

❻ 전문직 종사자가 배우잣감으로 인기가 높다, 드러나다

8 〈보기〉와 같이 이야기해 보세요.

> 보기
> ### 여성의 평균 결혼 연령, 29.6세, 남성의 평균 결혼 연령, 31.9세
> 여성의 평균 결혼 연령은 29.6세인 데 비해 남성의 평균
> 결혼 연령은 31.9세인 것으로 나타났다.

❶ 연애결혼, 72%, 중매결혼, 28%

❷ 농촌 여성의 평균 결혼 연령, 26.3세,
도시 여성의 평균 결혼 연령, 31.2세

❸ 10년 전 평균 결혼 비용, 4,500만 원,
작년의 평균 결혼 비용, 1억 5천만 원

❹ 35세 이상의 독신자 비율, 2004년에는 7%,
2009년에는 13%

❺ 한국인이 선호하는 결혼식장, 호텔,
실제로 결혼식을 많이 하는 장소, 일반 예식장

❻ 기성세대, 남자가 집안일을 전혀 하지 않는다,
젊은 세대, 남자도 집안일에 적극적으로 참여한다

9 다음은 한국가정연구소가 전국에 거주하는 20~50대 남녀 2,000명을 대상으로 결혼에 대한 의식을 조사한 결과입니다. 앞에서 배운 표현을 사용해 다음을 설명해 보세요.

내용 ＼ 연령	20~30대	40~50대
선호하는 결혼 형태	연애결혼	연애결혼이나 중매결혼 모두 상관 없음
결혼 적령기	30대 초반~중반	20대 중반~후반
결혼 후 여성의 직장 생활	하는 것이 좋음	기회가 되면 하는 것이 좋음
이혼에 대한 생각	문제가 되지 않음	가능하면 하지 않아야 함

🎧 聽力_듣기

1 다음은 결혼에 대한 대화입니다. 잘 듣고 아래의 내용이
맞으면 ○, 틀리면 ×에 표시하세요.
以下是一段有關結婚的對話。請仔細聆聽，如果下方的內容
正確，請標示○。錯誤的話，請標示×。

1) 지영이는 대학 선배와 결혼을 한다.　　　　□ ○ □ ×

2) 내일 신랑의 친구들이 함을 가지고　　　　□ ○ □ ×
　 올 것이다.

3) 지영이의 대학 은사가 결혼식 주례를　　　□ ○ □ ×
　 할 것이다.

4) 지영이는 결혼 후 시부모와 함께　　　　　□ ○ □ ×
　 살 것이다

▪新語彙

간소하다 簡樸的、樸素的
시끌벅적하다 吵雜的、喧騰的
은사님 恩師
시부모님 公婆

2 다음은 연애와 결혼에 대한 의식 조사 결과입니다. 잘 듣고
아래의 내용이 맞으면 ○, 틀리면 ×에 표시하세요.
以下是針對戀愛觀與婚姻觀的調查結果。請仔細聆聽，如果下方
的內容正確，請標示○。錯誤的話，請標示×。

1) 이 조사는 30대 기혼자를 대상으로　　　　□ ○ □ ×
　 실시되었다.

2) 결혼이 꼭 필요하다고 응답한 사람이　　　□ ○ □ ×
　 50%를 넘지 않는다.

3) 이혼에 대한 생각은 5년 전에 비해　　　　□ ○ □ ×
　 훨씬 개방적으로 바뀌었다.

4) 연애결혼 선호도가 5년 전에 비해　　　　　□ ○ □ ×
　 크게 높아졌다.

5) 결혼 정보 회사를 통한 결혼에 대해　　　　□ ○ □ ×
　 부정적 시각을 가진 사람이 많다.

▪新語彙

거주하다 居住
의식 意識
상당히 相當地
달하다 達到
그치다 停止、停住
과반수 過半
미치다 達到
인식 認識、認知
흥미롭다 有趣的
결혼 정보 회사 婚姻介紹所
선호도 喜好度
무려 足有、足足
개방적 開放的

🎤 口說_말하기

1 결혼에 대한 생각을 이야기해 보세요.
請談論一下自己對於結婚的看法。

- 결혼에 대한 생각을 물으려면 어떤 질문을 포함할지 생각해 보세요.
  請想一想如果要詢問對於結婚的看法，應該要包含什麼樣的問題。

- 친구와 함께 이야기해 보세요. 아래의 질문 외에 더 묻고 싶은 것이 있으면 추가 하세요.
  請試著跟朋友談談。在以下的問題外，如果還有想問的，請追加提問。

  1) 중매결혼이나 결혼 정보 회사를 통한 결혼에 대해 어떻게 생각합니까?

  2) 결혼할 때 누구를 주례로 모시고 싶습니까? 그 이유는 무엇입니까?

  3) 결혼 예물은 무엇으로 하고 싶습니까? 그 이유는 무엇입니까?

  4) 결혼할 때 부모님이나 주위 사람이 반대를 한다면 어떻게 하겠습니까?

  5) 결혼과 연애가 반드시 일치해야 한다고 생각합니까?

  6) 배우자와의 나이 차는 얼마가 적당하다고 봅니까? 그 이유는 무엇입니까?

  7) 배우자의 조건으로 가장 중요하다고 생각하는 것은 무엇입니까?

  8) 여러분은 어떤 가정을 꾸리고 싶습니까? 그 이유는 무엇입니까?

- 친구의 이야기를 들은 후에 결혼에 대한 생각이 바뀐 것이 있으면 이야기해 보세요.
  在聽完朋友的談論後，如果對於結婚的看法有所改變，請試著說說看。

2 여러분 나라의 결혼 풍습에 대해 이야기해 보세요.
請談論一下各位國家的結婚習俗。

- 자기 나라의 일반적인 결혼식이 어떤 절차로 진행되는지 생각해 보세요.
  請想想自己國家一般的結婚儀式有哪些進行的程序。

- 전통적인 결혼식이 있다면 어떤 절차로 어떻게 진행되는지 정리해 보세요. 가능하다면 사진
  자료 등도 준비해 보세요.
  如果有傳統的結婚儀式，請整理一下有哪些程序，還有是如何進行的。如果可能的話，請試著準備一些資料照片。

- 다른 문화를 가진 사람들끼리 한 조가 되어 각 국의 일반적인 결혼식과 전통적인
  결혼식에 대해 이야기해 보세요.
  請與不同文化圈的朋友為一組，試著談論一下各國的一般結婚儀式和傳統結婚儀式。

1 다음은 한국의 전통 혼례를 설명하는 글입니다. 잘 읽고 질문에 답하세요.
以下是一篇說明韓國傳統婚禮的文章。請仔細閱讀後，回答問題。

● 그림을 보고 전통 혼례가 어디에서 어떤 절차로 진행되었을지 추측해 보세요.
   看完圖片後，請推測一下傳統婚禮是在哪裡，以及以什麼樣的程序進行。

● 한국의 전통 혼례를 설명하는 글에는 어떤 내용이 쓰여 있을지 예측해 보세요.
   請預測一下在說明韓國傳統婚禮的文章中會寫些什麼內容。

● 빠른 속도로 읽으면서 예상한 내용과 같은지 확인해 보세요.
   請一邊快速閱讀，一邊確認與自己預想的內容是否相符。

한국의 전통 혼례는 신부의 집에서 치러졌다. 신랑은 말을 타고 신부의 집으로 가는데 이 때, 함진아비가 신랑의 사주단자와 신부에게 줄 예물이 들어 있는 함을 지고 그 뒤를 따랐다.
혼례는 저녁에 치러졌는데, 혼인이 여자 중심의 의식이어서 달이 떠오르는 저녁에 신부가 달의 기운을 한껏 받기를 기원했기 때문이다. 신부 집에 도착한 신랑은 신부 어머니에게 신랑을 상징하는 나무 기러기 한 마리를 전한다. 그 후 신부가 초례청으로 나오면 신랑 신부는 초례상을 사이에 두고 마주 서 혼례를 치른다. 혼례는 몸과 마음을 정결히 한다는 의미에서 손을 씻는 순서로부터 시작되어 신랑 신부 맞절, 둘로 나뉜 표주박으로 술 마시고 잔 합하기 등의 순서로 진행된다.
혼례가 끝나면 신랑 신부는 신부 집에서 하룻밤을 보낸 후 신랑 집으로 가, 신랑의 부모님과 일가친척에게 부부가 되었음을 알리는 인사를 드리는데 이를 폐백이라고 한다.
한국어에서 '장가가다'와 '시집가다'라는 말이 '결혼하다'의 의미로 쓰이는데, 한국의 전통 혼례 풍습을 알면 왜 그런 의미를 갖는지 알 것이다. 신랑이 장인 장모의 집에 가는 행위나 신부가 시집에 가는 행위가 모두 결혼 절차 중의 하나이기 때문이다.

● 다시 한 번 읽고 아래의 질문에 대답하세요.
請再次閱讀後，回答以下問題。

1) 전통 혼례는 어디서 치러졌습니까?

2) 함진아비는 무엇을 하는 사람입니까?

3) 전통 혼례는 어느 시간에 치러졌으며, 그 시간에
   치러지는 이유는 무엇입니까?

4) 전통 혼례에 쓰이는 새는 무엇입니까? 그리고 그
   의미는 무엇입니까?

5) 전통 혼례에서 표주박은 어떻게 사용되며, 어떤
   의미입니까?

6) 폐백은 무엇입니까?

● 이해한 내용을 바탕으로 다시 그림을 보면서 전통 혼례의
   절차를 설명해 보세요.
請以理解的內容為基礎，再次觀看圖片，並試著說明傳統婚禮的程序。

사주단자 生辰八字帖

함진아비 背聘禮箱的人

기운 力氣、精神

한껏 盡量地、盡可能地

기원하다 祝福、祝願

나무 기러기 木雁

초례청 傳統婚禮大廳

초례상 傳統婚禮桌

정결히 하다 弄整潔、整理乾淨

맞절 對拜、交拜

표주박 水瓢

일가친척 親戚

장가가다 男性結婚、娶媳婦

시집가다 女性結婚、嫁人

장인 丈人、岳父

장모 丈母娘、岳母

1 다음은 한국의 2008년의 결혼 통계 자료입니다. 자료를 설명하는 글을 써 보세요.
以下是韓國2008年的結婚統計資料。請書寫一篇說明資料的文章。

● **초혼은 줄고 재혼은 증가**

초혼 건수 23만 건, 전년보다 23,000건 감소. 재혼 건수 75,000건, 7,000건 증가.

● **20대 이하 혼인 감소, 30대 이상 혼인 증가**

남자의 경우 25~29세 혼인이 가장 많으나 감소세. 여자의 경우도 10년 전에는 20~24세 혼인이 많았으나 2008년에는 25~29세 혼인이 가장 많음.
남녀 모두 30세 이상 혼인이 증가하고 있음.

● **연상 연하 커플과 동갑 결혼의 꾸준한 증가**

연도 \ 항목	1998	2008
남자 연상 결혼율	81.8%	73.4%
여자 연상 결혼율	8.4%	11.9%
동갑 결혼율	9.8%	14.7%

● 먼저 각 항목별로 내용을 파악하세요. 그리고 어떻게 표현할지 생각해 보세요.
請先掌握各項目的內容，並想想該如何表現。

● 각 항목별 내용을 문장으로 표현해 보세요. 이때 시기별, 내용별로 변화나 차이가 잘 드러날 수 있도록 '-에 비해, -ㄴ 반면, -(으)로 나타나다' 등의 표현을 사용하세요.
請用句子表現各項目的內容。為了凸顯時間、內容上的變化或差異，請使用「-에 비해」、「-ㄴ 반면」、「-(으)로 나타나다」等表現。

● 한국인의 결혼 추세가 어떻다고 생각할 수 있습니까? 위의 사실을 모두 포괄할 수 있는 내용으로 도입 문단을 추가해 글을 완성하세요.
各位認為韓國人結婚的趨勢是如何呢？請追加一段能全部包含以上事實的引言內容，並完成文章。

자기 평가 ✏   自我評價

● 결혼에 대한 자신의 생각을 이야기할 수 있습니까?
能針對結婚談論自己的想法嗎？
非常棒 ●—●—●—●—● 待加強

● 결혼 풍습에 대해 설명할 수 있습니까?
能說明結婚的風俗習俗嗎？
非常棒 ●—●—●—●—● 待加強

● 결혼 관련 조사 내용을 객관적으로 설명한 글을 읽고 쓸 수 있습니까?
能讀懂並書寫一篇文章來客觀說明結婚相關調查的內容嗎？
非常棒 ●—●—●—●—● 待加強

1 -지요

● -지요雖和陳述型的終結句尾-아/어/여요有著相似的功能，但更具有解釋的效果。且-지요在針對某特定的事實做解釋時，比起在對話開頭時使用，更常用在對話中間。

여자라면 누구나 하얀색 웨딩드레스를 입고 싶어하지요.

(1) 가 : 전통 혼례로 결혼식을 할까 하는데 어떨까요?

　　나 : 전통 혼례로 하면 아주 좋지요.

(2) 가 : 제 결혼식 사회를 누구에게 맡기면 좋을지 모르겠네요.

　　나 : 결혼식 사회는 준호 씨가 잘 보지요. 준호 씨에게 맡기세요.

(3) 가 : 컴퓨터가 고장 났었는데 누가 고쳐 놓았네.

　　나 : 누가 고쳤겠어요? 제가 고쳤지요.

(4) 가 : 감기 때문에 그런지 목이 계속 아파요.

　　나 : 감기에는 비타민이 최고지요. 따뜻한 레몬차를 드셔 보세요.

(5) 가 : 제주도는 이맘때 가도 괜찮을까요?

　　나 : ＿＿＿＿＿＿＿＿＿＿＿＿＿＿＿＿＿＿.

　　　　유채꽃이 한창일 거예요.

2 -는 데에

● -는 데에表現出-는 일에、-는 경우에的意涵。-에常被省略而用「-는 데」形態替代。

혼인 신고를 하는 데 필요한 게 뭐예요?

(1) 가 : 금숙 씨, 결혼 준비는 다 마쳤어요?

　　나 : 아니요, 결혼하는 데에 준비해야 할 것이 너무 많아요.

(2) 가 : 어떻게 이사를 할까 걱정이에요.

　　나 : 이사하는 데 힘이 많이 드니까 포장 이사를 하세요.

(3) 가 : 강원도를 여행하는 데 돈이 얼마나 들어요?

　　나 : 어떤 여행을 하느냐에 따라 달라요.

(4) 가 : 마늘하고 양파를 샀네요.

　　나 : 네, ＿＿＿＿＿＿＿＿＿＿＿＿＿＿＿＿＿.

3 -(으)로

● -(으)로接在名詞後，表現出變化的結果。常與나타나다、드러나다、보이다等動詞一起使用。

결혼 준비 기간이 평균 석 달 정도인 것으로 나타났다.

(1) 가: 결혼 연령이 계속 높아지고 있네요.

나: 글쎄 말이에요. 10년 전에 비해 평균 4.3세가 높아진 것으로 나타났네요.

(2) 가: 조사 결과가 어떻게 나왔대요?

나: 한국 문화에 대한 호감도가 한국어 학습 성취도에 영향을 미치는 것으로 보인대요.

(3) 가: 정숙 씨가 봉사 활동을 그렇게 많이 하고 있다면서요?

나: 네, 오랫동안 남몰래 봉사를 해 온 것으로 드러나 많은 사람들이 감동을 받았어요.

(4) 가: 출산율에 대한 기사를 봤어요?

나: _____.

MEMO

제11과 공연 감상

觀賞表演

目標

各位將能描述表演不同的特色，並對表演做出評論。

主題	表演
功能	談論喜愛的表演、談論觀賞表演的感想
活動	聽力：聆聽一段有關對表演不同喜好的對話、聆聽藝文圈的新聞 口說：談論喜愛的表演、發表觀賞表演的感想 閱讀：閱讀觀看表演的後記 寫作：書寫觀看表演的後記
語彙	表演的好評、表演的壞評
文法	-아/어/여 오다、얼마나 -던지、-나 마나
發音	終聲ㄷ的[ㄱ、ㅂ]變化
文化	忙碌的韓國人享受文化的方法

제11과 **공연 감상** 觀賞表演

1. 여기는 어디입니까? 이 사람들은 지금 무엇을 하고 있을까요?

2. 여러분은 공연을 자주 봐요? 여러분이 공연을 선택하는 기준은 뭐예요?

1

진수 : 제니, 이것 좀 들어 봐. 이 음악 진짜 좋다.

제니 : 멜로디가 좋네. 가요는 아닌 것 같고, 영화 음악이야?

진수 : 아니, 뮤지컬에 나온 음악이야. 이렇게 들어도 좋지만 무대에서 들을 때는 정말 끝내줬어.

제니 : 현장에서 들었으면 그랬겠네. 그런데 어떤 내용인데?

진수 : 산골 소년과 도시에서 온 소녀의 순수한 사랑 이야기야.

제니 : 음악은 좋은데 줄거리는 좀. 보나 마나 지루할 것 같은데?

진수 : 아니야. 지루할 틈이 없었어. 그리고 어린 시절의 향수를 불러일으킬 만한 아기자기한 에피소드가 곳곳에 숨어 있어서 내용도 얼마나 좋았다고.

제니 : 이야기를 듣고 보니 괜찮을 것도 같다.

진수 : 괜찮은 정도가 아니라니까. 관객들의 반응이 좋아서 몇 달째 전회 매진을 기록해 오고 있는걸.

新語彙

현장 現場

순수하다 純真的、單純的

줄거리 情節、概略

향수를 불러일으키다 喚起思鄉之情

아기자기하다 有趣的、可愛的

에피소드 插曲、小故事

관객 觀眾

기록하다 記錄

2

기　자 : 오늘은 영화 평론가 이동규 님을 모시고 '어느 날, 오후'에 대해 이야기를 나눠 보겠습니다. 시사회 어떻게 보셨습니까?

평론가 : 배우들의 빛나는 연기가 뻔한 작품을 살려 냈다고나 할까요? 특히 아역 배우들의 눈물 연기가 얼마나 실감이 나던지 성인 연기자 못지않았습니다.

기　자 : 네, 객석 여기저기에서 훌쩍이는 소리가 많이 들렸지요. 마지막 장면은 어떠셨습니까?

평론가 : 보신 분들은 공감하시겠지만 아쉬움이 좀 남습니다. 다들 '뭔가 반전이 있겠지'라고 생각했을 텐데요. 관객들의 예상을 뛰어넘지 못한 평이한 결말이 아니었나 싶습니다.

기　자 : 그렇게 평이한 인생을 보여 주는 것이 감독의 의도라고 생각하지는 않으십니까?

평론가 : 글쎄요. 영화는 인생을 반영한다지만 영화가 인생을 그대로 보여 준다면 아무도 극장을 찾진 않겠지요.

新語彙

시사회 試映會

빛나다 發光、發亮

뻔하다 明顯的、明白的

연기 演技

실감이 나다 如親身感受、如實際感受

객석 觀眾席

훌쩍이다 吸鼻涕、嗚咽

반전 逆轉、反轉

의도 意圖

반영하다 反映

3

'흥'이라는 것은 바로 이런 것!

나는 지난주에 '울림21'이라는 공연의 초대권을 선물 받았다. 그런데 그 공연은 타악기를 이용한 비언어극이어서 별로 보고 싶지 않았다. 왜냐하면 나는 구성이 치밀하고 배우들의 연기가 뛰어나서 관객의 마음을 사로잡을 수 있는 그런 연극을 좋아하기 때문이다.

조명이 모두 꺼지고 어둠 속에서 북소리만이 울리기 시작했을 때는 '역시' 하는 식상함이 들었다. 그렇지만 그런 생각은 오래 가지 않았다. 공연이 진행되면서 온몸에 소름이 돋기 시작했고 나는 말로 표현할 수 없는 흥분에 휩싸였다. 하나가 되어 울리는 악기들, 배우들의 거친 숨소리, 공연장을 뒤흔드는 관객들의 함성. 나의 심장은 터질 듯이 울렸다.

절정에 다다랐을 무렵, 나는 어느새 자리를 박차고 일어나 북소리에 몸을 맡긴 채 소리를 치며 열광하고 있었다. 이것이 바로 '흥'이었다.

바쁜 한국인들이 문화를 즐기는 방법
忙碌的韓國人享受文化的方法

● 한국인의 연평균 근로 시간은 2,316시간으로 세계 1위입니다. 이렇게 바쁜 한국인들은 어떻게 문화를 즐길까요?
韓國人年平均工作時間為2,316個小時，名列世界第一。如此忙碌的韓國人是如何享受文化呢？

● 다음은 한국인들이 문화를 즐기는 방법의 예입니다. 잘 읽고 내용을 이해해 보세요.
以下是韓國人享受文化的例子。請仔細閱讀，並試著瞭解一下內容。

許多韓國人雖然沒有充裕的時間，但也會找到幾個方法享受休閒娛樂。某些忙於工作的人們利用午餐時間去看表演，或是下班後和朋友們一起去看場電影。家庭主婦們也會在送走先生與小孩後，利用早上的時間到當地的活動中心看表演。而大學生們比起相約喝酒或吃飯，會計畫一起去看演唱會或電影。忙碌通勤的人們也會在地鐵站裡享受各種展覽和表演。在忙碌的日常生活中享受休閒娛樂，這似乎也反映出韓國的文化。

● 여러분 나라에서 사람들이 문화를 즐기는 방법을 이야기해 보세요.
請說說看在各位的國家人們享受文化的方法。

말하기 연습

1 〈보기〉와 같이 연습하고, 좋아하는 공연에 대해 이야기해
보세요.

> 보기
>
> **음악 / 재즈, 즐겨 듣다**
>
> 가: 어떤 음악을 좋아해?
> 나: 난 음악이라면 다 좋은데 특히 재즈를 즐겨 들어.
>   너는?
> 가: 난 장르에 상관없이 다 좋아.

● 新語彙

합합 嘻哈
코미디 喜劇

❶ 음악 / 합합, 자주 듣다

❷ 영화 / 코미디, 즐겨 보다

❸ 공연 / 뮤지컬, 좋아하다

❹ 전시회 / 사진전, 좋아하는 편이다

2 〈보기〉와 같이 연습하고, 좋아하는 공연에 대해 이야기해
보세요.

> 보기
>
> **영화 / 공포 영화를 즐겨 보다,**
> **여름에 공포 영화를 보면 가슴 속까지 시원해지다**
>
> 가: 어떤 영화를 좋아해요?
> 나: 공포 영화를 즐겨 봐요. 여름에 공포 영화를 보면
>   가슴 속까지 시원해지거든요.

❶ 음악 / 댄스 음악을 즐겨 듣다, 댄스곡을 듣다 보면
   기분이 저절로 좋아지다

❷ 영화 / 코미디 영화를 자주 보다, 정신없이 웃다 보면
   스트레스가 확 풀리다

❸ 공연 / 콘서트를 좋아하다, 좋아하는 가수를 직접
   보고 노래를 따라 하면 가슴이 뻥 뚫리다

❹ 전시회 / 조각 전시회에 자주 가다, 조각 작품을 보고
   있으면 새로운 세계를 만나는 느낌이 들다

3 〈보기〉와 같이 연습하고, 좋아하는 연예인이나 공연에
대해 이야기해 보세요.

**가수 / 김영원, 그 사람의 열혈팬이다 /
호소력이 짙은 목소리로 쭉 사랑을 받다**

가 : 특별히 좋아하는 가수가 있어?

나 : 너도 알지? 김영원이라고. 나 그 사람의 열혈팬이야.

가 : 그럼, 나도 알지. 호소력이 짙은 목소리로 쭉 사랑을
받아 왔잖아.

❶ 영화배우 / 송지훈, 그 사람의 열혈팬이다 /
뛰어난 연기력으로 대중의 인정을 받다

❷ 가수 / 이하나, 그 사람의 열혈팬이다 /
가창력이 워낙 뛰어나서 사랑을 받다

❸ 탤런트 / 정준혁, 그 사람의 열혈팬이다 /
늘 배역을 완벽하게 소화한다는 평가를 받다

❹ 연극 / 봄날의 고백, 그 작품을 정말 좋아하다 /
아름다운 이야기와 탄탄한 구성으로 인기를 잇다

❺ 뮤지컬 / 뉴욕스토리, 그 작품을 정말 좋아하다 /
관객의 폭발적인 호응으로 오랫동안 공연을 계속하다

❻ 영화배우 / 차유림, 그 사람의 열혈팬이다 /
오랫동안 대중의 인기를 한 몸에 받다

공연 호평 表演的好評
호평을 받다 受到好評
작품성이 뛰어나다 作品的藝術價值卓越
구성이 치밀하다 結構緊湊、結構嚴謹
구성이 탄탄하다 結構結實、結構牢固
긴장감이 넘치다 充滿緊張感
눈을 뗄 수 없다 目不轉睛
배역을 완벽하게 소화하다 完美詮釋角色、完美演繹
연기력이 뛰어나다 演技超群、演技一流
가창력이 뛰어나다 唱功一流、歌唱實力出眾
호소력이 짙다 具感染力、有吸引力
귓가에 맴돌다 不絕於耳、在耳邊回響
가슴/심금을 울리다 扣人心弦、動人心弦
생동감이 넘치다 充滿動感、生動
관객의 마음을 사로잡다 抓住觀眾的心、吸引觀眾的心
흥분에 휩싸이다 沉浸在興奮之中
온몸에 소름이 돋다 全身起雞皮疙瘩
온몸이 감전이 되다 全身觸電

4 〈보기〉와 같이 이야기해 보세요.

> 보기
> ### 이루어질 수 없는 사랑 이야기
>
> 가: 이거, 기대 이상인데, 넌 어떻게 봤어?
> 나: 이루어질 수 없는 사랑 이야기라는 게 다 거기서
>   거기 아니야?
> 가: 그래도 배우들의 연기력도 뛰어나고 구성도
>   탄탄하던데.

新語彙

이루어질 수 없다
無法實現、無法完成
범죄자 犯人、罪犯
심리 心理
고발하다 告發、舉報
극복하다 克服
결혼에 골인하다 終成眷屬

❶ 학창 시절을 회상하는 이야기

❷ 범죄자의 심리를 쫓는 공포물

❸ 사회 문제를 고발하는 영화

❹ 감동적인 가족애를 그린 드라마

❺ 어려움을 극복하고 성공한 이야기

❻ 짝사랑을 하다가 결국 결혼에 골인한다는 이야기

5 〈보기〉와 같이 이야기해 보세요.

> 보기
> ### 온몸이 감전이 된 것 같았다
>
> 가: 이 공연 소문대로 끝내주지 않아요?
> 나: 네. 온몸이 감전이 된 것 같았어요. 정말 오랜만에
>   보는 괜찮은 공연이네요.

新語彙

배꼽이 빠지다 笑破肚皮

❶ 무대에서 눈을 뗄 수 없었다

❷ 기립 박수를 치지 않을 수 없었다

❸ 보는 내내 배꼽이 빠질 정도로 웃었다

❹ 마지막 장면에서는 온몸에 소름이 돋았다

❺ 아직도 멜로디가 귓가에 맴돌다

❻ 이렇게 완벽하게 배역을 소화한 배우를 본 적이 없다

6 〈보기〉와 같이 이야기해 보세요.

> [보기]
>
> **음악회 / 연주, 구성, 지루해서 혼나다**
>
> 가: 무슨 음악회가 이래요?
> 나: 그러게요. 연주도 엉망, 구성도 엉망. 지루해서
>   혼났어요.
> 가: 저도 거의 졸다시피 했어요.

공연 혹평 表演的壞評

혹평을 받다 受到苛刻的評價
지루하다 無聊的、煩人的
답답하다 煩悶的
식상하다 倒胃口、膩煩
하품밖에 안 나오다
讓人直打哈欠
장내 분위기가 어수선하다
場內氣氛混亂
음향 시설/조명이 형편없다
音響設施 / 照明差勁
작품이 수준 이하이다
作品的水準低落
역할이 배우에게 어울리지 않다
角色不適合演員
(연기가) 책을 읽는 것 같다
（演技）像唸書一樣
관객의 외면을 당하다
遭到觀眾排斥、不受觀眾喜愛

❶ 콘서트 / 노래, 춤, 짜증 나서 혼나다
❷ 뮤지컬 / 연주, 노래, 듣기 싫어서 짜증 나다
❸ 연극 / 무대, 연기, 답답해서 혼나다
❹ 영화 / 구성, 내용, 식상해서 하품밖에 안 나오다
❺ 음악회 / 음향 시설, 공연장 분위기, 짜증 나서 혼나다
❻ 전시회 / 작품 배치, 조명, 돈 아까워서 혼나다

7 〈보기〉와 같이 이야기해 보세요.

> [보기]
>
> **영화 보다, 재미있다 / 감동적이고 재미있다**
>
> 가: 혹시 이 영화 봤어요? 진짜 재미있다고 하더라고요.
> 나: 아직도 안 봤어요? 얼마나 감동적이고 재미있던지
>   전 두 번이나 봤어요. 놓치지 말고 꼭 보세요.

新語彙

참신하다 嶄新的、新穎的
엉뚱하다
出乎意料的、意想不到的
기발하다 新奇的、奇特的

❶ 공연, 슬프다 / 슬프고 감동적이다
❷ 뮤지컬, 좋다 / 화려하고 볼거리가 많다
❸ 전시회, 괜찮다 / 참신하고 작품성이 뛰어나다
❹ 영화, 재미있다 / 감동적이고 심금을 울리다
❺ 연극, 웃기다 / 엉뚱하고 기발하다
❻ 공연, 인기가 많다 / 구성이 치밀하고 재미있다

8 〈보기〉와 같이 이야기해 보세요.

> **보기**
>
> ### 영화, 재미있다 /
> ### 허진구 감독이 만들었다, 보다, 지루하다
>
> 가 : 이 영화 재미있을 거 같은데 보러 가지 않을래요?
> 나 : 그거 허진구 감독이 만들었지요? 보나 마나 지루할
> 테니까 다른 거 봐요. 이것보다 저게 좋겠어요.

❶ 콘서트, 재미있다 / 아이돌 그룹의 콘서트이다, 보다,
   모르는 노래만 나오다

❷ 연극, 볼 만하다 /
   이아리 씨가 연출한 것이다, 보다, 식상하다

❸ 영화, 감동적이다 /
   불치병에 걸린 여주인공 이야기이다, 보다, 뻔하다

❹ 전시회, 괜찮다 /
   지난번과 같은 주제이다, 가 보다, 그렇고 그렇다

❺ 음악회, 괜찮다 /
   클래식 공연이다, 보다, 졸리기만 하다

❻ 공연, 괜찮다 / 예술 영화이다, 보다, 이해도 못하다

新語彙

아이돌 偶像
연출하다 表演、演出
불치병 不治之症、絕症

발음 發音

終聲ㄷ的[ㄱ、ㅂ]變化

> 이것보다 저게 좋겠어요.
> [이걷뽀다]   [조케써요]

當子音終聲ㄷ後方接的是唇音ㅂ、ㅍ、ㅃ，ㄷ就會發成[ㅂ]的音。若終聲子音後方接的是軟口蓋音ㄱ、ㅋ、ㄲ，ㄷ則發成[ㄱ]的音。

▶ **연습해 보세요.**

(1) 가 : 이 영화 내용도 좋고
       되게 웃긴다면서요?
    나 : 아직 못 봤어요?

(2) 가 : 이 꽃 봤어요? 예쁘죠?
    나 : 꽃보다 꽃병이
       예쁜데요.

(3) 가 : 팥빙수를 좋아하나
       봐요.
    나 : 저는 팥 들어간 건 다
       좋아해요.
    가 : 그럼, 오늘 저녁에는
       팥칼국수 먹을까요?

9 〈보기 1〉이나 〈보기 2〉와 같이 연습하고, 최근에 본 공연에
대해 이야기해 보세요.

영화, 눈물이 멈추지 않다, 헤어졌던 연인이 재회하다

가 : 이거 생각보다 괜찮다. 난 영화 보는 내내 눈물이
　　멈추질 않더라.

나 : 맞아, 맞아. 나도 얼마나 눈물이 나던지 좀
　　창피했다니까.

가 : 헤어졌던 연인이 재회하는 그 장면, 정말 압권이지?

나 : 그래. 그 장면, 정말 보는 사람의 심금을 울리더라.
　　난 남자 주인공의 대사가 아직도 귓가에 맴돌아.

영화, 눈물이 멈추지 않다, 헤어졌던 연인이 재회하다

가 : 이거 생각보다 괜찮다. 난 영화 보는 내내 눈물이
　　멈추질 않더라.

나 : 진짜? 나는 연기도 별로이고 구성도 엉망이라서
　　돈이 아깝던데.

가 : 헤어졌던 연인이 재회하는 게 감동적이지 않다고?

나 : 사랑 이야기는 너무 뻔하잖아. 그리고 음향 시설도
　　형편없었어.

❶ 영화, 배꼽이 빠질 정도로 웃다,
　엉뚱하고 기발한 장면이 많다

❷ 공연, 온몸에 전율이 느껴지다, 생동감이 넘치다

❸ 오페라, 무대에서 눈을 뗄 수 없다,
　가창력이 뛰어나다

🎧 聽力_듣기

1 다음은 공연에 대한 대화입니다. 잘 듣고 질문에 답하세요.
以下是一段有關表演的對話。請仔細聆聽後，回答問題。

1) 두 사람은 어떤 공연을 봤습니까?

2) 이 공연에 대한 설명으로 맞지 않는 것을 고르세요.

❶ 이 공연에는 관객이 참여할 수 있다.
❷ 남자는 이 공연에서 감동을 받지 못했다.
❸ 이 공연은 기존의 공연과는 차별성이 있다.
❹ 여자는 이 공연의 해설이 부족하다고 생각한다.

3) 비보이 공연에 대한 여자의 생각은 어떻습니까?

> **新語彙**
>
> **지휘자** 指揮家、指揮
> **차원이 다르다**
> 等級不同、層次不同
> **비보이** 霹靂舞者
> **아슬아슬하다** 驚險的、危險的
> **다양성** 多樣性

2 다음은 문화계 소식입니다. 잘 듣고 질문에 답하세요
以下是一則藝文界的消息。請仔細聆聽後，回答問題。

1) 기자가 소개하고 공연은 어떤 장르입니까?

❶ 연극   ❷ 연주회
❸ 영화   ❹ 전시회

2) 아래의 내용이 맞으면 ○, 틀리면 ✕에 표시하세요.

(1) '두 남자'는 작년 최대 흥행작이었다.   ○ ✕

(2) '피아니스트'는 실화를 바탕으로   ○ ✕
만들어졌다.

(3) '피아니스트'는 해외에서 촬영되어   ○ ✕
화제를 모았다.

(4) 주인공 '민'은 공연을 위해 외국으로   ○ ✕
간다.

> **新語彙**
>
> **관객을 동원하다** 吸引觀眾
> **관측** 觀測、預測
> **원작** 原作、原著
> **흥행작** 賣座片
> **흥행 대결** 票房大戰
> **부담감** 負擔感
> **내로라하다**
> 數一數二的、大名鼎鼎的
> **눈물샘을 자극하다**
> 催淚、賺人熱淚

🎙 口說_말하기

1 여러분이 가장 좋아하는 영화에 대해 이야기해 보세요.
請說說看各位最喜歡的電影。

- 좋아하는 영화에 대해 물으려면 어떤 질문을 포함할지 생각해 보세요.
  請想想看詢問最喜歡的電影時，應該包含哪些問題。

  예) 장르, 줄거리, 주인공 등

- 친구와 함께 이야기해 보세요. 아래의 질문 외에 더 묻고 싶은 것이 있으면 추가하세요.
  請試著與朋友談論。以下的問題之外，如果有其他想問的東西，請追加問題。

  1) 영화의 제목은 무엇입니까? 어떤 장르입니까?

  2) 영화의 줄거리는 어떻습니까?

  3) 출연한 배우는 누구이고 그 사람이 맡은 역할은 무엇입니까?

  4) 그 영화에 대한 여러분의 평가, 다른 사람의 평가는 어떻습니까?

  5) 가장 인상적이었던 장면은 무엇입니까? 왜 그렇게 생각합니까?

- 친구의 이야기를 들은 후에 보고 싶어진 영화가 있으면 이야기해 보세요.
  在與朋友談論後，如果有想看的電影，請說說看。

2 공연에 대한 감상을 발표해 보세요.
請發表一下觀賞表演後的感想。

- 공연에 대한 감상을 발표하려면 어떤 내용을 포함해야 할까요? 다음 항목에 대해

  생각해 보세요.
  如果想發表觀賞表演後的感想，應該包含哪些內容呢？請試著針對以下的項目進行思考。

```
-제목과 장르:
-내용과 특징:
-일반적인 사람들의 평가:
-나의 감상:
-기타:
```

- 위의 내용을 정리하여 여러분의 감상을 발표해 보세요.
  請整理以上的內容，來發表一下各位的感想。

- 친구의 발표를 들은 후에 관심이 생긴 공연에 대해 이야기해 보세요.
  在聽完朋友的發表後，請說說看各位對哪個表演有興趣。

📖 閱讀_읽기

1 다음은 뮤지컬 관람 후기입니다. 잘 읽고 질문에 답하세요.
以下是一篇音樂劇的觀賞後記。請仔細閱讀後，回答問題。

● 다음을 보고 공연 제목과 공연 장소를 찾아보세요.
請試著在下方內容中找出表演的題目及場所。

● 관람 후기에는 어떤 내용이 쓰여 있을지 예측해 보세요.
請預測一下在觀賞後記中會寫些什麼內容。

● 빠른 속도로 읽으면서 예상한 내용과 같은지 확인해 보세요.
請試著快速地閱讀，並同時確認內容是否與自己預想的相符。

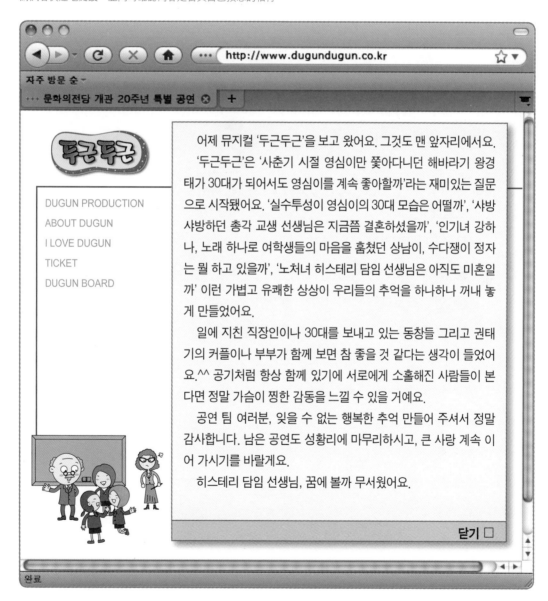

http://www.dugundugun.co.kr

자주 방문 순 ▾

문화의전당 개관 20주년 특별 공연

DUGUN PRODUCTION
ABOUT DUGUN
I LOVE DUGUN
TICKET
DUGUN BOARD

어제 뮤지컬 '두근두근'을 보고 왔어요. 그것도 맨 앞자리에서요. '두근두근'은 '사춘기 시절 영심이만 쫓아다니던 해바라기 왕경태가 30대가 되어서도 영심이를 계속 좋아할까'라는 재미있는 질문으로 시작됐어요. '실수투성이 영심이의 30대 모습은 어떨까', '샤방샤방하던 총각 교생 선생님은 지금쯤 결혼하셨을까', '인기녀 강하나, 노래 하나로 여학생들의 마음을 훔쳤던 상남이, 수다쟁이 정자는 뭘 하고 있을까', '노처녀 히스테리 담임 선생님은 아직도 미혼일까' 이런 가볍고 유쾌한 상상이 우리들의 추억을 하나하나 꺼내 놓게 만들었어요.

일에 지친 직장인이나 30대를 보내고 있는 동창들 그리고 권태기의 커플이나 부부가 함께 보면 참 좋을 것 같다는 생각이 들었어요.^^ 공기처럼 항상 함께 있기에 서로에게 소홀해진 사람들이 본다면 정말 가슴이 찡한 감동을 느낄 수 있을 거예요.

공연 팀 여러분, 잊을 수 없는 행복한 추억 만들어 주셔서 정말 감사합니다. 남은 공연도 성황리에 마무리하시고, 큰 사랑 계속 이어 가시기를 바랄게요.

히스테리 담임 선생님, 꿈에 볼까 무서웠어요.

닫기 □

완료

● 다시 읽고 질문에 답하세요.
請再次閱讀後，回答問題。

1) 공연의 내용을 설명한 부분과 감상이 나타난 부분을
   찾아보세요.

2) 다음은 이 공연에 출연하는 인물들을 설명한 표현
   입니다. 누구를 표현하는 것인지 글에서 찾아보세요.

샤 방 샤 방

인 기 녀

수 다 쟁 이

노 처 녀

3) 이 사람이 이 공연을 보면 좋겠다고 생각한 사람을 모두
   고르세요.

❶ 권태기를 겪고 있는 부부

❷ 30대가 되는 것이 두려운 여성

❸ 업무 스트레스에 시달리는 직장인

❹ 학생들을 처음 가르치는 교생 선생님

寫作_쓰기

1 공연 관람 후기를 써 보세요.
請試著寫一篇觀賞表演的後記。

● 말하기 **2** 에서 이야기한 것을 바탕으로 다음을 메모하세요.
請以口說 **2** 中談論的內容為基礎，簡單寫下以下的內容。

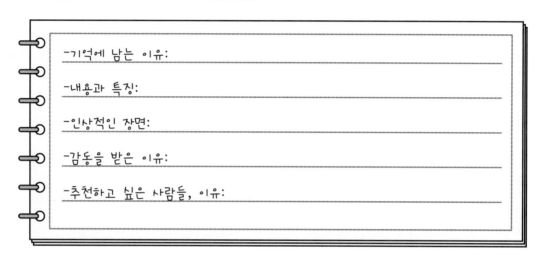

-기억에 남는 이유:

-내용과 특징:

-인상적인 장면:

-감동을 받은 이유:

-추천하고 싶은 사람들, 이유:

● 위의 내용을 정리해서 관람 후기를 써 보세요.
請整理上方的內容，試著寫一篇觀賞後記。

● 다른 친구들과 글을 바꿔 읽어 보세요. 어떤 공연에 가 보고 싶습니까? 그 이유는
무엇인지 이야기해 보세요.
請與其他朋友交換閱讀看看。各位想去看什麼樣的表演呢？請說說看理由是什麼。

자기 평가 ✎

自我評價

● 공연의 종류나 특징을 이해하고 이야기할 수 있습니까?
能理解並談論表演的種類或特徵嗎？

非常棒 ●━━●━━●━━● 待加強

● 공연에 대한 감상을 이야기할 수 있습니까?
能談論觀賞表演後的感想嗎？

非常棒 ●━━●━━●━━● 待加強

● 공연 관람 후기를 읽고 쓸 수 있습니까?
能讀懂並書寫觀賞表演的後記嗎？

非常棒 ●━━●━━●━━● 待加強

1 -아/어/여 오다

- -아/어/여 오다接在動詞後，表現特定的行為到現在為止持續了一段很長的時間。

  이 공연은 내가 오랫동안 기다려 온 공연이다.

- 根據語幹最後的母音，分為三種形態。
  a. 語幹最後一個音節的母音為ㅏ、ㅗ時，使用-아 오다。
  b. 語幹最後一個音節的母音為ㅏ、ㅗ以外時，使用-어 오다。
  c. 語幹最後為하다時，使用-여 오다，但常結合成-해 오다的形態。

- 因為這表現有持續的意義，所以無法跟一次性的動詞如결혼하다、취직하다等結合。

  (1) 가 : 이번에도 그 공연 티켓을 구하지 못했어요.
  　　나 : 10년 동안이나 매진을 기록해 온 공연이라니까 그럴 만도 하네요.
  (2) 가 : 특강이 어떤 내용이었어요?
  　　나 : 옛날부터 이어져 온 민속놀이에 대한 거였어요.
  (3) 가 : 수미 씨는 서울 말고 다른 곳에서 살아 본 적이 있어요?
  　　나 : 없어요. 태어나서 지금까지 쭉 서울에서만 살아 왔어요.
  (4) 가 : 나 오랫동안 꿈꿔 온 이상형을 드디어 만난 것 같아.
  　　나 : 야, 네가 그렇게 말한 사람이 지금까지 백 명은 되겠다.
  (5) 가 : 한국어 공부한 지 얼마나 되었어요?
  　　나 : ＿＿＿＿＿＿＿＿＿＿＿＿＿＿＿.
  (6) 가 : 이런 일은 처음 하시는 거예요?
  　　나 : 아니요, ＿＿＿＿＿＿＿＿＿＿＿＿＿.

2 얼마나 -던지

- 在얼마나 -던지這個文法裡，動詞、形容詞與「名詞＋이다」接在-던지前，與얼마나 一起使用，表現透過對他或她的回憶，來展現出話者的感嘆。

  영화가 얼마나 긴장감이 넘치던지 화면에서 눈을 뗄 수가 없었다.

- 為了強調情況，與動詞連結時必須加入副詞。얼마나 -던지若是與名詞結合，必須 與名詞如먹보、미인一起使用，聽起來自然才會自然。

  명숙 씨 딸은 얼마나 말썽꾸러기이던지 온 동네 유리창을 다 깨고 다니더라고요.

(1) 가 : 뮤지컬은 재미있게 봤어요?

　　나 : 배우가 노래를 얼마나 잘 부르던지 온몸에 소름이 돋았어요.

(2) 가 : 영화가 하나도 안 무서웠다면서요?

　　나 : 네. 얼마나 지루하던지 계속 졸았다니까요.

(3) 가 : 박 부장님 집들이에 갔다 왔어요?

　　나 : 그럼요. 사모님이 얼마나 미인이시던지 깜짝 놀랐어요.

(4) 가 : 그 드라마 볼 만해요?

　　나 : ＿＿＿＿＿＿＿＿＿＿＿＿＿＿＿＿＿＿＿.

3 -나 마나

● -나 마나接在動詞後，表現對於特定的行為是否結束不感興趣。

그 사람이 만든 영화라면 보나 마나 지루할 것이다.

(1) 가 : 어떤 공연을 봐야 할지 모르겠는데 관람 후기를 읽어 볼까?

　　나 : 그거 아르바이트생들이 쓰는 게 대부분이라서 읽어 보나 마나 호평뿐일 거야.

(2) 가 : 제가 만든 건데 한번 드셔 보세요. 맛은 자신이 없네요.

　　나 : 윤영 씨가 만든 거라면 먹어 보나 마나 맛있겠지요.

(3) 가 : 마틴 씨가 너한테 할 말이 있대. 어서 가 봐.

　　나 : 싫어. 들으나 마나 또 한번만 만나 달라는 소리일 텐데, 뭐.

(4) 가 : 이 노트북 고치면 다시 쓸 수 있을까요?

　　나 : 산 지 5년도 넘었다면서요? 그럼 고치나 마나예요.

(5) 가 : 콘서트 티켓을 선물 받았다며? 안 갈 거야?

　　나 : ＿＿＿＿＿＿＿＿＿＿＿＿＿＿＿＿＿＿＿.

(6) 가 : 내일이 시험인데 공부 안 하고 뭐 해?

　　나 : ＿＿＿＿＿＿＿＿＿＿＿＿＿＿＿＿＿＿＿.

제12과 교육

教育

目標

各位將能解釋、分析目前的教育體制與其問題。

主題	教育
功能	談論教育問題、說明與教育有關的圖表、引用相關資料談論
活動	聽力：聆聽一段有關教育的對話、聆聽一段學校介紹
	口說：談論教育問題、利用圖表發表
	閱讀：閱讀有關男女同校的報導
	寫作：書寫說明與分析圖表的文章
語彙	學校、陳述現況、增減趨勢
文法	-(으)려면、-(이)란 -을/를 말하다、-에 따르면
發音	-이란的語調
文化	另類學校

제12과 **교육** 敎育

1. 여기는 어디입니까? 이 사람들은 누구이고, 지금 무엇을 하고 있을까요?

2. 여러분은 한국 혹은 여러분 나라의 교육의 특징에 대해서 이야기할 수 있어요?

1

린다 : 어머, 이 의자 정말 특이하고 멋지다. 어디서 산 거야?

승우 : 아, 그거. 내가 고등학교 때 만든 거야. 그때 내가 가구
　　　만들기에 푹 빠져 있었거든.

린다 : 우와, 고등학교 때? 근데 한국의 고등학생들은 수업에, 야간
　　　자율 학습에, 학원까지 다녀야 돼서 취미 생활 같은 건 거의
　　　못 하는 줄 알았는데.

승우 : 에이, 그 정도까진 아니고. 그리고 나는 인문계 고등학교가
　　　아니라 대안 학교를 다녀서 내가 하고 싶은 건 다 할 수
　　　있었어.

린다 : 대안 학교? 그게 어떤 학교야?

승우 : 응, 대안 학교란 획일적인 교육 제도에서 벗어나서 학생이
　　　중심이 되는 학교를 말해.

린다 : 아, 그런 데를 한국에서는 대안 학교라고 하는구나. 그럼
　　　거기에 들어가려면 뭔가 특별한 조건이 필요해?

승우 : 아니, 입시 위주의 교육을 시키지 않겠다는 부모님의
　　　서약서 정도만 있으면 돼.

2

첸닝 : 이 기사 좀 보세요. 학교를 그만두는 중고생들이 이렇게나
　　　많다니, 무려 1.7%나 돼요. 이거 정말 큰일이네요.

준혁 : 글쎄요, 전 자율성이 보장되지 않는 입시 위주 교육을
　　　거부하고 학교를 그만둔 것이라면 그렇게 큰일은 아니라고
　　　보는데요. 자신의 인생을 스스로 선택한 거니까요.

첸닝 : 그렇지만 한창 공부할 나이에 학업을 포기하는 걸 좋은
　　　선택이라고 볼 수는 없죠.

준혁 : 학교를 그만두는 게 학업의 포기는 아닌 것 같아요.
　　　유학을 가거나 일찍부터 직업을 갖는 청소년들도 있고,
　　　자신의 특기와 적성을 살릴 수 있는 새로운 학교도
　　　많아졌으니까 그만큼 선택의 폭이 넓어진 건 아닐까요?

첸닝 : 그렇게 볼 수도 있겠지만 그 선택으로 인해서 결국
　　　공교육의 혜택을 포기해야 하잖아요. 아무리 생각해도
　　　전 별로 바람직하지 않은 것 같아요.

3

초등학생들의 체력이 지속적으로 떨어지자 이들을 대상으로 하는 체력 검사에서 '100m 달리기'는 '50m 달리기'로, '오래달리기'는 '오래 걷기'로 종목을 변경하자는 주장이 나오고 있다. 이런 주장의 근거는 학생들이 해낼 수 있는 수준으로 체력 검사 기준을 완화해서 그들이 성취감을 맛볼 수 있게 해야 한다는 것이다.

그러나 전문가들의 견해에 따르면 초등학생들의 체력이 떨어진 원인은 체육 수업의 중요성이 무시되기 때문이라는 것이다. 현재의 초등학교 수업 시간을 살펴보면 체육 수업을 일주일에 한 시간도 하지 않는 경우가 많다. 이러한 상황에서 체력 검사 기준을 완화하자는 주장은 근본적인 대책이라고 보기 어렵다. '건강한 육체에 건강한 정신'이라는 말이 있듯이, 지금 시급한 것은 체력 검사 기준을 완화하는 것이 아니라 체육 수업의 정상화를 통해서 학생들의 체력을 강화하는 것이다.

ᐅ 新語彙

체력 體力	
완화하다 緩和、放寬	
정상화 正常化	
강화 強化	

문화   대안 학교   另類學校

● 대안 학교라는 말을 들어 본 적이 있습니까? 대안 학교에 대해 알고 있는 것을 이야기해 보세요.
   各位聽說過另類學校嗎？請說說看各位所瞭解的另類學校。

● 다음은 대안 학교에 관한 글입니다. 어떤 종류의 대안 학교가 있는지 읽고 이해해 보세요.
   以下是一篇有關另類學校的文章。請閱讀並理解有何種另類學校的存在。

另類學校尊重學生的個人需求，利用各種非典型的教育方法來教導學生，讓他們學到一般公立學校裡學的東西。
另類學校其中一個主要目標，就是幫助中輟生或在一般正規學校中適應上有困難的學生可以實現他們的夢想。學生們在另類學校裡可以盡情地享受並接近大自然的環境，也能學到如何適應團體生活。和同學們一起吃飯，沉浸在大自然中，並了解生活的真諦。為了讓教師與學生之間能有更開放式的互動，另類學校的班級規模通常較小。在這種緊密的關係之下，教師與學生地位平等，可以一起規劃教學課程。另類學校也廢止了學生之間互相競爭的各種規定。目前只有少數的另類學校獲准設立，他們教育方式越來越專業化，且不以大學入學作為目的。目前全韓國國內共有1間國中與13間高中被歸類為另類學校。韓國政府表示，從2003年開始將逐步增加另類學校設立的數量。

● 여러분 나라에는 어떤 학교가 있습니까? 이야기해 보세요.
   在各位的國家有什麼樣的學校呢？請試著說說看。

1 〈보기〉와 같이 이야기해 보세요.

> **보기**
>
> **기계를 잘 다루다 / 직업 전문학교**
>
> 가: 정말 못하는 게 없나 봐요. 기계도 잘 다루네요.
> 나: 제가 직업 전문학교를 나오긴 했는데 그렇다고
> 　　기계를 잘 다루는 건 아니에요.

❶ 컴퓨터를 진짜 잘 다루다 / 정보 고등학교

❷ 과학 분야에 대해 많이 알고 있다 / 과학 고등학교

❸ 그림 솜씨가 정말 대단하다 / 예술 고등학교

❹ 스페인어를 유창하게 하다 / 외국어 고등학교

❺ 중국어를 정말 잘하다 / 외국어 고등학교

학교 學校

인문계 고등학교	文科高中
정보 고등학교	資訊高中
과학 고등학교	科技高中
예술 고등학교	藝術高中
외국어 고등학교	外語高中
기술 전문학교	技術型高中
직업 전문학교	職業型高中
남녀 공학	男女同校
남학교	男校
여학교	女校
대안 학교	另類學校

新語彙

다루다	操作、操控
분야	領域
솜씨	手藝、技巧

2 〈보기〉와 같이 이야기해 보세요.

> **보기**
>
> **대학에서 외국어를 전공하다, 외국어 고등학교에 들어가다**
>
> 가: 대학에서 외국어를 전공하려면 반드시 외국어
> 　　고등학교에 들어가야 해요?
> 나: 꼭 그런 건 아니에요.

新語彙

공대	工科學院、工科大學

❶ 대학에서 미술을 전공하다, 예술 고등학교를 졸업하다

❷ 나중에 공대에 입학하다, 과학 고등학교에 들어가다

❸ 고등학교를 졸업한 후에 바로 취업을 하다,
　　직업 전문학교에 가다

❹ 법대에 진학하다, 인문계 고등학교에 들어가다

❺ 운동선수가 되다, 체육 고등학교에 입학하다

❻ 대안 학교에 입학하다, 대학 입시를 포기하다

3 〈보기〉와 같이 이야기해 보세요.

>
>
> 보기
> ### 대안 학교 /
> ### 획일적인 교육 제도에서 벗어나서 학생이 중심이 되는 학교
>
> 가 : 얼마 전에 대안 학교라는 말을 들었는데, 그게 어떤
> 거예요?
> 나 : 대안 학교란 획일적인 교육 제도에서 벗어나서
> 학생이 중심이 되는 학교를 말해요.

❶ 직업 전문학교 /
취업을 위해 여러 직업 교육을 시키는 학교

❷ 대입 검정고시 / 정규 학교를 졸업하지 않아도
이 시험에 합격하면 고등학교 졸업 자격을 주는 시험

❸ 야자 / 야간 자율 학습의 줄임말로 정규 수업이 끝난
야간에도 공부를 하는 것

❹ 과외 / 학교의 정해진 교과 과정 이외에 비공식적으로
하는 수업

4 〈보기〉와 같이 이야기해 보세요.

> 보기
> ### 설문 결과, 대안 학교의 수가 계속 증가하다
>
> 설문 결과에 따르면 대안 학교의 수가 계속 증가한다고
> 합니다.

❶ 교육부의 보고, 남녀 공학의 학생들이 남학교나 여학교의
학생들보다 이성을 더 잘 이해하다

❷ 신문 기사, 외국 대학으로 진학하기를 희망하는 학생들이
지속적으로 늘고 있다

❸ 뉴스, 각 나라의 의무 교육 기간이 길어지고 있다

❹ OECD의 발표, 아시아 학생들은 수학 능력이 뛰어난
반면 유럽 학생들은 언어 능력이 뛰어나다

❺ 정부의 보고, 다양한 형태의 사립 고등학교가 많이
생겨나고 있다

❻ 통계청 자료, 진로를 스스로 결정하는 학생 수가
예전에 비해 큰 폭으로 증가했다

◀ 발음 發音

-이란的語調

> 교육이란 사람을 만드는
> 것이다.

在一個句子中的詞組要發音
時，常常會出現最後的音節語
調下降（L）、上揚（H），或
者是上揚後再下降（HL）的情
況。例如（HL）的類型，就常
出現在-(이)란或-은/는等詞組。

▶ **연습해 보세요.**

(1) 야자란 야간 자율 학습을 줄
인 말이다.
(2) 대안 학교란 보통 학교와는 다
른 교육을 하는 곳입니다.
(3) 사랑이란 꿈은 꾸는 것이다.
그러나 결혼이란 꿈이 깨지는
것이다.

◀ 新語彙

줄임말 簡稱、縮略語
교과 과정 教學課程
비공식적 非正式的、非官方的

◀ 新語彙

설문 결과 問卷調查結果
보고 報告
형태 形態
사립 私立
진로 前途、出路
결정 決定

5 〈보기〉와 같이 이야기해 보세요.

> 보기
>
> 설문 결과,
> 여학생들의 외국어 학습 흥미도가 남학생들보다 더 높다, 드러나다
>
> 설문 결과에 따르면 여학생들의 외국어 학습 흥미도가
> 남학생들보다 더 높은 것으로 드러났습니다.

현황 진술 陳述現狀

나타나다 顯示、出現
밝혀지다 揭露、查明
보이다 呈現、顯現

新語彙

흥미도 感興趣的程度

❶ 설문 조사, 사교육비가 작년보다 감소했다, 드러나다

❷ 교육 통계, 국내 유학생의 수가 증가한다, 드러나다

❸ 교육 자료, 대학생들이 자격증을 취득하기 위해 과외를
받는 경우도 있다, 나타나다

❹ 설문 결과, 영어 조기 교육을 받는 어린이의 수가
예년에 비해 크게 증가했다, 나타나다

❺ 조사 결과, 대안 학교를 선택하는 부모와 학생들이
계속 늘어난다, 밝혀지다

❻ OECD 발표, 아시아 학생들은 수학 능력이 뛰어나고
유럽 학생들은 언어 능력이 뛰어났다, 밝혀지다

6 〈보기〉와 같이 이야기해 보세요.

> 보기
>
> 외국 대학으로의 진학을 희망하는 학생의 수가 해마다 증가하다
>
> 외국 대학으로의 진학을 희망하는 학생 수가 해마다
> 증가한 것으로 나타났습니다.

증감 추세 增減趨勢

늘어나다 增加
증가하다 增加
급증하다 激增、劇增
오르다 上升、提高
줄어들다 減少、縮小
감소하다 減少
하락하다 下降
떨어지다 下降、落下
미치지 못하다 不及、不到

新語彙

예년 수준 歷年水平、往年水平
꾸준히 持續的

❶ 사교육비 지출이 학년이 오를수록 하락하다

❷ 영어 사교육비가 6년 전과 비교해 현저히 오르다

❸ 학교를 그만두는 학생의 비율이 최근 5년 동안
지속적으로 증가하다

❹ 초등학생들의 쓰기 실력이 예년 수준에 비해 떨어지다

❺ 초등학교 입학생의 수가 지속적으로 감소하다

❻ 경영학 전공을 희망하는 학생 수가 해마다 꾸준히
증가하다

7 〈보기〉와 같이 이야기해 보세요.

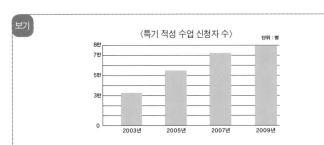

● 語言提點

像「급증」、「증감」一樣，接頭詞「급」與特定名詞相連，會表現出「突然」或是「非常」的意思。「급상승」跟「급경사」就是這樣的例子。

2003년, 2009년, 달하다

가 : 특기 적성 수업 신청자 수가 어떻게 달라졌습니까?
나 : 특기 적성 수업을 신청하는 사람들의 수가 꾸준히 증가한 것으로 나타났습니다. 2003년에는 3만 명이었으나 2009년에는 8만 명에 달했습니다.

❶ 〈검정고시 응시자 수〉

 　2003년, 2009년, 달하다

❷ 〈한국어 능력 시험 응시자 수〉

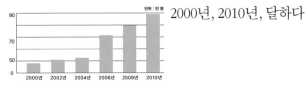 　2000년, 2010년, 달하다

❸ 〈사교육비 지출 액수〉

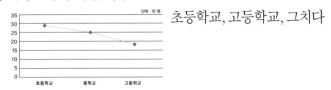 　초등학교, 고등학교, 그치다

❹ 〈초등학생 쓰기 성적〉

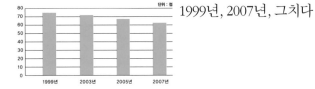 　1999년, 2007년, 그치다

8 〈보기〉와 같이 이야기해 보세요.

> **보기**
>
> ### 특기 적성 수업 신청자 수가 증가하다 / 학생들의 요구가 다양해졌다
>
> 가 : 특기 적성 수업 신청자 수가 증가한 원인이 무엇이라고 생각하십니까?
> 나 : 그것은 학생들의 요구가 다양해졌기 때문이라고 생각합니다.

■新語彙

위상이 높아지다 地位變高

학년 年級

독서량 讀書量

❶ 검정고시 응시자 수가 증가하다 /
고졸 학력을 인정 받고 싶어하다

❷ 한국어 능력 시험 응시자 수가 증가하다 /
한국의 위상이 높아졌다

❸ 사교육비 지출 액수가 학년이 올라갈수록 감소하다 /
부모가 자녀의 학년이 낮을수록 다양한 과외 활동을
시키다

❹ 초등학생 쓰기 성적이 떨어지다 / 독서량이 줄었다

9 말하기 연습 **7** 의 표를 〈보기〉와 같이 설명해 보세요.

> **보기**
>
>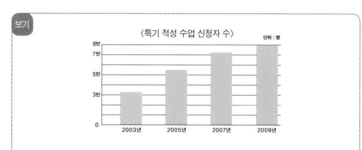
>
> 특기 적성 수업을 신청하는 학생들의 수가 꾸준히 증가한 것으로 나타났습니다. 2003년에는 3만 명이었으나 2009년에는 8만 명에 달했습니다. 이는 학생들의 요구가 다양해졌기 때문인 것으로 보입니다.

❶ 〈검정고시 응시자 수〉

❷ 〈한국어 능력 시험 응시자 수〉

❸ 〈사교육비 지출 액수〉

❹ 〈초등학생 쓰기 성적〉

🎧 聽力_듣기

1 다음은 교육에 대한 대화입니다. 잘 듣고 질문에 답하세요.
以下是一段有關教育的對話。請仔細聆聽後，回答問題。

1) 아래의 내용이 맞으면○, 틀리면×에 표시하세요.

(1) 남자는 대학에서 수학을 전공하고 있다. 　○　×

(2) 여자의 동생은 과외를 해 본 적이 없다. 　○　×

(3) 남자는 여자의 동생에게 수학 과외를 　○　×
해 주기로 했다.

2) 대학 입학에 대한 남자와 여자의 생각은 어떻습니까?

> **新語彙**
>
> 난감하다 難堪、尷尬
> 엄살 裝病、裝痛
> 만화가 漫畫家

2 다음은 한 학교를 소개하는 내용입니다. 잘 듣고 질문에
답하세요.
以下是介紹一所學校的內容。請仔細聆聽後，回答問題。

1) 이 학교가 새로운 교육 방법을 선택한 이유는
무엇입니까?

❶ 교육에 대한 교사들의 확신 때문에

❷ 교사와 학생들의 요구가 있었기 때문에

❸ 학생들의 체력이 계속 떨어졌기 때문에

❹ 학부모들이 교육에 관심이 많기 때문에

> **新語彙**
>
> 천차만별 千差萬別
> 단계 階段
> 기대 반 우려 반 既期待又擔心

2) 이 학교에 대한 학생들의 생각은 어떻습니까?

❶ 부모님들의 이해에 감사하고 있다.

❷ 과외를 받아야 하는 상황에 불만을 갖고 있다.

❸ 수업 시간이 줄어 성적이 떨어질까 봐 걱정하고 있다.

❹ 학습자 수준에 맞춘 수업을 진행하여 만족스러워하고 있다.

🎤 口說_말하기

1 여러분이 다닌 학교에 대해 이야기해 보세요.
請談論一下各位就讀過的學校。

● 여러분은 어떤 학교에 다녔어요? 여러분이 다닌 학교에 대해 생각해 보세요.
各位就讀過什麼樣的學校呢？請回想一下各位就讀過的學校。

예) 학교의 종류, 특징, 장점과 단점, 개선할 점, 기타

● 친구와 함께 이야기해 보세요. 아래의 질문 외에 더 묻고 싶은 것이 있으면 추가하세요.
請和朋友談論一下。在以下的提問外，如果還有想要問的，請追加問題。

1) 어떤 종류의 학교였습니까?

2) 그 학교는 어떤 특징이 있었습니까?

3) 그 학교의 장점과 단점은 무엇이었습니까?

4) 그 학교에 대한 학생들의 평가는 어땠습니까?

● 친구들과 이야기를 하면서 새롭게 알게 된 사실이 있으면 다른 친구들에게 알려
주세요.
和朋友談論中，如果有新發現的事實，請告知其他同學。

2 도표를 설명해 보세요.
請試著說明以下圖表。

● 다음의 도표를 보고 내용을 파악하세요. 그리고 어떻게 설명할지 생각해 보세요.
請看以下圖表，並掌握其內容。另外，也請想想要如何說明。

1)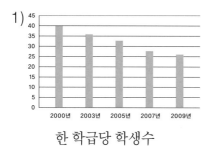

한 학급당 학생수

2)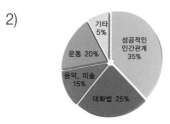

한국 학생들이 배우고 싶어하는 과목

● 두 개의 도표 중 하나를 선택한 후 다음의 표현을 반드시 사용해 설명해 보세요.
在兩個圖表中選出一個後，請務必利用以下的表現試著進行說明。

현황: -(으)로 드러나다, 나타나다, 밝혀지다
원인: -이/가 원인으로 보이다, -(이)기 때문인 것으로 보이다

● 여러분이 정리한 내용을 발표해 보세요.
請發表一下各位整理的內容。

1 다음은 남녀 공학의 성적 문제에 대한 기사입니다. 잘 읽고 질문에 답하세요.
以下是一篇關於男女同校成績問題的報導。請仔細閱讀後，回答問題。

● 먼저 아래의 헤드라인을 읽고 신문 기사의 내용을 추측해 보세요.
請先閱讀以下的標題後，推測一下報紙報導的內容。

남녀 공학 성적 부진, 눈으로 확인

● 빠른 속도로 읽으면서 추측한 내용과 같은지 확인해 보세요.
請試著快速地閱讀，並同時確認與預測的內容是否相符。

☰ NEWS

남녀 공학 고교에 다니고 있는 학생들의 성적을 남학교와 여학교에 다니고 있는 학생들과 비교하면 그 결과는 어떨까?

교육부에서 세 종류 학교의 5년치 수능 평균 성적을 비교해 본 결과 남녀 공학 고교의 성적이 꼴찌로 드러났다. 특히 지난해의 성적은 남녀 공학의 평균이 남학교보다 무려 10점 이상 낮은 것으로 드러났다. 이런 현상은 어느 한 해의 일시적 현상이 아니라 2005학년도부터 2009학년도까지 일관되게 나타난 것이다.

교사들에 따르면 이성에 관심이 많을 나이이므로 자연히 공부보다 외모에 신경을 쓰게 되고, 학교 안에서 이성 교제가 빈번해 학업에 악영향을 미친 것 같다고 한다. 한편 남녀 공학이 교육적으로 더 바람직하다는 분석을 내놓는 교육 전문가들도 있다. 이들은 표면적으로 드러나는 성적만으로는 교육의 효과를 평가하기 어려우며 남녀 공학이 인성 교육에 미치는 긍정적인 효과도 무시할 수 없다고 주장한다.

현재 공학 학교 수는 770개로 남학교 362개교와 여학교 299개교를 합친 것보다 많다.

1) 신문 기사의 자료로 제시된 것을 모두 고르세요.

❶ 외국의 사례　　　　❷ 교육부의 발표

❸ 전문가의 의견　　　　❹ 학생들과의 인터뷰

2) 다시 한 번 읽고 아래의 내용이 글과 같으면 ○, 다르면 ✕에 표시하세요.

(1) 남녀 공학의 학생들이 성적이 부진한 것은 일시적인 현상이다.　　○　✕

(2) 남녀 공학에서는 학생 간의 경쟁이 남학교나 여학교보다 치열하다.　　○　✕

(3) 대부분의 교육 전문가들은 남녀 공학의 수를 제한하자고 주장한다.　　○　✕

✎ 寫作_쓰기

1 도표를 설명하는 글을 써 보세요.
請書寫一篇短文來說明圖表。

● 말하기 **2** 에서 이야기한 것을 바탕으로 도표를 설명하는 글을 써 보세요.
請以口說 **2** 中談論的內容為基礎，試著書寫一篇說明圖表的短文。

1)
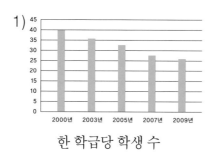
한 학급당 학생 수

2)
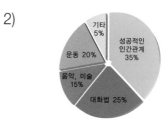
한국 학생들이 배우고 싶어하는 과목

● 두 개의 도표 중 하나를 선택해 아래에 메모해 보세요. 이때 도표를 설명하는 데에
필요한 표현도 포함시키세요.
請在兩個圖表中選出一個，並在下方做簡單紀錄。此時請包括說明圖表時必需的表現。

현황	
원인	

● 위의 내용을 정리하여 도표를 설명하는 글을 써 보세요.
請整理以上的內容，試著寫一篇短文來說明圖表。

자기 평가 ✐

自我評價

● 자신이 받은 교육에 대해 이야기할 수 있습니까?
能針對自己接受的教育來談論嗎？

非常棒 ●—●—●—● 待加強

● 교육과 관련된 기사를 읽고 이해할 수 있습니까?
能讀懂與教育相關的報導嗎？

非常棒 ●—●—●—● 待加強

● 교육과 관련된 도표를 보고 그것을 설명하거나 분석하는 글을 쓸 수
있습니까?
能在看完與教育相關的圖表後，書寫一篇文章來說明或分析嗎？

非常棒 ●—●—●—● 待加強

1 -(으)려면

● -(으)려면接在動詞後，表現出未來的意圖。且接續的句子常常會出現提議或命令等句型。

학교생활에 잘 적응하려면 친구들을 많이 사귀어야 한다.

● 有以下有兩種形態：
a. 如果是以母音或ㄹ結尾，使用-려면。
b. 如果是以ㄹ以外的子音結尾，則使用-으려면。

(1) 가 : 논술 시험에 자신이 없는데 원하는 학교에 입학할 수 있을까요?
　나 : 그 학교에 입학하려면 교과목 성적이 더 중요하니까 거기에
　　　더 신경을 쓰도록 하세요.

(2) 가 : 사소한 일로 친구와 다퉜는데, 화해를 하고 싶어요.
　나 : 화해를 하려면 진심을 담아서 편지를 한번 써 보세요.

(3) 가 : 지오는 어떤 유치원에 보낼 거예요?
　나 : 체험 학습이 많은 유치원에 보내고 싶은데 그렇게 하려면
　　　더 기다려야 한대요.

(4) 가 : 한국어 실력을 더 늘리고 싶어요.
　나 : _____.

2 -(이)란 -을/를 말하다

● -(이)란 -을/를 말하다/의미하다用在定義特定的概念。

도표란 어떤 현상의 변화를 알기 쉽게 표로 나타낸 것을 말한다.
교육이란 인간다운 삶을 위해 반드시 알아야 할 것을 가르치는 것을 말한다.

● 此表現常常用在撰寫正式文書時。

(1) 가 : 맞춤식 수업이란 학생들의 수준에 맞게 반을 나누어 가르치는 것을
　　　　말합니다.

　　　나 : 그럼 잘하는 학생과 못하는 학생을 따로따로 가르친다는 거예요?

(2) 가 : 실버 도우미가 뭐예요?

　　　나 : 실버 도우미란 노인들의 생활을 도와주는 자원봉사자를 말해요.

(3) 가 : 결혼이란 남자와 여자가 진정한 가족을 이루는 것을 말하지요?

　　　나 : 그렇죠. 그런데 갑자기 왜 그런 질문을 해요?

　　　가 : 제 결혼 생활이 참……．

(4) 가 : 사랑이라는 게 정말 뭘까?

　　　나 : _____.

3 -에 따르면

● -에 따르면/의하면在引用原文時使用。在要求引用資料的正式場合中常會使用。

정부의 발표에 따르면 내년 상반기부터 교육세가 크게 오를 것이라고 한다.

(1) 가 : 학교의 발표에 따르면 이번에도 경영학과에 지원한 사람이 많다고 합니다.

　　　나 : 그럼 경쟁률이 아주 높겠군요.

(2) 가 : 남자와 여자 중에 누가 더 건강에 관심이 많을까요?

　　　나 : 설문 조사에 따르면 여자들이 남자들에 비해 20% 정도 더 관심이
　　　　많다고 해요.

(3) 가 : 외국어는 어릴수록 더 잘 배운다던데 우리 애도 이제 시작해야 되는 거
　　　　아니야?

　　　나 : 연구 결과에 의하면 꼭 그렇지도 않다던데.

(4) 가 : 자신이 받은 교육에 만족하는 사람이 얼마나 될까요?

　　　나 : _____.

제13과 환경

環境

目標

各位將能討論環境問題。

主題	環境
功能	談論環境問題、討論環境問題
活動	聽力：聆聽一段有關環境問題的討論、聆聽一段公益廣告 口說：談論環境保護的工作、討論環境問題 閱讀：閱讀有關綠色居住空間的文章 寫作：書寫有關環境政策的文章
語彙	環境和汙染、環境污染的結果、針對環境污染的對策
文法	-(으)면서、-마저、-았/었/였더라면
發音	-잖아요的語調
文化	生活中的綠色增長

제13과 **환경** 環境

1. 여기는 어디일까요? 이곳의 특징을 어떻게 이야기기할 수 있을까요?

2. 환경 파괴를 막기 위해, 환경을 보호하기 위해 우리가 할 수 있는 일에는 뭐가 있을까요?

1

타냐: 와, 이렇게 큰 물고기도 사네. 청계천이 이렇게 좋을 줄은
　　　몰랐어요.

동규: 도심 한가운데에 이런 휴식 공간이 있으니까 좋지요?

타냐: 네. 고층 건물에서 몇 걸음만 걸어 나오면 이런 곳이
　　　있다니. 한국은 이렇게 급속한 경제 성장을 이뤘는데
　　　어떻게 환경까지 잘 보존할 수 있었는지, 정말 놀랍네요.

동규: 타냐 씨, 제가 비밀 하나 알려 줄까요? 사실은 보존된 게
　　　아니라 복원된 거예요. 몇 년 전까지만 해도 여기는 그냥 큰
　　　도로였어요.

타냐: 이게 복원된 거라고요?

동규: 네. 도심의 생태계도 살리고 시민들의 생활 환경도
　　　개선하려고 정부에서 복원 사업을 추진한 거지요.

타냐: 그렇구나. 다시 이렇게 만드는 게 쉽지는 않았겠지만
　　　덕분에 환경이 참 좋아졌겠네요.

● 新語彙

도심 市中心
보존하다 保存
복원하다 復原、修復
생태계 生態系統
생활 환경 生活環境
개선하다 改善、改進
추진하다 促進、推進

2

제니: 민수 씨, 얼굴이 왜 그래요? 뭐 잘못 먹었어요?

민수: 뭐 잘못 먹은 것 같지는 않은데, 얼마 전부터 여기저기가
　　　가렵기 시작하더니 요 며칠 전부터는 이런 각질까지
　　　생기더라고요.

요코: 혹시 그거 아토피 아니에요? 내가 보기엔 그런 것 같은데.

민수: 아토피요? 그거 아이들한테나 생기는 병 아니에요?

요코: 아니래요. 그게 환경 질환의 하나라서 나이하고는 상관이
　　　없대요.

제니: 아, 맞다. 인스턴트 음식을 많이 먹는 사람들한테도 생길 수
　　　있다고 들었어요.

민수: 그럼 이제 좋아하는 음식마저 마음 놓고 먹을 수 없는
　　　거예요?

제니: 민수 씨는 인스턴트 음식이 안 좋은 걸 뻔히 알면서도
　　　입에 달고 살더니.

민수: 아, 그럼 이제 내 사랑 라면과는 이별인가? 안 돼, 안 돼.

● 新語彙

각질이 생기다 產生角質
아토피 異位性皮膚炎
환경 질환 環境性疾病
인스턴트 음식 速食

3

남산 순환 버스가 내년부터 전기로만 작동하는 버스로 모두 교체될 예정이다. 서울의 심장이라고 할 수 있는 남산의 공기가 깨끗하게 유지될 수 있게 된 것 같아 반갑다. 이런 친환경 전기 버스가 더 일찍 운행되었더라면 좋았겠지만 지금이라도 이런 정책이 마련되었다는 것은 다행스러운 일이다. 서울시는 우선적으로 전기 버스 15대를 시범 운행한 뒤 내년 상반기까지 모든 남산 순환 버스를 전기 버스로 바꿀 계획이다. 현재 남산에서 운행 중인 천연가스 버스의 매연 배출량도 일반 버스에 비해서는 현저히 낮지만 뜨거운 배기가스와 소음으로 산책하는 시민들에게 불편을 주고 있었다. 새로 도입되는 전기 버스는 배기가스를 전혀 배출하지 않을 뿐만 아니라 소음도 획기적으로 줄여서 명실상부한 친환경 버스라고 할 수 있겠다.

◢ 新語彙

작동하다 運轉、發動
배출량 排放量
배출하다 排出、排放
획기적 劃時代的
명실상부하다
名副其實、名實相符

문화　　**생활 속의 녹색 성장**　　生活中的綠色增長

● 여러분은 녹색 성장이라는 말을 들어 본 적이 있어요? 녹색 성장 하면 떠오르는 것은 무엇인지 이야기해 봅시다.
　각위증청설과녹색증장마? 청설간간일제도녹색증장, 각위회상도십마니?
　各位曾聽說過綠色增長嗎？請說說看一提到綠色增長，各位會想到什麼呢？

● 다음은 한국 정부가 시행하고 있는 '생활 속의 녹색 성장' 정책의 일부입니다. 잘 읽고 이해해 보세요.
　以下是韓國政府正在實施的「生活中的綠色增長」政策中的部分內容。請仔細閱讀並加以理解。

由於地球暖化及能源短缺，環境正處在持續惡化的危險中。因此，在已發展國家主導與協調下，「綠色增長」漸漸讓大家開始關注，使得能源效率能夠提升，並減輕了環境的負擔。為了一同參與世界性的環保運動，許多韓國人開始騎乘單車和搭乘大眾運輸工具。為了替解決全球氣候問題盡一份心力，並努力成為「綠色」的發展中國家，韓國政府提出了以下7項議案。

1. 綠能科技與產業的發展
2. 促進綠能產業化
3. 綠能產業的升級
4. 綠色經濟基礎的發展
5. 綠地與交通的發展
6. 綠色革命的生活
7. 全球綠色增長、成為其他國家的模範

● 여러분이 알고 있는 환경 정책에 대해 이야기해 보세요.
　請說說看各位知道的環境政策。

1 〈보기〉와 같이 이야기해 보세요.

> 보기
>
> ### 하늘이 뿌옇다 / 대기 오염
>
> 가 : 왜 이렇게 하늘이 뿌옇지요?
>
> 나 : 그러게요. 대기 오염이 이렇게까지 심각해진
> 　　건가요?

환경과 오염　環境和汙染

환경 오염	環境污染
대기 오염	大氣汙染
공해	公害
토양 오염	土質汙染
수질 오염	水質汙染

新語彙

뿌옇다 霧矇矇的、灰矇矇的
탁하다 渾濁的、汙濁 的

❶ 눈이 따갑다 / 공해

❷ 땅에서 냄새가 나다 / 토양 오염

❸ 물고기가 하나도 안 보이다 / 수질 오염

❹ 숨 쉬기가 힘들다 / 환경 오염

❺ 창틀에 먼지가 잔뜩 끼었다 / 환경 오염

❻ 물 색깔이 탁하다 / 수질 오염

2 〈보기〉와 같이 이야기해 보세요.

> 보기
>
> ### 오존층 파괴
>
> 가 : 환경 오염이 심해지면 정말 큰 문제들이
> 　　생기겠네요.
>
> 나 : 벌써 시작된 건 아닐까요? 오존층 파괴도 그런 예
> 　　중의 하나라고 생각해요.

환경 오염의 결과　環境污染的後果

생태계 파괴	生態系統破壞
지구 온난화	地球暖化
온실 효과	溫室效應
산성비	酸雨
오존층 파괴	臭氧層破壞
기상 이변	氣候變異
해수면 상승	海平面上升

❶ 생태계 파괴

❷ 해수면 상승

❸ 기상 이변

❹ 산성비

❺ 온실 효과

❻ 지구 온난화

3 〈보기〉와 같이 이야기해 보세요.

> **보기**
>
> **쓰레기를 함부로 버리다 / 토양을 오염시키다**
>
> 가 : 어, 저렇게 쓰레기를 함부로 버리면 어떻게 하지?
> 나 : 그러게 말이야. 저런 게 토양을 오염시키는 원인이
> 될 텐데.

■ 新語彙

농약 農藥
화학 비료 化學肥料
무분별하다
不加分辨的、不管三七二十一
폐수 廢水、污水
수은 건전지 水銀電池

❶ 농약을 지나치게 많이 사용하다 / 토양을 오염시키다

❷ 화학 비료를 무분별하게 사용하다 /
토양을 오염시키다

❸ 배기가스가 많이 나오는 차를 가지고 다니다 /
대기를 오염시키다

❹ 폐수를 아무 데나 버리다 / 수질을 오염시키다

❺ 쓰레기를 함부로 태우다 / 환경을 오염시키다

❻ 수은 건전지를 마구 버리다 / 환경을 오염시키다

4 〈보기〉와 같이 이야기해 보세요.

> **보기**
>
> **일회용품을 많이 사용하다, 환경을 오염시키다 / 알다**
>
> 가 : 저렇게 일회용품을 많이 사용하면 환경을 오염시킬
> 수 있다는 것을 모르는 걸까요?
> 나 : 모른다기보다는 알면서도 실천하기가 어려워서
> 그러겠지요.

■ 新語彙

정화하다 淨化
흘려보내다 排放
인식하다 認識、認知
재활용 回收再利用

❶ 폐수를 정화하지 않고 흘려보내다, 수질을 오염시키다 /
자주 들었다

❷ 화학 비료를 무분별하게 사용하다, 토양을 오염시키다 /
인식하고 있다

❸ 재활용을 하지 않고 그냥 버리다, 토양을 오염시키다 /
자주 들었다

❹ 저런 제품을 많이 사용하다, 오존층을 파괴하다 /
잘 알고 있다

5 〈보기〉와 같이 이야기해 보세요.

> **보기**
> **물을 사서 마시는 날이 오다 / 물, 믿고 마시다**
>
> 가 : 몇 십 년 전만 해도 이렇게 물을 사서 마시는 날이 올
> 줄은 상상도 못했어요.
> 나 : 맞아요. 물마저 믿고 마실 수 없는 세상이 와
> 버렸네요.

新語彙

공기 청정기	空氣清淨機
마스크	口罩
유기농 식품	有機食品
불티나게 팔리다	熱銷、暢銷
악취가 진동하다	臭氣沖天

❶ 공기 청정기가 필수품이 되다 / 공기, 믿다

❷ 마스크를 쓰고 외출해야 하는 날이 오다 /
공기, 안심하다

❸ 과일 전용 세제가 필요해지는 날이 오다 /
과일, 그냥 먹다

❹ 비싼 유기농 식품이 불티나게 팔리다 /
먹을거리, 안심하다

❺ 여기에서 악취가 진동하게 되다 / 이곳, 오염을 피하다

6 〈보기〉와 같이 이야기해 보세요.

> **보기**
> **수은에 오염된 생선인 줄 모르고 먹었다가 수은에 중독됐다**
>
> 가 : 환경 오염으로 인한 피해가 갈수록 심각해지는 것
> 같아요.
> 나 : 그렇지요? 수은에 오염된 생선인 줄 모르고
> 먹었다가 수은에 중독된 사람도 많다고 하잖아요.

新語彙

중독되다	中毒
식수	飲用水
환경 질환에 시달리다	深受環境性疾病之苦
해롭다	有害的
알레르기 증상을 보이다	出現過敏症狀
탈모	掉髮、脫毛
호흡기	呼吸器官

❶ 오염된 식수인 줄 모르고 사용했다가 환경 질환에
시달린다

❷ 주변에 해로운 물질이 많아지면서 아토피 같은 질병으로
고생한다

❸ 플라스틱 그릇을 많이 사용하면서 거기에서 나오는
해로운 물질 때문에 알레르기 증상을 보인다

❹ 산성비가 자주 내리면서 탈모로 고생한다

❺ 대기 오염이 심해지면서 호흡기 질환에 시달린다

7 〈보기〉와 같이 이야기해 보세요.

> **보기**
>
> ### 시장에 갈 때는 항상 장바구니를 가지고 가다
>
> 가: 환경 오염을 막기 위해서 사람들도 많은 노력을 하고
> 있는 것 같아요.
> 나: 네. 저도 별건 아니지만 시장에 갈 때는 항상
> 장바구니를 가지고 가요.

新語彙

장바구니	菜籃
철저하다	徹底的
이면지	一面已經使用過的紙張
폐식용유	廢食用油

❶ 먹고 남은 음식 국물은 꼭 화장실 변기에 버리다

❷ 재활용이 가능한 것은 철저하게 분리해서 버리다

❸ 이면지로 연습장을 만들어 쓰다

❹ 폐식용유로 비누를 만들어 쓰다

❺ 가까운 거리는 걸어 다니고 먼 거리는 자전거를
이용하다

❻ 청소기와 에어컨은 되도록 쓰지 않으려고 하다

8 〈보기〉와 같이 이야기해 보세요.

> **보기**
>
> ### 토양 오염, 일회용품의 사용을 자제하다
>
> 가: 저는 토양 오염이 더 심각해지는 것을 막기 위해서는
> 일회용품의 사용을 자제해야 한다고 생각해요.
> 나: 저도 그렇게 생각해요. 좀 더 일찍부터 일회용품
> 사용을 자제했더라면 좋았을 거예요.

환경 오염에 대한 대책
針對環境污染的對策

대체 에너지를 개발하다	開發替代能源
이산화탄소의 배출을 줄이다	減少二氧化碳排放
에너지를 절약하다	節約能源
전기 코드를 뽑아 놓다	拔掉電源插頭
폐수의 정화 시설을 늘리다	增加汙水淨化設施
친환경 제품을 개발하다	開發環保產品
자원을 재활용하다	資源再利用
쓰레기를 분리하다	垃圾分類
일회용품 사용을 줄이다	減少一次性產品的使用

❶ 대기 오염, 석탄이나 석유의 사용을 줄이다

❷ 수질 오염, 물을 아껴쓰고 세제 사용을 줄이다

❸ 환경 오염, 자원을 재활용하고 쓰레기를 분리해서
배출하다

❹ 지구 온난화, 생활 속에서 이산화탄소의 배출을
줄이다

❺ 수질 오염, 폐수의 정화 시설을 늘리다

❻ 에너지 부족 문제, 에너지를 절약하고 대체 에너지
개발에 힘쓰다

9 〈보기〉와 같이 이야기해 보세요.

> 보기
>
> ### 공해, 마스크를 쓰다 / 친환경 자동차 개발
>
> 가 : 공해가 더 심해질 수 있으니까 이제부터라도
> 마스크를 쓰는 것을 생활화해야 한다고 생각해요.
> 나 : 제 생각은 다른데요. 그보다는 친환경 자동차
> 개발과 같은 근본적인 대책을 세워야 한다고 봐요.

❶ 지구 온난화 문제, 실내 온도를 낮추고 내복을 입다 /
친환경 에너지 개발

❷ 에너지 부족 문제, 전기 코드를 뽑아 놓다 /
대체 에너지 개발

❸ 토양 오염, 비닐봉지보다는 장바구니를 사용하다 /
일회용품 사용 금지

❹ 수질 오염, 물을 끓여 마시다 / 폐수 정화 시설 확충

10 〈보기〉와 같이 이야기해 보세요.

> 보기
>
> ### 에너지 부족 문제
>
> 가 : 에너지 부족 문제가 점점 더 심각해지고 있는데요.
> 이를 해결하기 위해서는 우리의 적극적인 노력이
> 필요하다고 생각해요.
> 예를 들어 쓰지 않는 전자 제품의 코드를 뽑아
> 놓거나 실내 온도를 적당하게 유지하는 것으로도
> 에너지 사용을 줄일 수 있잖아요.
> 나 : 그렇게 볼 수도 있지만, 그보다는 대체 에너지
> 개발과 같은 근본적인 대책을 세워야 한다고 봐요.
> 다 : 저도 그 생각에 동의해요. 대체 에너지 개발에
> 좀 더 힘썼더라면 지금과 같은 상황은 되지 않았을
> 거예요.

❶ 토양 오염   ❷ 대기 오염   ❸ 수질 오염

● 新語彙

내복을 입다 穿衛生衣
비닐봉지 塑膠袋
확충 擴充

● 발음 發音

-잖아요的語調

> 가 : 너 원래 내복
> 안 입잖아.
> 나 : 내복 입으면 난방비가
> 덜 들잖아요.

-잖아요用在讓對方回想起已知
的事實。當用在確認某件事實
時，句尾的語調會像一般陳述
句一樣往下降。但若是用在說
明理由或提出要求時，語調常
會先下降後再上揚。

▶ **연습해 보세요.**

(1) 가 : 그냥 일회용 젓가락으로
먹자.
    나 : 일회용품 쓰면 안 되잖아
요.
(2) 가 : 나 어제 영화 보다가
졸았어.
    나 : 거 봐요. 내가 재미없다고
했잖아요.
(3) 가 : 내가 꼭 갖고 오라고
했잖아.
    나 : 미안해. 내가 건망증이
심하잖아.

🎧 聽力_듣기

1　다음은 환경에 대한 토의입니다. 잘 듣고 질문에 답하세요.
以下是有關環境問題的討論。請仔細聆聽後，回答問題。

1) 무엇에 대해서 토의하고 있습니까?

● 新語彙
자원 낭비 資源浪費

2) 사람들이 생각하는 문제의 원인을 고르세요.

　　❶ 홍보가 부족해서

　　❷ 분리함이 비효율적이어서

　　❸ 분리 배출의 필요성을 못 느껴서

　　❹ 학생들이 재활용품을 분리해 버리지 않아서

3) 사람들이 제안한 해결책은 무엇입니까?

2　다음은 공익 광고의 일부입니다. 잘 듣고 이 사람이 환경 보호를 위해 실천하고 있는 것을 고르세요.
以下是一則公益廣告的片段。請仔細聆聽後，選出此人為實踐環境保護正在做的事情。

에너지 소비 효율이 높은 청소기를 장만했다.

먹고 남은 음식 국물을 화장실 변기에 버렸다.

청소기 대신 될 수 있으면 빗자루를 사용한다.

유기농 제품 전문점에서 장을 보고 회원으로 가입했다.

🎙️ **口說_말하기**

1 환경 오염을 막기 위해 자신이 하고 있는 일들을 발표해 보세요.
請發表一下為了防止環境污染自己做了哪些事情。

● 아래의 항목을 보고 무엇에 대해 발표할지 생각해 보세요.
請看一下以下的項目，想想要針對什麼來發表。

- 오염을 줄이기 위해(수질, 대기, 토양)   - 지구 온난화를 막기 위해

- 쓰레기를 줄이기 위해   - 에너지를 절약하기 위해

● 어떤 내용으로 이야기할지 정리해 보세요.
請先整理一下要以什麼樣的內容來發表。

예) 여러분이 하고 있는 일들은 무엇인지, 왜 그것을 하게 되었는지, 그것은 어떤
효과가 있는지, 앞으로 좀 더 신경 써야 한다고 생각되는 것은 무엇이고 왜
그렇게 생각했는지 등

● 정리한 내용을 바탕으로 발표해 보세요.
請以整理的內容為基礎，試著發表看看。

2 환경 문제에 대해 토의해 보세요.
請針對環境問題討論看看。

폐식용유 처리		컵라면 용기 생산	
신문지로 닦아낸 후 설거지를 하고 신문지는 쓰레기통에 버린다.	정화 시설을 갖춘 변기에 흘러보낸 후 설거지를 한다.	플라스틱으로 만들면 용기가 잘 썩지 않아 토양이 오염될 수 있으니 종이로 만든다.	종이로 만들면 나무를 많이 베게 되어 환경 오염이 심해질 수 있으니 플라스틱으로 만들고 재활용한다.

● 위의 문제에 대해 여러분은 어떻게 생각합니까? 그리고 그렇게 생각한 이유를 정리해
보세요.
針對以上的問題，各位的看法如何？還有請將其理由整理一下。

● 반 친구들을 두 그룹으로 나누어 토의해 보세요.
請將班上的朋友分成兩組，試著討論看看。

● 여러분이 내린 해결 방안을 발표해 보세요.
請試著發表各位得出的解決方案。

📖 閱讀_읽기

1 다음은 친환경 거주 공간을 소개하는 글입니다. 잘 읽고 질문에 답하세요.
以下為一篇介紹綠色居住空間的文章。請仔細閱讀後，回答問題。

● 사진을 보면서 이야기해 보세요.
請試著一邊看圖，一邊談論。

1) 아래의 두 곳은 어떤 차이가 있습니까?

2) 두 곳의 특징은 무엇이라고 생각합니까?

3) 여러분이 살고 싶은 곳은 어떤 곳입니까?

● 거주 공간을 소개하는 글에는 어떤 내용이 쓰여 있을지 예측해 보세요.
請預測一下在介紹居住空間的文章中會寫些什麼內容。

● 빠른 속도로 읽으면서 예상한 내용과 같은지 확인해 보세요.
請快速地閱讀，並同時確認與預想的內容是否相符。

新語彙

화학 제품	化學產品
품다	懷抱、具有
눈길을 끌다	引人注目、受到關注
삭막하다	淒涼的、荒涼的
텃밭을 일구다	開墾房旁的菜園
임대하다	租賃、出租
각광을 받다	受到矚目
모습을 띠다	具備…的樣子

건축 자재와 화학 제품에서 뿜어져 나오는 온갖 유해 물질. 새집이라면 피할래야 피할 수 없다고 생각해 왔지만, 천연 소재를 사용하여 환경까지 생각한 친환경 아파트가 어느새 주택 시장에서 빠르게 자리를 잡아가고 있다.

최근에는 여기에서 한 걸음 더 나아가, 자연을 품은 아파트가 등장해 눈길을 끌고 있다. 삭막한 도시 생활에 지친 현대인들이 자연의 품처럼 포근하고 넉넉한 주거 공간을 꿈꾸는 것은 당연한 심리. 아파트에서도 푸른 정원을 가꾸거나 텃밭을 일구는 등 자연을 끌어들이는 것이 가능해졌기 때문이다.

아파트를 임대하려는 사람들에게 각광을 받고 있는 테라스 하우스는 아랫집 지붕을 마당처럼 쓸 수 있는 독특한 형태의 아파트로 친환경 거주 공간의 전형적인 모습을 띠고 있다. 임대 가격은 일반 아파트에 비해 다소 비싸다는 단점이 있지만, 마당이 있고 층수가 낮아 주거 환경이 쾌적하다는 이유로 사람들이 선호하고 있다.

아파트는 인공적이고 획일적이라는 평가는 이제 옛말이 되지 않을까.

1) 다시 한 번 읽고 아래의 내용이 글과 같으면 ○, 다르면 ╳에 표시하세요.

(1) 삭막한 도시를 떠나 자연에서 살려는 사람들이 늘고 있다. ☐○ ☐╳

(2) 테라스 하우스는 집에서 뿜어져 나오는 유해 물질의 배출량을 획기적으로 줄였다. ☐○ ☐╳

(3) 최근 친환경 아파트가 등장해 소비자들의 눈길을 끌고 있다. ☐○ ☐╳

(4) 테라스 하우스는 임대료가 저렴해 사람들의 주목을 받고 있다. ☐○ ☐╳

2) 위 기사의 제목을 만들어 보세요.

1 여러분이 알고 있는 환경 정책을 소개하는 글을 써 보세요.
請寫一篇文章來介紹各位所知的環境政策。

- 환경 오염을 막기 위한 정책에는 어떤 것이 있습니까? 메모해 보세요.
  防止環境污染的政策有哪些呢？請簡單紀錄下來。

토양 오염	수질 오염	대기 오염

- 위의 내용 중에서 가장 관심 있는 환경 정책은 어떤 것입니까? 그 환경 정책에 대한 자료를 찾고, 그것을 어떤 순서와 방법으로 소개할지 정리해 보세요.
  在上方的內容中，最有興趣的環境政策是什麼呢？請查找那環境政策的相關資料，然後整理一下內容，看看要用怎樣的順序和方法介紹。

- 정리한 것을 바탕으로 여러분이 조사한 환경 정책을 소개하고, 그에 대한 자신의 의견을 포함하여 글을 써 보세요.
  請以整理的內容為基礎，試著包含自己的意見，書寫一篇文章來介紹各位調查的環境政策。

- 여러분이 쓴 내용을 친구들 앞에서 발표해 보세요.
  請試著在朋友面前發表各位所寫的內容。

자기 평가

- 환경 문제에 대한 자신의 의견을 이야기할 수 있습니까?
  能針對環境問題談論自己的意見嗎？
  非常棒 ●━━●━━●━━● 待加強

- 환경 문제에 대한 대안을 제시하고 다른 사람과 토의할 수 있습니까?
  能針對環境問題提出對策，並和他人討論嗎？
  非常棒 ●━━●━━●━━● 待加強

- 환경과 관련된 글을 읽고 이해할 수 있으며 환경 정책을 소개하는 글을 쓸 수 있습니까?
  能讀懂與環境有關的文章，並書寫介紹環境政策的文章嗎？
  非常棒 ●━━●━━●━━● 待加強

1 -(으)면서

● -(으)면서接在接動詞、形容詞、「名詞＋이다」後，表現在前後句的對立關係中存在著特定的行動或情況。-(으)면서也可使用-(으)면서도來強調語義。

환경 문제에 대해서는 잘 알지도 못하면서 언제나 아는 척한다.

● 有以下有兩種形態：
a. 如果是以母音或ㄹ結尾，與-면서結合。
b. 如果是以ㄹ以外的子音結尾，與-으면서結合。

(1) 가 : 너 그렇게 쓰레기를 함부로 버려도 돼? 재활용되는 것도 있는 것 같은데?
　　나 : 너는 잘 안 하면서 왜 나한테만 그러냐?
(2) 가 : 환경 오염으로 인한 질병들이 점점 많아지고 있다고 해요.
　　나 : 자연의 경고를 들었으면서도 무시한 우리의 잘못이지요.
(3) 가 : 아버지는 어떤 분이세요?
　　나 : 저희를 무척 사랑하시면서도 제대로 표현 한번 못하는 분이세요.
(4) 가 : 쟤는 입만 열면 잔소리야.
　　나 : 맞아. _____.

2 -마저

● -마저接在名詞後，用在包含特定層面中的其他事物。表現「連最後一個也包含在內」。

(1) 가 : 생수 소비량이 급격하게 늘었대요.
　　나 : 물마저 사서 마셔야 하는 세상이 돼 버렸네요.
(2) 가 : 네가 그럴 줄은 정말 몰랐어. 꼭 그렇게까지 해야 했어?
　　나 : 너도 정말 내가 그랬다고 생각해? 너마저 나를 믿지 못한다면 난 이제
　　　　 어떻게 해.
(3) 가 : 요즘 세상에 스트레스에서 자유로운 사람이 있을까요?
　　나 : 맞아요. 아이들마저 스트레스에 시달리고 있대요.
(4) 가 : 요즘 지내기 힘들죠?
　　나 : _____.

3 -았/었/였더라면

● -았/었/였더라면接在動詞、形容詞、「名詞＋이다」後，用在回想過去，並對與現實不同的結果進行推測。

날씨만 덥지 않았더라면 우리가 이겼을 텐데.

● 根據語幹最後的母音，分為三種形態。
  a. 語幹最後一個音節的母音為ㅏ、ㅗ（하다除外）時，使用-았더라면。
  b. 語幹最後一個音節的母音為ㅏ、ㅗ以外時，使用-었더라면。
  c. 語幹最後一個音節為하다時，使用-였더라면，但一般使用했더라면。

(1) 가 : 대로변에 사는 사람들은 환기도 마음대로 못 한대.
    나 : 대기 오염에 더 일찍 관심을 가졌더라면 좋았을걸.
(2) 가 : 재활용할 수 있는데도 그냥 버려지는 쓰레기가 엄청나대요.
    나 : 재활용에 대한 교육을 더 많이 했더라면 그러지 않았을 거예요.
(3) 가 : 아토피로 이렇게 고생할 줄 알았더라면 좀 더 일찍 생활 습관을 바꿨을 텐데.
    나 : 지금도 늦지 않았으니까 이제부터라도 노력하면 나아질 거야.
(4) 가 : 우리 여행 가서 진짜 재미있었어. 너도 같이 가지.
    나 : _____.

MEMO

제14과 재난·재해

災難·災害

目標

各位將能談論災難和災害，以及對人們的心理影響與損失。

主題	災難和災害
功能	討論災害、說明受災情況、討論遭受災難和災害後的心境
活動	聽力：聆聽一段有關災害的對話、聆聽一段有關災害的新聞
	口說：說明自己國家發生的災害、談論受災的經驗
	閱讀：閱讀有關災害的筆記
	寫作：書寫自己國家發生的災難或災害
語彙	自然災害、災害導致的損失、受災的心境及行動
文法	-다니요、-(으)ㄴ 나머지、-자
發音	-다니요的語調
文化	「愛的果實」和韓國的募捐文化

제14과 재난·재해 災難·災害

1. 어떤 일이 발생했어요? 이런 일을 겪으면 어떤 심경일까요?

2. 우리가 살면서 겪을 수 있는 재해에는 무엇이 있을까요?

1

첸닝 : 사람들이 하는 말을 들었는데 남부 지방에 무슨 재해가
　　　났다면서요?

영진 : 뉴스 속보 아직도 못 봤어요? 남부 지방에 홍수가 나서
　　　지금 난리도 아니에요.

첸닝 : 정말이요? 장마철도 아닌데 홍수가 나다니요. 왜 갑자기
　　　홍수가 났을까요?

영진 : 아직 확실한 원인이 밝혀진 것은 아닌데 기상 이변인 것
　　　같대요.

첸닝 : 피해가 좀 있겠어요.

영진 : 좀 있는 정도가 아니라 아주 심각하더라고요. 강이 넘치고
　　　도로가 끊어지고, 논밭이 물에 잠겨서 농사를 망친 사람들도
　　　엄청나고요.

첸닝 : 어휴, 피해가 이만저만이 아니군요. 복구 작업이 만만치
　　　않을 텐데, 사람들의 관심이 많이 필요하겠어요.

新語彙	
재해	災害
속보	快報、快訊
홍수가 나다	鬧水災、淹大水
피해	受災、受害
강이 넘치다	河水氾濫
도로가 끊어지다	道路中斷
물에 잠기다	被水淹沒
복구하다	恢復、修復

2

유미 : 마크 씨, 고향에 지진이 났다고 들었는데 고향 집은 피해
　　　없대요?

마크 : 네, 저희 집은 지진이 난 지역에서 좀 떨어져 있어서
　　　괜찮았는데 우리 이모가 큰 피해를 입으셨대요.

유미 : 그래요? 걱정되겠네요. 뉴스를 보니까 피해 규모가 상당한 것
　　　같던데요.

마크 : 네, 도시 전체가 순식간에 아수라장으로 변했고 지금도
　　　피해가 계속 발생하고 있대요. 우리 이모도 집이 무너진 걸
　　　알고 충격을 받은 나머지 실신까지 하셨었대요.

유미 : 실신이요? 가족들이 많이 놀랐겠네요. 빨리 마음을
　　　가다듬어야 하실 텐데요.

마크 : 그러게 말이에요. 얼마나 허망하셨는지 아직도 아무 일도
　　　못하고 손을 놓고 계신대요. 하긴 소중한 추억이 깃든 집이
　　　한순간에 그렇게 됐으니 왜 안 그러시겠어요.

유미 : 그래도 이모님이 무사하신 걸 다행으로 생각해야지요.
　　　집이야 다시 지으면 되지만, 사람 목숨은 그렇지 않잖아요.

新語彙	
지진	地震
피해를 입다	遭受損失、受到災害
아수라장으로 변하다	變得亂七八糟
무너지다	倒塌、崩塌
충격을 받다	受到刺激
실신하다	失神、昏迷
마음을 가다듬다	定神、收拾心情
허망하다	虛無的、荒誕的
손을 놓다	放手、撒手
추억이 깃들다	蘊含回憶
한순간	一瞬間

3

어젯밤, 강진구에 위치한 한 대형 할인점에 화재가 발생해 건물이 완전히 불타고 직원 및 손님 십여 명이 숨지거나 다치는 사고가 일어났습니다. 지난밤 9시경, 영업 중이던 이 할인점에 갑작스럽게 불길이 번지기 시작했고 신고를 받은 소방차가 3분여 만에 도착했으나 불길이 너무 거세진 나머지 진화 작업에 어려움을 겪었습니다. 강진구청 재난과장 김정식 씨는 화재가 발생하자 직원들이 고객을 신속하게 대피시켜 화재 규모에 비해 사상자가 적었다고 전했습니다. 경찰은 사고의 원인을 누전으로 추정하고 있으나 보다 정확한 원인을 조사 하는 한편, 연락이 끊긴 실종자들에 대한 수색 작업도 벌이고 있다고 발표했습니다.

▶新語彙	
불타다	著火、燃燒
불길이 번지다	火勢蔓延
신고를 받다	接獲報案
거세지다	變得猛烈
진화	救火、滅火
신속하다	迅速的
대피시키다	讓…躲避、讓…撤離
사상자	傷亡者
누전	漏電
추정하다	推定、推斷
수색 작업	搜索工作、搜查工作

 **'사랑의 열매'와 한국의 모금 문화**
「愛的果實」和韓國的募捐文化

● 여러분은 '사랑의 열매'라는 말을 들어 본 적이 있습니까? '사랑의 열매'라는 말을 듣고 떠오르는 것을 이야기해 보세요.
   各位聽說過「愛的果實」嗎？請說說看聽到「愛的果實」這個詞會想到什麼。

● 다음은 '사랑의 열매'와 한국의 모금 문화에 관한 글입니다. 잘 읽고 이해해 보세요.
   以下是一篇有關「愛的果實」和韓國募捐文化的文章。請仔細閱讀，並試著加以理解。

當各位走在韓國街頭或是看電視時，偶爾會看到一些人穿著標示上述標誌的襯衫。初次看到的人可能會好奇它是不是一種新的時尚，但實際上這標誌代表著「愛的果實」。社會福利基金會的成員設計了這個標誌，並且生產相關服飾來作為宣傳。
- 我們做什麼呢？我們透過福利事業幫助兒童、青少年以及老年人解決當地社區的問題。我們不僅提供財務上的支援，也會投入時間來進行志願性服務。
- 在出現災難或災害時呢？我們除了社會福利業務外，像是發生國家級災難時，為了幫助需要幫助的人，也會進行全國性的募捐活動。在韓國，夏天常有颱風侵襲，造成了很多損失。我們會與媒體合作進行募捐，並到災區進行志工服務來幫助災民。
- 我們還會做什麼呢？除了提供募捐跟志工服務，我們也會透過「良善的分配」和「文化分享」把愛傳遞給災民。社會福利基金會接收企業或團體的捐贈。捐贈的物資包含食品，或是電影票、音樂劇門票、美術展覽等娛樂性物品。

● 기부를 하거나 모금 활동, 자원봉사를 해 본 경험에 대해 친구와 함께 이야기해 보세요.
   各位有捐贈或參加志工活動的經歷嗎？請試著和同學討論一下。

1 〈보기〉와 같이 이야기해 보세요.

> **보기**
>
> **아프리카에 가뭄이 들다, 아시아에 홍수가 나다**
>
> 가 : 요즘에는 기상 이변에 관한 뉴스가 부쩍 많아진 것
> 　　같아요.
> 나 : 맞아요. 며칠 전에도 아프리카에 가뭄이 들고
> 　　아시아에 홍수가 났다는 기사를 봤어요.

❶ 우리나라에 초대형 태풍이 불다, 일본에 지진이 나다

❷ 동남아시아에 해일이 밀려오다,
　　미국에 산불이 나다

❸ 중국에 산사태가 나다, 남미에 화산이 폭발하다

❹ 북유럽에 눈사태가 나다,
　　중앙아시아에 심각한 가뭄이 들다

❺ 중부 지방에 지진이 발생하다,
　　남부 지방에 태풍이 상륙하다

❻ 서울에는 폭우가 쏟아지다, 부산에는 우박이 쏟아지다

· 자연재해 自然災害

태풍이 불다 刮颱風
지진이 나다 發生地震
해일이 밀려오다 海嘯來襲
화산이 폭발하다 火山爆發
산사태가 나다 發生山崩
눈사태가 나다 發生雪崩
가뭄이 들다 遭受乾旱
태풍이 상륙하다 颱風登陸
홍수가 나다 鬧水災、淹大水
폭우가 쏟아지다 下暴雨
폭설이 내리다 下暴雪
우박이 쏟아지다 下冰雹

2 〈보기〉와 같이 이야기해 보세요.

> **보기**
>
> **백화점에 화재가 나다**
>
> 가 : 다들 무슨 이야기하고 있는 거예요?
> 나 : 아침에 뉴스 못 봤어요? 백화점에 화재가 나서
> 　　난리도 아니래요.

❶ 동해안에서 유조선이 침몰하다

❷ 경부선에서 기차가 전복되다

❸ 프랑스로 가던 비행기가 추락하다

❹ 이 근처 공장 지대에 초대형 화재가 발생하다

❺ 지진으로 많은 건물이 붕괴되다

❻ 고속도로에서 10중 추돌 사고가 나다

· 新語彙

유조선 油輪
전복하다 翻覆、打翻
추돌하다 追撞

· 語言提點

原本「충돌」指的是不同行進方
向的車輛互相碰撞，而「추돌」
則是指相同行進方向的車輛追
撞在一起。但是，這兩種碰撞都
可用「충돌」這個單字來表現。

〈보기〉와 같이 이야기해 보세요.

미래대학교에 대형 화재가 발생하다

가 : 지난밤에 미래대학교에 대형 화재가 발생했대요.
나 : 화재가 발생하다니요. 그게 정말이에요?

❶ 북한산에 큰 산불이 나다

❷ 동해안에 해일이 밀려오다

❸ 마크 씨 고향에 지진이 나다

❹ 남해안에서 여객선이 침몰하다

❺ 강원도에서 폭설로 인한 눈사태가 발생하다

❻ 승객 500명을 태운 기차가 운전 부주의로 전복되다

 〈보기〉와 같이 이야기해 보세요.

보기

화재가 발생하다 / 누전

가 : 화재가 발생한 원인이 뭐래요?
나 : 아직 정확한 원인이 밝혀진 것은 아닌데 누전으로 추정된대요.

❶ 산불이 나다 / 아이들 불장난

❷ 해일이 밀려오다 / 기상 이변

❸ 충돌 사고가 나다 / 졸음운전

❹ 침몰 사고가 나다 / 기계 결함

❺ 열차 전복 사고가 나다 / 기관사의 운전 미숙

❻ 산사태가 발생하다 / 무분별한 벌목

● 발음 發音

-다니요的語調

가 : 앤디는 오늘 고향으로
　　돌아갈 거야.
나 : 고향에 돌아가다니요.
　　갑자기 왜요?
가 : 부모님께서 사고로 갑
　　자기 돌아가셨대.
나 : 세상에.
　　그런 일이 생기다니요.

-다니요是對於某件事物感到驚訝時的表現。當話者在確認事情的真假，或是要求更多資訊時，句子倒數的第二個音節語調會先下降，最後一個音節再上揚。當話者只是想單純表現出驚訝時，句子最後就會如同一般陳述句下降。

▶ **연습해 보세요.**

(1) 가 : 우리 학교가 없어진대요.
　　나 : 학교가 없어지다니요.
　　　　그게 사실이에요?
(2) 가 : 이렇게 한국말을 잘하다니요.
　　나 : 선생님, 저도 벌써 4급인걸요.
(3) 가 : 네가 합격하다니. 믿을 수가 없어.
　　나 : 믿을 수가 없다니. 무슨 뜻이야?

● 新語彙

불장난 玩火
기계 결함 機械缺陷
벌목 伐木

5 〈보기〉와 같이 이야기해 보세요.

> 보기
>
> **홍수 / 비가 너무 오다, 도로하고 가옥이 다 침수되다**
>
> 가 : 그 정도 홍수면 피해도 엄청날 것 같아요.
> 나 : 네, 비가 너무 많이 온 나머지 도로하고 가옥이 다
> 침수되었대요.

① 화재 / 소방차가 너무 늦게 도착하다,
　건물이 완전히 전소되다

② 폭우 / 비바람이 너무 강해지다,
　논밭이 물에 잠기고 농작물이 다 쓰러지다

③ 지진 / 땅이 심하게 흔들리다,
　다리가 끊어지고 건물이 무너지다

④ 추락 사고 / 사고가 너무 갑자기 일어나다,
　인명 피해가 수십 명도 넘게 발생하다

⑤ 산불 / 불길이 순식간에 거세지다,
　사상자도 발생하고 야생 동물이 떼죽음을 당하다

⑥ 홍수 / 며칠 동안 폭우가 쏟아지다,
　강이 넘치고 침수된 가옥을 셀 수도 없다

■ 재해로 인한 피해
災害導致的損失

전소되다 燒光、燒毀
강이 넘치다 河水氾濫
논밭이 물에 잠기다 農田被淹沒
집 안으로 물이 들어오다
屋裡進水
가옥이 침수되다 房屋被淹沒
농작물이 쓰러지다 農作物傾倒
다리가 끊어지다 橋梁斷裂
도로가 끊어지다 道路中斷
건물이 무너지다/붕괴되다
建築物倒塌 / 崩塌
인명 피해가 발생하다
產生人命損失
사상자가 발생하다 產生死傷者
야생 동물이 떼죽음을 당하다
野生動物集體死亡
강이 마르다 河流乾涸
(가뭄으로) 강바닥이 드러나다
（因乾旱導致的）河床裸露
농작물이 말라 죽다
農作物乾死

6 〈보기〉와 같이 이야기해 보세요.

> 보기
>
> **재해의 규모, 피해는 적다 / 사람들이 신속히 대피하다**
>
> 가 : 재해의 규모에 비해 피해는 적은 것 같네요.
> 나 : 사람들이 신속히 대피해서 그런 것 같아요.

① 산불의 규모, 피해는 별로 크지 않다 /
　소방차가 제때 도착하다

② 지진의 규모, 인명 피해는 적다 /
　평상시에 훈련을 많이 하다

③ 해일의 규모, 피해 상황은 심각하지 않다 /
　비수기라 관광객이 별로 없다

④ 언론 보도, 피해 규모가 엄청나게 느껴지다 /
　현장에서 직접 보다

7 〈보기〉와 같이 이야기해 보세요.

> **보기**
> **2층으로 불이 번지다, 사람들이 건물에서 뛰어내리다**
>
> 가 : 어쩌다가 그렇게 피해가 커졌대요?
> 나 : 2층으로 불이 번지자 사람들이 건물에서
>   뛰어내렸대요.

新語彙

급속도로	高速地、急速地
구조대	救生隊、救援隊
대처하다	對付、應付
피신하다	藏身、躲避
야영객	露營者
대피하다	躲避、暫避

❶ 산불이 급속도로 번지다,
   구조대도 어떻게 대처할 수 없다

❷ 예고도 없이 지진이 발생하다,
   당황한 나머지 사람들이 높은 곳으로 피하다

❸ 너무 갑작스럽게 눈사태가 일어나다, 산 정상에서
   스키를 타던 사람들이 피할 시간조차 없다

❹ 한 번도 발생한 적이 없던 해일이 밀려오다,
   사람들이 어떻게 해야 할지 모르다

❺ 갑자기 강물이 불어나다,
   야영객들이 대피할 겨를도 없다

❻ 화산 폭발로 교통대란이 일어나다,
   사람들이 오도 가도 못하다

8 〈보기〉와 같이 이야기해 보세요.

> **보기**
> **허망하다 / 눈물조차 나오지 않다**
>
> 가 : 저런 엄청난 일을 당하면 정말 허망하겠어요.
> 나 : 맞아요. 저라면 너무 허망해서 눈물조차 나오지
>   않을 것 같아요.

**피해에 대한 심경 및 행동
受災的心境及行動**

허망하다	虛無的、荒誕的
허무하다	虛無的、空虛的
기가 막히다	無法置信
절망적이다	絕望的
충격적이다	令人震驚的、令人受打擊的
안타깝다	惋惜的、難過的
처참하다	悽慘的、淒苦的
가슴이 무너지다	心碎
충격을 받다	受到刺激、收到打擊
실신하다	失神、昏迷
정신을 잃다	喪失意識、嚇傻
눈앞이 캄캄하다	眼前一片黑暗
앞길이 막막하다	前途渺茫
한숨밖에 나오지 않다	只能嘆息
뜬눈으로 밤을 새우다	一夜未闔眼
넋을 놓고 있다	掉了魂、失魂落魄
일손을 놓다/일이 손에 잡히지 않다	放下手上的事 / 事情無法上手

❶ 절망적이다 / 실신을 하다

❷ 충격적이다 / 정신을 잃거나 넋을 놓고 있다

❸ 처참한 기분이 들다 / 눈앞이 캄캄하다

❹ 허무하다 / 한숨밖에 나오지 않다

❺ 기가 막히다 / 앞길이 막막하고 일도 손에 잡히지 않다

❻ 큰 충격을 받다 / 뜬눈으로 밤을 새우다

9 〈보기〉와 같이 연습하고, 아래의 재해나 재난 상황에
대해 이야기해 보세요.

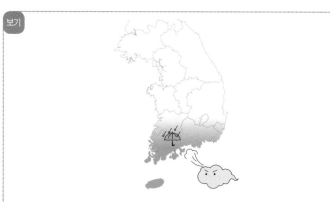

> 보기
>
> 가: 어제 남부 지방에 태풍이 상륙했대요.
>
> 나: 갑자기 태풍이라니요. 원인이 뭐래요?
>
> 가: 글쎄요. 아직 정확한 원인이 밝혀진 것은 아니지만
>   기상 이변으로 추정된대요.
>
> 나: 피해가 크대요?
>
> 가: 네, 도로가 침수되고 다리가 무너졌대요. 농작물
>   피해도 심각한가 봐요.
>
> 나: 정말이요? 큰일이네요. 제가 그런 일을 당하면 너무
>   충격을 받아서 눈물밖에 안 나올 것 같아요.

❶

❷

❸

❹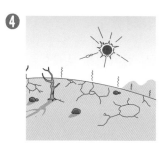

활동 활動

🎧 聽力_듣기

1 다음은 재해에 대한 대화입니다. 잘 듣고 질문에 답하세요.
以下是一段有關災害的對話。請仔細聆聽後，回答問題。

1) 김 대리가 휴가를 신청하는 이유는 무엇입니까?

❶ 고향 지역이 해일 피해를 입어서

❷ 부모님의 농사일을 도와 드리려고

❸ 부모님이 계신 곳에 태풍이 불어서

2) 김 대리가 예상한 부모님의 심경과 부장님이 예상한
부모님의 심경에는 어떤 차이가 있습니까?

> **新語彙**
>
> **큰일을 당하다** 遇到重大事件
> **휩쓸려 가다** 被捲走

2 다음은 재난 사고에 대한 뉴스입니다. 잘 듣고 질문에 답하세요.
以下是一則有關災難的新聞。請仔細聆聽後，回答問題。

1) 어디에서 어떤 사건이 발생했습니까?

2) 아래의 내용이 맞으면 〇, 틀리면 ✕에 표시하세요.

(1) 눈사태로 인해 100여 명이 피해를
입었다. 〇 ✕

(2) 연말을 맞아 이용객이 늘어서 인명
피해도 컸다. 〇 ✕

(3) 일기 예보를 무시하고 스키를 탄
사람들이 주로 사고를 당했다. 〇 ✕

3) 사건의 경위와 피해 규모를 이야기해 보세요.

> **新語彙**
>
> **인파** 人潮、人海
> **굉음** 巨響、轟鳴
> **능선** 山脊、稜線
> **톤** 噸
> **눈더미** 雪堆
> **파묻히다** 被掩埋、被埋沒
> **관측** 觀測

🎤 口說_말하기

1 친구들의 나라에서 자주 발생하는 재해에 대해 인터뷰해 보세요.
請採訪一下在朋友的國家裡常發生什麼樣的災害。

● 재해에 대해서 인터뷰하기 위해서는 어떤 질문을 할지 생각해 보세요.
請想想看針對災害採訪時要提出什麼樣的問題。

● 친구와 함께 이야기해 보세요. 아래의 질문 외에 더 묻고 싶은 것이 있으면 추가하세요.
請和朋友談論看看。在以下的提問外，如果還有想問的，請追加提問。

　1) 여러분 나라에서 자주 발생하는 재해에는 어떤 것이 있습니까?

　2) 그러한 사고가 자주 발생하는 계절이 있습니까? 있다면 주로 언제입니까?

　3) 그러한 사고가 발생하는 원인은 무엇입니까? 어떤 피해를 입힙니까?

　4) 그러한 사고를 줄이거나 피해를 최소화하기 위해 정부나 사람들은 어떤 노력을
　　 합니까?

● 인터뷰한 내용을 다른 친구들에게도 알려 주세요.
請將採訪的內容告訴其他朋友。

2 여러분이 직접 혹은 간접적으로 경험한 재해에 대해 발표해 보세요.
請發表一下各位直接或間接遭遇過的災害。

● 재해를 설명하기 위한 정보를 정리해 보세요.
為了說明災害，請整理一下相關資訊。

　예) 재해의 종류, 발생 시기와 장소, 발생 원인과 피해 상황, 피해 규모, 재해를 당한 심경
　　 등

● 듣는 사람의 집중을 유도하기 위해서는 어떻게 구성하는 것이 좋을지 생각해 보세요.
請想想看為了集中聽者的注意力，應該要如何組織這些內容。

● 위의 내용들을 정리해 발표해 보세요.
請整理以上的內容，並進行發表。

1 다음은 재해를 경험한 사람의 수기입니다. 잘 읽고 질문에 답하세요.
以下是某人經歷過災害後所寫的手記。請仔細閱讀後，回答問題。

● 수기에는 어떤 내용이 쓰여 있을지 예측해 보세요.
　請預測一下手記裡會寫些什麼樣的內容。

● 빠른 속도로 읽으면서 예상한 내용과 같은지 확인해 보세요.
　請快速地閱讀，並同時確認與預想的內容是否相符。

　　나에게는 잊을 수 없는 공포의 순간이 있다. 그것은 내가 일곱 살 때 지진을 경험한 것이다. 그날 나는 동생과 함께 마당에서 흙장난을 하며 놀고 있었다. 갑자기 '꽝'하는 소리와 함께 땅이 심하게 흔들렸다. 너무 놀란 나머지 나와 동생은 신발도 벗지 않고 집안으로 뛰어 들어갔다. 부엌에서 일을 하고 계시던 어머니는 ㉠나와 동생에게 책상 밑으로 들어가 꼼짝 말고 있으라고 하셨다. 잠시 조용해지는 것 같더니 다시 아까보다 더 큰 소리가 났고 온 집안이 심하게 흔들렸다. 창문의 유리창이 깨지고 책장과 책상 위에 있던 물건들이 모두 바닥으로 쏟아져 내려왔다. 나는 너무 무서워서 귀를 두 손으로 있는 힘껏 막고 소리를 질렀다. 공포에 질려서 눈에서는 끝도 없이 눈물이 흘러내렸다. 그렇게 몇 분이 지났다. 세상은 다시 아무 일도 없었다는 듯 조용해졌다. 나와 동생은 울다 지쳐 잠이 들었다.
　　다음날 아침 눈을 떴을 때, 우리 동네에는 사람들이 모여 무너진 집과 부서진 물건들을 치우고 있었다. 구조대와 경찰, 그리고 소방관들은 트럭과 굴삭기를 동원해 거리를 치우고 있었다. 나는 어제의 공포는 잊어버린 채 그 모습이 너무나 신기해 하루 종일 창밖을 구경했다.
　　지금 생각하면 처참했던 그 모습. 어린 나이에 경험한 지진이었기 때문에 어쩌면 그 충격이 덜 했을지도 모른다는 생각이 든다.

1) 재해의 종류와 피해 상황을 이야기해 보세요.

2) 어머니가 ㉠과 같이 한 이유는 무엇입니까?

3) 이 사람의 심경으로 알맞은 것을 모두 고르세요.

❶ 충격을 받다　　　❷ 실신을 하다
❸ 허무함을 느끼다　❹ 공포를 느끼다

▪新語彙

흙장난 玩泥巴
꼼짝 말다 別動
극심하다 極其嚴重的
있는 힘껏 用盡全力地
공포에 질리다 驚恐
굴삭기 挖土機
동원하다 動員、動用

✎ 寫作_쓰기

1 여러분의 나라에서 발생했던 재해를 설명하는 글을 써 보세요.
請書寫一篇文章來說明曾在各位國家發生的災害。

● 재해를 설명하는 글에 포함시킬 내용은 어떤 것들이 있는지 생각해 보세요.
請想想看在說明災害的文章中應該包括哪些內容。

1) 여러분의 나라에서 발생했던 재해는 무엇이었습니까?

2) 그 재해의 종류와 발생 원인, 피해 상황, 피해 규모는 어땠습니까? 필요하다면 자료를 참고해도 좋습니다.

3) 재해를 당한 사람들의 심경은 어땠습니까?

● 메모를 바탕으로 여러분의 나라에서 발생했던 재해를 객관적으로 설명하는 글을 써 보세요.
請以寫下的內容為基礎，試著書寫一篇文章來客觀說明在各位國家曾發生過的災害。

자기 평가 ✏

自我評價

● 재난과 재해의 종류 및 피해 상황에 대해 이야기할 수 있습니까?
能談論災難與災害的種類及受災的情況嗎？

非常棒 ●━━●━━●━━● 待加強

● 재난과 재해를 겪은 심경을 표현할 수 있습니까?
能表現遭受災難與災害後的心境嗎？

非常棒 ●━━●━━●━━● 待加強

● 재난과 재해에 대한 글을 읽고 쓸 수 있습니까?
能閱讀並書寫有關災難與災害的文章嗎？

非常棒 ●━━●━━●━━● 待加強

1 -다니요

- -다니요接在動詞或形容詞後，表現聽者對於實際聽到或看到的某個事實感到驚訝、感嘆或懷疑的感覺。

  복구 작업이 벌써 끝나다니요. 자원봉사자들의 힘이라는 게 정말 놀랍네요.

- 有以下不同的形態。

	現在	過去	未來 / 推測
動詞	다니요		
形容詞	-다니요	-았/었/였다니요	-(으)ㄹ 거라니요 -겠다니요
名詞＋이다	-(이)라니요		

(1) 가 : 소방서에 불이 났다는 뉴스 들었어요?

     나 : 소방서에 불이 나다니요. 그럴 수도 있나요?

(2) 가 : 올해는 여름 가뭄이 심각하대요.

     나 : 겨울도 아니고 장마철에 가뭄이라니요. 그게 정말이에요?

(3) 가 : 요 앞 사거리에 있는 5층짜리 건물이 화재로 완전히 타 버린 거 알아요?

     나 : 어제만 해도 멀쩡했던 건물이 하루 만에 전소돼 버리다니요.

(4) 가 : 한국어는 배우면 배울수록 정말 쉽죠?

     나 : _____.

2 -(으)ㄴ 나머지

- -(으)ㄴ 나머지接在動詞或形容詞後，表現某行為的原因和結果，或是達到某狀態。

  주말 내내 폭우가 쏟아진 나머지 온 동네가 물에 잠겼다.
  불길이 너무 거세진 나머지 화재 진압에 어려움을 겪었다.

- 有兩種形態。
  a. 如果是以母音或ㄹ結尾，與-ㄴ 나머지結合。
  b. 如果是以ㄹ以外的子音結尾（ㄹ除外），與-은 나머지結合。

(1) 가 : 1층에서 불이 났는데 왜 5층 사람이 죽었대요?

　　나 : 너무 놀란 나머지 건물 밖으로 뛰어내렸대요.

(2) 가 : 생각보다 인명 피해가 굉장히 크네요.

　　나 : 네, 사고가 너무 갑자기 일어난 나머지 피할 겨를이 없어서 그렇게 됐네요.

(3) 가 : 얼마 전에 아르바이트해서 돈 좀 벌었다더니 그 돈을 벌써 다 쓴 거예요?

　　나 : 네. 쇼핑을 너무 많이 한 나머지 하루 아침에 알거지가 돼 버렸죠.

(4) 합격 소식을 듣고 너무 기쁜 나머지 온 동네를 아이처럼 뛰어다녔다.

(5) 가 : 영진 씨가 여자 친구에게 차이다니, 충격이 크겠어요.

　　나 : _____.

3　-자

● -자接在動詞後，表現前面的動作一結束，後面的動作馬上就開始。

폭우가 쏟아지자 30분도 안 돼 집 안으로 물이 밀려 들어오기 시작했다.

열차 전복 사고가 나자 구경꾼과 취재진들이 현장으로 몰려왔다.

(1) 가 : 원래부터 이 마을에는 사람이 적었나요?

　　나 : 아니요. 해가 갈수록 가뭄이 심해지자 마을을 떠나는 사람이 많아졌어요.

(2) 최근 들어 해일 발생이 빈번해지자 해일 대비를 위한 대책이 필요하다는 목소리가
커지고 있습니다.

(3) 집 안으로 들어가자 구수한 된장찌개 냄새가 나를 기다리고 있었다.

(4) 가 : 지훈 씨가 드디어 세영 씨한테 고백을 했다면서요?

　　나 : 말도 마세요. 지훈 씨가 말을 꺼내자 세영 씨가 대답도 없이 나가 버렸대요.

(5) _____ 사람들이 하나둘씩 자리를
뜨기 시작했다.

(6) 가 : _____.

　　나 : 정말이요? 그럴 줄 몰랐는데 정말 대단하네요.

제 15 과 컴퓨터·인터넷

電腦·網路

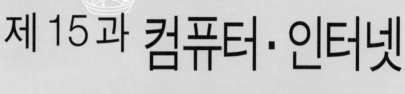

目標

各位將能理解電腦和網路的相關表現，並能談論其使用上的問題。

主題	電腦和網路
功能	談論與電腦和網路有關的各種問題、說明與電腦和網路有關的使用方法和程序、談論因電腦和網路而發生的窘境
活動	聽力：聆聽一段有關電腦問題的對話、聆聽一段電算機房的廣播通知 口說：談論電腦和網路的問題、談論電腦或網路事故的經驗 閱讀：閱讀圖書館網路使用的說明文章 寫作：書寫使用網路時遇到的慌亂經驗
語彙	網路連結、電腦用語、電腦的使用和問題
文法	-ㄴ 대로、-든지 -드지、-기만 하면
發音	ㄷ-ㅅ
文化	讓人難以理解的網路新詞

제15과 **컴퓨터 · 인터넷** 電腦 · 網路

1. 여자는 왜 이곳에 온 것 같아요? 두 사람은 지금 무슨 이야기를 하고 있을까요?

2. 여러분은 컴퓨터와 인터넷을 사용하다가 문제가 생기면 어떻게 해요?

1

투이 : 저기요, 여기에서는 무선 연결이 안 되나요?

직원 : 도서관에서는 어디서나 무선 인터넷 접속이 가능한데요.

투이 : 아, 그래요. 제가 오늘 도서관을 처음 이용하는 거라서 잘
　　　모르겠는데요. 왜 안 되는지 좀 봐 주실래요?

직원 : 네. 노트북 여기에 내려놓으세요. 음, 잠깐만요. 이상하다.
　　　설정은 다 맞게 되어 있는데. 학교 아이디로 접속하신 거
　　　맞지요?

투이 : 학교 아이디요?

직원 : 네, 교내에선 다른 서버로는 무선 연결이 안 돼요.

투이 : 아, 그렇군요. 그러면 어떻게 해야 하지요?

직원 : 학교 홈페이지로 들어가서 아이디를 신청하시든지 오늘은
　　　일단 저쪽에 있는 학교 컴퓨터를 사용하시든지 하세요.

新語彙	
무선 연결	無線連結
인터넷 접속	網路連線
노트북	筆記型電腦
설정	設定
아이디	帳號、用戶名稱
서버	伺服器
유선 인터넷	有線網絡、乙太網路

2

집주인 : 아야코, 지금 시간 좀 괜찮나? 나 이거 또 잊어버렸네.

아야코 : 네, 할아버지. 근데 이게 뭐예요? 사진이네요.

집주인 : 응, 미국에 있는 딸한테 보내 주고 싶은데, 하는 방법을
　　　　잊어버려 가지고. 전에도 몇 번 보낸 적이 있는데 말이야.

아야코 : 이거요. 별로 복잡하지 않아요. 제가 말씀드리는 대로 한번
　　　　해 보세요. 우선 이 선을 카메라하고 컴퓨터에 연결하세요.
　　　　그러면 컴퓨터 화면에 '새 창'이 열려요.

집주인 : 옳지. 그렇게 했었지.

아야코 : 이제 좀 생각나시죠? 여기 카메라 폴더에서 컴퓨터로
　　　　옮기려는 사진에 이 화살표를 갖다 대고 마우스의 오른쪽
　　　　버튼을 누르세요. 여기 뭐가 많이 써 있잖아요. 이 중에서
　　　　'복사'를 클릭하세요. 그리고 '바탕 화면'에 같은 식으로
　　　　'붙여넣기'를 하면 돼요.

집주인 : 아이구, 보니까 생각나네.

아야코 : 참, 이메일은 쓰실 줄 아시지요? 메일을 보낼 때,
　　　　이 사진을 첨부하시면 돼요.

新語彙	
선	線
화면	畫面、屏幕
'새 창'	「新視窗」
폴더	文件夾、資料夾
마우스	滑鼠
누르다	按、壓
클릭하다	點選、點取
'바탕 화면'	「電腦桌面」
'붙여넣기'	「貼上」
'복사'	「複製」

3

　오늘은 학기말 과제를 제출하는 날. 일주일이나 밤을 새워 가며 작업한 디자인 파일을 조금만 더 수정해서 제출할 계획이었다. 그런데 이게 무슨 날벼락인가? 파일이 갑자기 열리지 않는 것이었다. 아무리 클릭을 해도 "이 파일을 실행할 수 없습니다."라는 메시지만 뜨는 게 아닌가. 하늘이 노랬다. 나는 노트북을 들고 AS센터로 뛰어갔다. 상담원에게 자초지종도 설명하지 않고 다짜고짜 "저, 이것 좀 어떻게 해 주세요. 이 파일이 절대로 안 열려요. 저 이거 날아가면 죽어요. 제발 저 좀 살려 주세요."라는 말만 반복했다. 아무런 대꾸도 없이 내 컴퓨터만 조용히 들여다보던 상담원은 "이거 확장자가 지워져서 그러는 건데요, 파일 이름 뒤에 확장자를 넣기만 하면 돼요."라고 말했다. 세상에! 겨우 이까짓 일로 이렇게 호들갑을 떨다니. 학교로 돌아와 과제를 제출하고 나니 그제야 안도의 한숨을 쉴 수 있었다. 오늘은 정말 노트북 때문에 십년감수했다.

◀ 新語彙
날벼락 晴天霹靂
실행하다 實行、執行
하늘이 노랗다 眼前一片昏暗、頭暈眼花
자초지종 自始至終、從頭到尾
다짜고짜 不由分說、不分青紅皂白
파일이 날아가다 檔案遺失
확장자 副檔名
호들갑을 떨다 輕浮、胡鬧
안도의 한숨 鬆了一口氣
십년감수하다 折壽十年

 문화　**알쏭달쏭 인터넷 신조어**
讓人難以理解的網路新詞

● 여러분은 한국의 인터넷 사이트를 자주 방문하는 편입니까? 한국의 젊은이들이 많이 사용하는 인터넷 용어를 알고 있어요?
　各位經常訪問韓國的網站嗎？各位知道韓國年輕人常使用的網路用語嗎？

● 다음은 요즘 많이 사용되는 인터넷 용어에 대한 글입니다. 잘 읽고 인터넷 신조어에 대해서 이해해 보세요.
　以下是一篇有關最近網路流行用語的短文。請仔細閱讀，並試著理解網路新詞。

　ㅋㅋㅋ、OTL、오나전、지못미等單字無法在字典裡找到。40歲以上的人也許不熟悉這些單字，但對於擅長使用電腦和網路的年輕人來說，這是日常生活中常用的單字。年輕人為了能與他人有更快的互動溝通，偏好使用這類的縮寫或標示。以下的例子是最普遍的網路用語。
　• ㅋㅋㅋ、ㅎㅎㅎ、OTL：ㅋㅋㅋ、ㅎㅎㅎ是크크크和하하하的縮寫。為了表現出某人陷入絕望而跪倒在地動作，用英文字母OTL表現，並直接唸成 "Oh-Tee-El"。
　• 當打字打得太快的時候，완전、뭐니、없다等字就會打出像오나전、뭥미、ㅇ벗다的錯字，但有很多網路使用者覺得這很有趣而刻意地使用。
　• 지못미、완소：不喜歡寫長句子的年輕世代們常常使用首字的縮略詞。舉例來說，지못미就是지켜 주지 못해 미안해的縮寫，這用法常用於提到某名人的醜陋照片時。而완소則是완전히 소중하다的縮寫。

● 위에 제시된 것 이외에 여러분이 알고 있는 인터넷 신조어가 있으면 이야기해 보세요.
　除了以上提到的外，各位如果還有知道的網路新詞，請試著説説看。

1 〈보기〉와 같이 이야기해 보세요.

> **보기**
>
> ### 무선 인터넷 연결하는 방법을 알고 싶다
>
> 가 : 안녕하세요, 전산실입니다. 무엇을 도와 드릴까요?
> 나 : 무선 인터넷 연결하는 방법을 알고 싶어서
> 　　 전화했는데요.

❶ 인터넷 연결이 자꾸 끊기다

❷ 사내 아이디를 신청하고 싶다

❸ 인터넷 접속이 불량하다

❹ 아이피를 받고 싶다

❺ 인터넷 속도가 너무 느리다

❻ 아이디를 변경하고 싶다

▪ 인터넷 연결 網路連結

무선 인터넷 無線網路
인터넷에 접속하다 連線網路
인터넷을 연결하다 連結網絡
인터넷 연결이 끊기다 網路連結中斷
인터넷 접속이 불량하다 網路連結不順
인터넷 속도가 느리다 網速慢
아이디를 신청하다 申請帳號
아이디를 변경하다 變更帳號
아이피를 받다 獲取IP位址

2 〈보기〉와 같이 이야기해 보세요.

> **보기**
>
> ### 이동식 디스크에 저장한 후에 지우다
>
> 가 : 여기 '바탕 화면'에 깔아 놓은 파일들 어떻게 할까요?
> 나 : 이동식 디스크에 저장한 후에 지워 주세요.

❶ 외장 하드에 복사한 후에 지우다

❷ 한 부만 인쇄한 후에 삭제하다

❸ CD로 구워 놓았으니까 삭제하다

❹ '내 폴더'로 옮겨서 저장하다

❺ 공유 폴더로 옮기다

❻ 압축한 후에 이메일로 첨부해서 보내다

▪ 컴퓨터 용어 電腦用語

이동식 디스크 可攜式存取裝置
외장 하드 外接硬碟
'바탕 화면'「電腦桌面」
'내 폴더'「我的資料夾」
공유 폴더 共享資料夾
삭제하다 刪除
저장하다 儲存
파일을 깔아 놓다 安裝檔案
파일을 지우다 刪除檔案
복사하다 複製
CD/DVD로 굽다 燒錄成CD / DVD光碟
압축하다 壓縮
첨부하다 附加、附上

3 〈보기〉와 같이 이야기해 보세요.

> **무선 인터넷에 연결이 잘 안되다 / 무선랜이 꺼져 있다**
>
> 가 : 어떻게 오셨습니까?
> 나 : 무선 인터넷에 연결이 잘 안돼서요.
> 가 : 한번 볼까요? 음, 무선랜이 꺼져 있어서 그런 것
>   같습니다.

❶ 인터넷 연결이 자꾸 끊어지다 / 신호가 약하다

❷ 인터넷에 자꾸 오류 메시지가 뜨다 /
   프로그램 설치가 제대로 안되다

❸ 인터넷 속도가 너무 느리다 / 컴퓨터 사양이 낮다

❹ 인터넷 검색창에 한글 입력이 안 되다 /
   한글 입력 프로그램이 삭제되다

❺ 무선 인터넷은 되는데 유선 인터넷은 안 되다 /
   사내 인터넷 회선에 문제가 생기다

❻ 인터넷 창이 자꾸 저절로 닫히다 /
   인터넷이 아니라 컴퓨터에 결함이 있다

◀ 新語彙
신호가 약하다 信號微弱
오류 메시지가 뜨다 跳出錯誤訊息
설치되다 安裝、設置
컴퓨터 사양 電腦規格
검색창 檢索欄
인터넷 회선 網路線路
결함이 있다 有缺陷、有問題

◀ 발음 發音
ㄷ-ㅅ
듣습니다　　좋습니다
[드씀니다]　[조씀니다]
當終聲子音ㄷ的後面接著ㅅ時，ㄷ會發成[ㅆ]。
▶ **연습해 보세요.**
(1) 인터넷 속도가 느린 것 같습니다.
(2) 옷 색깔이 좋습니다.
(3) 장미꽃 세 송이만 주세요.

4 〈보기〉와 같이 이야기해 보세요.

> **이 홈페이지에 글을 올리다 / 내가 말하다**
>
> 가 : 이 홈페이지에 글을 올리려면 어떻게 해야 돼요?
> 나 : 아, 그거요? 제가 말하는 대로 해 보세요.

❶ 이 사이트에 홈페이지를 개설하다 / 내가 알려 주다

❷ 이 카메라에 있는 사진을 컴퓨터에 저장하다 /
   지금 설명하다

❸ 이 글 밑에 답글을 달다 / 내가 시키다

❹ 이 프로그램을 설치하다 / 사용 설명서에 써 있다

❺ '바탕 화면'에 있는 파일들을 '내 폴더'로 옮기다 /
   지난번에 메모해 줬다

❻ 프린터에 걸린 용지를 빼다 / 내가 전에 이야기했다

◀ 新語彙
홈페이지를 개설하다 設立首頁
답글을 달다 留言、回覆
프린터에 용지가 걸리다 印表機卡紙
용지를 빼다 移除紙張

5 〈보기〉와 같이 이야기해 보세요.

> **CD에 구워 주다, 이동식 디스크에 넣어 주다**
>
> 가 : 아까 다운 받은 사진 파일들은 어떻게 할까요?
> 나 : CD에 구워 주든지 이동식 디스크에 넣어 주든지
> 　　편한 대로 하세요.

❶ 그냥 삭제하다 / 다른 폴더로 옮기다

❷ CD에 저장해서 주다 / 이메일에 첨부해서 주다

❸ 출력해서 주다 / 홈페이지에 올려 주다

❹ 압축을 하다 / 우리 홈페이지에 게시하다

❺ 외장 하드에 복사해 두다 / DVD로 굽다

❻ '바탕 화면'에 깔아 두다 / '내 폴더'에 저장하다

●語言提點

在韓國有很多外來語被簡寫使用。

▶ 例
首頁（Homepage）– 홈피
硬碟（Hard Disk）– 하드
隨身碟（USB flash Drive）–
USB
MP3播放器（MP3 player）–
MP3
下載（Download）–
다운을 받다

6 〈보기〉와 같이 이야기해 보세요.

> **인터넷 아이콘을 클릭하다, 창이 저절로 닫혀 버리다 /**
> **인터넷을 다시 깔다**
>
> 가 : 인터넷 아이콘을 클릭하기만 하면 창이 저절로 닫혀
> 　　버려요.
> 나 : 인터넷을 다시 깔아 보세요.

❶ 동영상을 재생하다, 컴퓨터가 멈춰 버리다 /
　컴퓨터를 껐다 켜다

❷ 이 폴더를 열다, 시스템이 다운돼 버리다 /
　폴더 이름을 바꾸다

❸ 컴퓨터를 켜다, 보안에 이상이 있다고 나오다 /
　보안 프로그램을 설치하다

❹ 외장 하드를 연결하다, 경고 창이 뜨다 /
　바이러스를 체크하다

❺ 사진을 첨부하다, 이메일이 반송되다 /
　사진 용량을 줄이다

❻ 무선 인터넷을 접속하다, 컴퓨터가 느려지다 /
　신호가 잘 잡히는 곳으로 이동하다

●컴퓨터의 사용 및 문제
電腦的使用和問題

동영상을 재생하다 播放影片
외장 하드를 연결하다
連接外接硬碟
보안 프로그램을 깔다/
설치하다
安裝防毒軟體
용량을 줄이다
減少（儲存）容量
바이러스를 체크하다 掃毒
컴퓨터를 껐다 켜다
電腦重新啟動
컴퓨터가 멈추다 電腦停住
시스템이 중단되다/다운되다
系統中斷 / 當機
컴퓨터가 느려지다 電腦變慢
신호가 잘 안 잡히다
信號收不太到
경고 창이 뜨다 跳出警示窗
이메일이 반송되다
電子郵件被退回

7 〈보기〉와 같이 이야기해 보세요.

> 보기
>
> **컴퓨터가 다운됐는데 작업하던 파일이 날아갔다 /**
> **자동으로 저장됐다, 파일이 있던 폴더를 열다**
>
> 가 : 어, 어떻게 하지? 컴퓨터가 다운됐는데 작업하던
> 　　파일이 날아갔어요.
> 나 : 정말이요? 자동으로 저장되었을 수도 있으니까
> 　　파일이 있던 폴더를 열어 보세요.

❶ 시스템이 중단됐는데 거의 완성한 문서가 날아갔다 /
　임시로 저장됐다, '문서 찾기'를 하다

❷ 이메일로 받은 문서가 열리지 않다 /
　높은 버전에서 작업해서 그랬다, 낮은 버전으로 저장해서
　다시 보내 달라고 하다

❸ 아까까지 잘되던 음악 파일이 재생이 안되다 /
　확장자가 지워졌다, 파일 이름을 확인하다

❹ 며칠 동안 작업한 파일이 바이러스에 감염됐다 /
　AS센터에서는 복구시키다, 빨리 가다

8 〈보기〉와 같이 이야기해 보세요.

> 보기
>
> **제 컴퓨터가 USB를 인식하지 못하다, 고장이 났다**
>
> 가 : AS 좀 받으러 왔는데요.
> 나 : 무슨 문제가 있으신데요?
> 가 : 제 컴퓨터가 USB를 인식하지 못하거든요. 혹시
> 　　고장이 난 건 아닌지 모르겠어요.

❶ 컴퓨터 전원이 켜지지 않다 / 심각한 결함이 생겼다

❷ 인터넷 창이 자꾸 저절로 닫히다 /
　바이러스에 감염됐다

❸ 컴퓨터에서 자꾸 이상한 소리가 나다 /
　본체에 이상이 생겼다

❹ 한글 프로그램이 종료가 안 되다 / 새로 깔아야 하다

❺ 컴퓨터를 쓰다 보면 속도가 갑자기 느려지다 /
　업그레이드를 해야 하다

9 〈보기〉와 같이 이야기해 보세요.

> 보기
>
> **컴퓨터에 있는 음악을 MP3에 저장하고 싶을 때**
>
> 가 : 저기요, 제가 컴퓨터를 잘 못해서 그러는데 뭐 좀
> 물어봐도 돼요?
>
> 나 : 당연하지요. 뭔데요?
>
> 가 : 이 MP3를 샀는데 컴퓨터에 있는 음악을 여기로
> 어떻게 옮겨야 하는지 잘 모르겠어요.
>
> 나 : 네, 그거요. 제가 말하는 대로 해 보세요. 우선
> 컴퓨터하고 MP3를 연결하면 컴퓨터에 창이 하나
> 뜰 거예요. 그러면 컴퓨터에 음악이 저장되어
> 있는 폴더를 열고, 옮기고 싶은 파일을 선택해서
> '복사하기'를 클릭하세요. 그런 다음에는 MP3
> 창으로 와서 '붙여넣기'만 하면 돼요.
>
> 가 : 아 그래요? 고마워요. 하다가 모르는 게 생기면 또
> 물어볼게요.

❶ 카메라에 있는 사진을 '바탕 화면'에 저장하고 싶을 때

❷ 컴퓨터에 있는 사진을 이메일에 첨부하고 싶을 때

❸ USB에 있는 문서 파일을 프린터로 출력하고 싶을 때

❹ 하드에 있는 음악들을 압축해서 CD로 굽고 싶을 때

聽力_듣기

1 다음은 컴퓨터 사용에 대한 대화입니다. 잘 듣고 질문에 답하세요.
以下是一段有關電腦使用的對話。請仔細聆聽後，回答問題。

1) 여자가 지금 곤란해 하고 있는 이유는 무엇입니까?

2) 문제가 발생한 원인을 고르세요.

❶ 저장을 하지 않은 채 작업을 해서

❷ 출력한 후에 파일을 삭제해 버려서

❸ 실수로 '휴지통 비우기'를 눌러 버려서

❹ '삭제하기'를 누른 후에 복구를 하지 않아서

> **新語彙**
>
> '휴지통 열기'
> 「開啟資源回收筒」
> '휴지통 비우기'
> 「清理資源回收筒」
> **복구하다** 還原、恢復

2 다음은 기숙사 전산실의 안내 방송입니다. 잘 듣고 질문에 답하세요.
以下是一段宿舍電算機房的廣播通知。請仔細聆聽後，回答問題。

1) 이 기숙사에서 인터넷 회선 교체 작업을 하는 이유가
무엇입니까?

> **新語彙**
>
> **끊김 현상** 斷線的現象
> **노후** 老舊、破舊
> **패치** 修補程序

2) 아래의 내용이 맞으면 ○, 틀리면 ×에 표시하세요.

(1) 내일 오전에는 기숙사에서 컴퓨터를   ○   ×
사용할 수 없다.

(2) 회선 교체 후에는 더 빠른 속도로   ○   ×
인터넷을 할 수 있다.

(3) 내일부터는 새로운 아이디와   ○   ×
비밀번호를 사용해야 한다.

1 컴퓨터나 인터넷을 사용하다가 문제가 발생했을 때는 어떻게 하는지 이야기해 보세요.
請說說看在使用電腦或網路時發生問題的話會怎麼辦。

- 컴퓨터나 인터넷을 사용할 때, 자주 발생하는 문제는 무엇인지 이야기해 보세요.
  請說說看在使用電腦或網路時常會發生的問題有哪些。

  예) 저장 관련 문제, 시스템 오류, 전원 관련 문제, 인터넷 연결 문제 등

- 친구와 함께 이야기해 보세요. 아래의 질문 외에 더 묻고 싶은 것이 있으면 추가하세요.
  請和朋友談論看看。在以下的提問外，如果還有想問的，請追加提問。

  1) 자주 발생하는 문제에는 어떤 것이 있습니까?

  2) 그런 문제가 발생하는 원인은 무엇이라고 생각합니까?

  3) 여러분은 그런 문제가 생기면 어떻게 해결합니까?

- 여러분이 알고 있는 컴퓨터 문제 해결 방법에 대해 이야기해 보세요.
  請就各位所知，說說看解決電腦問題的方法。

2 컴퓨터나 인터넷을 사용하다가 발생한 사건에 대해 발표해 보세요.
請發表一下使用電腦或網路時發生的事件。

- 컴퓨터와 인터넷을 사용하면서 당황했던 일에 대해 정리해 보세요.
  請整理一下使用電腦或網路時，曾讓各位驚慌失措的事情。

  예) 어떤 일인지, 왜 그렇게 됐는지, 그래서 어떻게 됐는지, 그 일로 얼마나
  　　당황했는지 그리고 어떻게 해결됐는지 등

- 위에서 정리한 내용들을 바탕으로 발표해 보세요.
  請以整理的內容為基礎，試著發表看看。

- 누가 가장 당황했을지 그리고 그렇게 생각한 이유는 무엇인지 이야기해 보세요.
  請說說看是誰最驚慌失措呢？還有那樣認為的理由又是什麼呢？

閱讀_읽기

1 다음은 도서관의 인터넷 이용 안내문입니다. 잘 읽고 질문에 답하세요.
以下是圖書館網路的使用説明。請仔細閱讀後，回答問題。

● 도서관의 인터넷 이용 안내문에는 어떤 내용이 쓰여 있을지 예측해 보세요.
請預測一下，在圖書館的網路使用説明中會寫些什麼樣的內容。

● 빠른 속도로 읽으면서 예상한 내용과 같은지 확인해 보세요.
請快速地閱讀，並同時確認與預想的內容是否相符。

도서관 인터넷 사용 안내

고려대학교의 모든 도서관에서는 어디서든 유·무선 인터넷을 이용하실 수 있습니다.
최초 접속시에는 아래에 있는 사항에 유의해 이용하시기 바랍니다.

■ 유선 인터넷 사용 방법
- 도서관 책상 위 전원과 랜선을 꽂을 수 있는 단자에 컴퓨터 전원과 유선랜 케이블을 연결한다.
- 컴퓨터의 전원을 켠 후, 시작 메뉴의 '네트워크'를 클릭해서 '로컬 영역 연결하기'를 연다.
- '자동으로 IP 부여 받기'의 체크 표시를 해제한다.
- '다음 IP 주소 사용'에 체크한 후 다음과 같이 입력한다.
IP 주소 : 177. 177. 01. 01   서브넷 마스크 : 177. 177. 177. 01
기본 게이트웨이 : 255. 255. 177. 02

■ ㉠_____
- 홈페이지에 있는 무선 인터넷 연결 프로그램을 컴퓨터에 설치한다.
  * 무선 인터넷 연결 프로그램은 도서관 1층 안내 데스크에서 USB에 저장해 드립니다.
- 컴퓨터에 무선 연결 장치가 켜져 있는지 확인하고 홈페이지에 아이디와 비밀번호를 입력한다.
- 학교 홈페이지 외에 다른 인터넷 사이트를 이용하려면 설치한 무선 인터넷 프로그램을 실행시켜 학교 아이디와 비밀번호를 입력한 후 사용한다.

고려대학교 중앙 도서관 안내 데스크

---

1) ㉠에 알맞은 제목을 써 보세요.

新語彙

단자 接頭、插孔
해제하다 解除、移除

2) 다시 한 번 읽고 아래의 내용이 글과 같으면 〇 ,
   다르면 ✕에 표시하세요.

(1) 학교의 모든 건물에서는 유·무선   〇 ✕
    인터넷 접속이 가능하다.

(2) 도서관에서는 자동으로 IP를 부여   〇 ✕
    받아 유선 인터넷에 접속한다.

(3) 도서관 1층 안내 데스크에서는   〇 ✕
    연결 프로그램을 복사해 준다.

寫作_쓰기

1 컴퓨터나 인터넷을 사용하면서 당황했던 일에 대해 써 보세요.
請寫一篇文章來描述使用電腦或網路時，曾讓各位驚慌失措的事情。

● 말하기 **2** 에서 발표한 내용을 바탕으로 여러분의 경험을 써 보세요.
請以口說 **2** 中發表的內容為基礎，寫出各位的經驗。

1) 사건 발생의 배경과 원인은 무엇입니까?

2) 사건의 결과로 생긴 피해나 문제는 무엇입니까?

3) 그때의 여러분의 기분과 감정은 어땠습니까?

4) 그 문제를 어떻게 해결했습니까?

● 위에서 메모한 내용을 바탕으로 글을 써 보세요.
請以記錄下的內容為基礎，試著寫一篇文章。

자기 평가 ✎   自我評價

● 컴퓨터 및 인터넷 사용에 대하여 이야기할 수 있습니까?
能談論電腦或網路使用的話題嗎？   非常棒 ●━━●━━●━━● 待加強

● 컴퓨터와 인터넷을 사용하다가 발생하는 문제에 대해 이야기할 수 있습니까?
能談論在使用電腦或網路時發生的問題嗎？   非常棒 ●━━●━━●━━● 待加強

● 컴퓨터 및 인터넷 사용을 안내하는 글을 읽고 이해할 수 있습니까?
能讀懂並理解電腦或網路的使用公告嗎？   非常棒 ●━━●━━●━━● 待加強

1 -ㄴ 대로

● -ㄴ 대로接在動詞後，表現動作或行為一致。-(으)ㄴ 대로在表現之後的事件時使用。

네가 아는 대로 설명해 줘. 네가 설명하는 대로 설치해 볼게.
다른 사람이 한 대로 따라 하면 별 어려움은 없을 거예요.
모든 것이 내가 예상했던 대로이다.

● -대로接在名詞後使用。

내 마음대로 파일을 저장해 놓아서 미안해요.

(1) 가 : 이 홈페이지에 사진을 올리려면 어떻게 해야 돼?
　　나 : 내가 지금 말하는 대로 해 봐.
(2) 가 : 컴퓨터에 프린터를 어떻게 연결하는지 모르겠네.
　　나 : 설명서 없어? 거기 쓰인 대로 해 보면 되겠지.
(3) 가 : 와, 맛있겠다. 이거 직접 만든 거예요?
　　나 : 늘 만드는 대로 만들었는데 오늘은 맛이 없는 거 같아요.
　　가 : 아니요. 먹어 보니까 맛있네요. 지금까지 먹어 본 것 중에 최고인걸요.
(4) 가 : 이번에는 내가 하자는 대로 해 봐.
　　나 : 너 황당하다. 여태까지 네 뜻대로 안 한 게 뭐가 있니?
(5) 가 : 선생님, 어떻게 하면 한국어 발음이 좋아질 수 있을까요?
　　나 : _____.
(6) 가 : 우리 저녁 먹으러 어디로 갈까요?
　　나 : _____.

2 -든지 -든지

● -든지 -든지接在動詞、形容詞、「名詞＋이다」後，表現在兩者（或更多）中擇一。

'바탕 화면'에 깔아 두든지 USB에 저장을 하든지 하세요.
여기에서 작업하기 힘들면 집에 가든지 학교에 가든지 해.

(1) 가 : 무선 인터넷이 자꾸 끊어지는데 어떻게 하지?
　　나 : 글쎄, 자리를 옮기든지 유선을 사용하든지 해 봐.

(2) 가 : 컴퓨터가 자꾸 고장이 나서 너무 짜증이 나요.

　　나 : 그렇게 짜증이 나면 새 컴퓨터를 사든지 고쳐서 쓰든지 해.

(3) 가 : 이거 먹기 싫어. 나가서 맛있는 거 사 먹자.

　　나 : 난 외식할 마음 없으니까 넌 먹든지 말든지 마음대로 해.

(4) 가 : 내일 행사는 비가 와도 합니까?

　　나 : _____.

3 -기만 하면

- -기만 하면接在動詞、形容詞、「名詞＋이다」後，表現在某情況下就會出現相同的結果。

- -기만 하면可以用-만 -(으)면替代。

컴퓨터를 켜기만 하면 오류가 발생한다.
컴퓨터만 켜면 오류가 발생한다.
수미 씨는 기분이 좋기만 하면 노래를 부른다.
수미 씨는 기분만 좋으면 노래를 부른다.

(1) 가 : 어떻게 오셨습니까?

　　나 : 외장 하드를 컴퓨터에 연결하기만 하면 컴퓨터가 다운이 돼서요.

(2) 가 : 이메일에 사진을 첨부하기만 하면 전송이 안 돼.

　　나 : 이메일 용량을 초과한 거 아니야?

(3) 가 : 쟤네 둘은 만나기만 하면 싸우면서 왜 사귀는 걸까?

　　나 : 싸우면서 정이 든다는 말도 있잖아.

(4) 가 : 공부한다더니 또 자는 거예요?

　　나 : _____.

聽力脚本 듣기 대본

제1과 인물 소개

1   CD1. track 5~6

가: 오늘은 신입 회원 한 분을 소개하도록 하겠습니다. 이석준 씨, 인사하시지요.

나: 안녕하십니까? 저는 동양화학에 다니는 이석준이라고 합니다. 앞으로 잘 부탁드리겠습니다.

다: 반갑습니다. 우리 동호회 회원이 또 한 명 늘었네요. 그런데 어떤 영화를 좋아하세요?

나: 저는 인생이 무엇인지 고민하게 하는 예술 영화를 좋아합니다.

다: 저하고 취향이 비슷하시네요. 실례지만 나이가 어떻게 되세요?

나: 87년생입니다. 06학번이고요.

가: 저하고 동기시네요. 반갑습니다. 그런데 언제 졸업하셨어요?

나: 올 2월에 했습니다. 군대는 눈이 나빠 면제를 받았고, 1년 반 동안 어학연수하러 미국에 다녀오느라고 휴학을 했습니다.

가: 그러세요? 그럼 이석준 씨를 환영하는 의미에서 박수 한번 치지요.

2

가: 안녕하십니까? 조인성 선수, 먼저 아시아 수영선수권 대회 200미터에서 1등 하신 것을 축하드립니다.

나: 감사합니다.

가: 지금 고등학교 1학년으로 알고 있는데 언제부터 수영 선수로 활동하셨습니까?

나: 수영을 하기 시작한 건 4살 때부터고요, 초등학교 4학년 때부터 학교 선수로 대회에 나가기 시작했습니다.

가: 가족들이 지원을 많이 해 주신다고 들었는데요.

나: 네, 아버지가 수영 선수 출신이고 어머니가 육상 선수 출신이라 누구보다도 운동하는 걸 잘 이해해 주십니다. 그리고 중학교에 다니는 남동생이 하나 있는데, 동생도 수영 선수로 활동하고 있습니다.

가: 말을 아주 잘하는데, 성격은 활발한 편입니까?

나: 그렇지 않습니다. 주로 혼자 운동을 하다 보니 친구들과 어울릴 기회가 적고, 그래서 좀 내성적인 편입니다.

가: 앞으로 어떤 계획을 가지고 있습니까?

나: 열심히 연습해서 석 달 후에 시드니에서 열리는 세계 선수권대회 200미터 부문에서 꼭 우승을 하도록 하겠습니다. 장기적으로는 세계기록을 세우는 것이 꿈이고요.

가: 조인성 선수, 꼭 그렇게 되기를 기원하겠습니다.

나: 감사합니다.

제2과 날씨와 생활

1   CD1. track 10~11

가: 야야, 저기 좀 봐. 벚꽃 축제한대. 정말 끝내준다.

나: 우와. 나도 저런 데 가고 싶다. 우리 같이 꽃구경 갈까?

다: 텔레비전으로 보니까 예쁜 거지. 내 친구가 그러는데 저기 가면 길도 막히고, 꽃가루도 엄청 날리고, 사람도 많고. 꽃구경이 아니라 사람 구경만 하고 와야 된대.

가: 그래도, 봄인데 사람 구경 좀 하면 어때? 준비는 내가 다 알아서 할 테니까 우리 같이 다녀오자.

다: 작년에도 이때쯤 고궁에 놀러 갔다가 꽃샘추위 때문에 고생한 거 생각 안 나? 발표 준비하기로 했으면 공부를 해야지, 또 놀러 갈 궁리냐?

나: 발표 준비는 갔다 와서 해도 되잖아. 몇 시간째 앉아서 계속 이러고 있으니까 머리에 쥐가 난단 말이야. 우리 머리도 식힐 겸 갔다 오자.

가: 그래, 갔다 오자.

다: 알겠어, 알겠어. 그럼 지금 당장 가는 건 무리니까 이것만 끝내고 가자, 응?

가, 나 : 정말이지? 그럼 얼른 얼른 하자!

2

변덕스러운 날씨 탓에 상황을 예측하기 어려운 요즘입니다. 어제까지는 호우주의보가 내려지는 등 전국적으로 많은 비가 쏟아졌지만 오늘은 잠시 장마가 소강 상태입니다. 당분간은 찜통더위가 이어지겠는데요. 언제 다시 폭우가 쏟아질지 모르니 이럴 때일수록 미리 대비를 해 두는 것이 좋겠습니다. 먼저 비가 오는 날에는 차가 미끄러지는 경우도 많으니 오늘 같은 날, 타이어도 한 번쯤 점검하시고요. 며칠째 계속된 비로 눅눅해진 집 안 곳곳은 신문지 등을 이용해 습기를 제거하면 세균 번식을 막아 식중독 위험도 줄일 수 있겠습니다. 특히, 상습 침수 지역에 거주하시는 주민들께서는 폭우 피해가 발생할 만한 곳은 없는지 미리미리 둘러보시기 바랍니다. 이상 날씨였습니다.

제3과 교환·환불

1

가: 이거 여기서 구입한 전자사전인데요. 교환을 하고 싶거든요.

나: 상품 포장을 뜯으면 교환이 안 되는데요.

가: 네, 그건 알아요. 그런데 제가 최신형을 달라고 했는데 사장님께서 이걸 권하셨잖아요. 이거하고 신제품하고 기능은 똑같지만 가격이 훨씬 저렴하다고 하시면서요.

나: 그랬죠. 그런데 무슨 문제라도 있어요?

가: 집에 가서 이거하고 신제품을 비교해 봤더니 이게 기능이 많이 떨어지더라고요. 그리고 가격도 큰 차이가 없고요.

나: 그럴 리가 없을 텐데. 요즘에는 뭐, 하루가 멀다 하고 신제품이 나오니까.

가: 저한테도 제대로 알아보지 않은 탓이 있지만 사장님도 정확한 설명을 해 주지 않으셨으니까 이 사전은 바꿔 주세요.

나: 그럽시다. 내가 미처 확인을 못 했으니까 이번에는 특별히 최신형으로 교환해 드릴게요. 대신 앞으로 이런 거 살 일 있으면 꼭 우리집으로 와야 돼요.

2

쇼핑의 명가, 하나 홈쇼핑입니다. 이용 중 수정이나 전 단계 이동은 우물 정자를 눌러 주십시오.

고객님의 성함이 김수미이면 1번, 아니면 별표를 눌러 주십시오. 주문은 1번, 주문 취소는 2번, 기타 문의는 3번을 눌러 주십시오. 24시간 이내에 주문하신 상품의 취소는 1번, 그 이전 상품의 주문 취소는 2번, 수령하신 상품의 취소 및 반품 안내는 3번입니다. 수령하신 상품의 취소 및 반품 안내입니다.

현재 상담원을 연결하고 있습니다. 잠시만 기다려 주십시오. 저희 하나 홈쇼핑은 정성을 다해 고객님을 모시고자 노력하고 있습니다.

제4과 집안의 일상

1

가: 여보, 나 지금 좀 바쁜데 축구 그만 보고 당신이 설거지 좀 할래?

나: 지금? 왜 하필 지금이야? 지금 결정적인 순간이란 말이야.

가: 뭐라고? 나는 아이들 챙기랴, 집안일 하랴 아침부터 지금까지 허리 펼 시간도 없이 정말 죽을 지경인데 당신은 축구가 눈에 들어와?

나: 아까 빨래 널었잖아. 나도 하느라고 하는데 당신은 나만 보면 항상 잔소리야.

가: 뭘 하라고 하면 늘 하는 둥 마는 둥하고, 휴일이면 텔레비전 앞에만 붙어 있고. 정말 해도 해도 너무 한다.

나: 아니 솔직히 집안일 나만큼 많이 도와주는 남자 있으면 나와 보라고 해. 나 정도면 많이 하는 편이라고.

가: 도와준다는 생각 자체가 문제라는 거야. 같이 해야지, 도와주긴 뭘 도와줘? 집안일이 내 일이라고 정해져 있는 것도 아니고. 안되겠어. 이제부터 나는 주말엔 손도 까딱 안 할 테니까 당신이 아예 집안일을 전담해서 해.

2

하루 종일 아이들 뒤치다꺼리에 남편 뒷바라지, 집안 살림까지. 허리 펼 시간도 없으시다고요? 이제 집안일은 스타 가사 도우미에게 맡기시고 인생을 즐기세요. 기본적인 집안일뿐만 아니라 대청소, 음식 장만에서 이불 빨래, 와이셔츠 다림질까지 뭐든지 척척. 꼼꼼하고 깔끔한 집안 관리와 믿을 수 있는 서비스로 당신의 시간을 여유롭게 만들어 드립니다. 3시간 3만 원, 5시간 5만 원, 종일 요금은 7만 원으로 경제적 부담도 확 줄였습니다. 자세한 정보는 인터넷 검색창에 스타 가사 도우미를 입력하세요.

제5과 직장 생활

1

가: 신상품 아이디어 공모한 것, 드디어 발표가 났는데 우리 팀의 기획서가 뽑혔습니다.

나: 그럼 그렇지. 저는 저희 팀이 될 거라고 생각했어요. 아이디어가 워낙 참신한데다가 정말 최선을 다 했잖아요. 마지막 일주일은 꼬박 밤을 새웠을 정도였으니까요.

가: 다들 정말 수고했어요. 그런데 고생은 지금부터가 시작입니다. 먼저 생산팀에 우리 디자인을 보내서 샘플 제작 기간이 얼마나 걸릴지 문의하고 최대한 빨리 만들어 달라고 요청하세요.

나: 팀장님, 말씀 중에 죄송한데요. 재무과 사람들한테 들으니까 이번 신상품 개발 예산이 좀 줄어들 수도

있다고 하더라고요. 예산부터 확인해 봐야 하지 않을까요?

가: 맞아요. 나도 그 얘기 들었는데 그럼 그것부터 확인해 보죠.

다: 예산이 정말 줄었으면 예산에 맞춰서 기능을 한두 가지 빼는 건 어떨까요?

가: 그래야 할 수도 있겠네요. 구체적인 것은 나중에 생각해 보고 지금 이야기한 것부터 확인하고 나서 두 시간쯤 후에 회의를 하도록 하죠. 수고!

2

가: '으악! 9시. 큰일 났다. 오늘도 지각이다. 이왕 늦은 거 아프다고 전화를 하고 결근을 해 버릴까? 그래……. 어차피 지금 가도 점심시간은 돼야 도착할 테니까.'

가: 부장님, 전데요. 지금 몸이 갑자기… 도저히… 출근을 못 할 거… 같아서.

나: 몸이 아프면 쉬어야지 어쩌겠나. 그런데 어쩐지 기침 소리가 영 어색한걸.

가: '꾀병인 걸 아셨나?' 저, 저! 진짜라니까요!

나: 흥분하니까 더 어색하네. 이렇게 쉬게 된 거 평생 쉬는 것은 어떤가?

가: 부장님 괜찮을 것 같습니다. 진짜 괜찮아졌습니다. 몸이 훨씬 가볍습니다. 부장님. 하하. '그렇다. 나 홍 대리. 대한민국 말단 사원. 힘내자. 아자! 아자!'

제6과 언어와 문화

CD1. track 30~31

1

1) 가: 있잖아요, 거미도 줄을 쳐야 벌레를 잡는다는 속담이요. 그 속담을 언제 쓰는 거예요?

나: 무슨 일을 하기 위해서는 준비와 노력을 해야 한다는 의미거든요. 그러니까 준비와 노력 없이 대가를 얻을 수 없다는 걸 강조하고 싶을 때 써요.

가: 사람들이 속담을 이야기할 때는 앞뒤에 다른 설명 없이 그 속담만 이야기하니까 이해하기가 정말 어려워요.

2) 가: 역시 호랑이도 제 말 하면 와요.

나: 그럴 때는 호랑이도 제 말 하면 온다더니, 이렇게 말해야 해요. 속담을 쓸 때는 '온다더니', '온다는데' 처럼 정해진 방식으로 이야기를 하지 않으면 안 돼요.

가: 그래서 내가 속담을 이야기할 때마다 한국 사람들이

그렇게 어색한 표정을 지었던 거군요.

2

지금까지 여러 학자들의 견해를 중심으로 속담이 무엇인지 살펴봤는데요, 혹시 속담의 개념에 대해 질문 있습니까? 오늘은 질문이 없네. 그럼 이제는 속담의 특징에 대해 이야기해 보도록 하죠. 이에 대해서는 연구자들마다 조금씩 다르게 설명하고는 있지만 종합해 보면 크게 두 가지로 정리할 수 있겠습니다. 첫째, 속담이 사회적 산물이라는 겁니다. 속담은 개인이 아니라 사회에 의해 만들어지잖아요. 둘째로 속담은 민족, 나라라고 얘기하는 편이 더 쉽겠네요. 그 나라의 문화적 특징을 반영한다는 거예요. 여러분은 다들 외국어 한두 개쯤 배워 봤을 테니까 똑같은 현상을 언어마다 전혀 다르게 표현한다는 것을 알지요? 그래서 그 나라의 문화를 모르면 속담을 이해하기 어려워집니다. 이게 속담의 두 번째 특징입니다. 속담의 특징에 대해서는 뭐 별로 어려운 이야기는 하지 않았으니까 질문이 없을 테고. 시간도 얼마 남지 않았으니까 바로 속담의 기능으로 넘어가죠.

제7과 스트레스

CD1. track 35~36

1

가: 제니, 요즘 무슨 일 있어? 기분이 계속 안 좋아 보인다.

나: 응, 스트레스 받는 일이 좀 있어서.

가: 무슨 일이 있는데 그래?

나: 실은 요즘 내 남자 친구가 만나는 여자들이 좀 있는 것 같아. 자기 말로는 그냥 아는 여자라고 하는데 어제는 어떤 후배 생일이라고 케이크에다가 선물까지 사더라고.

가: 그게 정말이야? 황당하다.

나: 그렇지? 말도 안 되지? 오늘은 하루 종일 그 생각만 나고 일도 손에 안 잡히더라고. 식욕이 없어서 그런지 밥 먹는 것도 잊어버렸어.

가: 그렇다고 그러고 있지 말고 뭐라도 좀 먹어. 기운이 있어야 따지기라도 할 것 아니야.

나: 이러고 있으려니까 내가 너무 힘들다. 그냥 모르는 척하고 넘어갈까?

가: 너 제정신이니? 넘어가기는 뭘 넘어가. 둘이 무슨 사이 인지 꼬치꼬치 물어보고, 이 일로 네가 마음에 상처를 얼마나 받았는지 확실히 얘기해야 돼. 그리고 앞으로 다른 여자들 만나고 다니면 가만있지 않겠다고 해.

안녕하세요, 코미디언 유정석입니다. 요즘에 많이 웃고 사세요? 매일매일 바빠서 웃을 틈도 없으시다고요? 안되지요. 스트레스가 건강의 적이라는 거, 그리고 스트레스 해소에는 웃음이 최고라는 거 다 아시잖아요. 요즘에는 웃음 치료라는 것까지 나왔다고 하는데요, 바로 스트레스 때문에 생긴 몸과 마음의 병을 웃음으로 고치는 방법입니다. 많이 웃고 긍정적으로 생각하고 마음의 여유를 가지면 스트레스가 자연히 없어진다는 것인데요. 여러분, 스트레스가 쌓여 가고 있다면 하루에 열 번씩 크게 웃어 보세요. 저도 여러분이 더 많이 웃을 수 있도록 노력하겠습니다. 스트레스에는 웃음이 최고. 건강한 사회 만들기 캠페인입니다.

제8과 추억

1   CD1. track 40~41

가: 나온다. 크리스틴, 내가 신청한 노래가 바로 이거예요.

나: 이 노래요? 되게 오래된 노래 같은데.

가: 맞아요. 아주 옛날 노래예요. "사랑과 우정 사이"라는 곡인데, 저도 좋아하기 시작한 지는 얼마 안 됐어요.

나: 이거 이거 냄새가 나는데요? 노래가 좋아서가 아니라 뭔가 사연이 있나 본데요, 노래 제목도 그렇고. 지연 씨, 그렇게 내숭 떨고 있지 말고 어서 얘기해 봐요.

가: 아무튼 눈치 하나는 빠르다니까. 사실 제가 대학교 다닐 무렵에 친구라고 하기에는 뭔가 특별하고 사랑이라고 하기에는 조금 어설픈, 그런 남자 친구가 한 명 있었어요. 우리 둘 다 연애를 해 본 적이 없어서였는지 서로에게 좋은 감정이 있다는 걸 알면서도 다가가질 못했죠. 그렇게 애매하게 지내고 있었는데, 전부터 나를 따라다니던 선배가 너무 적극적으로 애정 공세를 펼치는 바람에 졸업과 동시에 그 선배와 결혼을 한 거였거든요.

나: 이거 완전 드라마네. 사랑인 줄 몰랐던 옛 친구가 생각해 보니 첫사랑이었다니⋯⋯. 이렇게 그리워할 첫사랑도 있고 지연 씬 좋겠다. 근데, 지연 씨. 이제 갓 결혼한 새색시가 이 노래 들으면서 첫사랑을 추억한다는 걸 지연 씨 남편도 알고 있어요?

2

1) 저는 95년에 안암 고등학교 3학년 9반을 담임하셨던 김봉구 선생님을 찾고 있습니다. 그때 저는 공부도

못하고, 말썽만 피웠던 문제아였지만 김봉구 선생님 께서는 저를 따뜻하게 대해 주셨습니다. 특히 제가 대학교에 떨어져서 힘들어할 때 많은 용기를 주셨는 데요. 아마 선생님이 안 계셨더라면 지금의 저는 없을지도 모르겠습니다. 선생님, 저 이윤호예요. 덕분에 지금은 어엿한 중소기업의 사장이 되어 열심히 살고 있습니다. 선생님, 너무 뵙고 싶어요.

2) 저는 김희진이라고 하는데요, 정희 여고에서 저하고 같이 3년 동안 같은 반이었던 동창, 이미영을 찾습니다. 우리 둘은 소문난 단짝이어서 매일 같이 붙어 다녔거든요. 그런데 고3 가을에 그 친구가 갑자기 서울로 이사를 가면서 연락이 뜸해지기 시작했습니다. 그 친구하고 야간 자율 학습을 빼먹고 노래방에 갔다가 담임 선생님께 들켜서 한 달 동안 교실 청소를 하기도 했고요. 이런저런 추억이 참 많은데요. 미영이가 이걸 듣고 다시 만나게 되면 좋겠습니다.

제9과 여행의 감동

1   CD2. track 4~5

가: 유타 씨, 얼굴이 환해졌네요. 무슨 좋은 일 있었어요?

나: 그래 보여요? 주말에 시간이 좀 생겨서 경주에 다녀 왔거든요.

가: 경주요? 지난번에도 경주에 갔다 오지 않았어요?

나: 그런데 그때는, 전에도 이야기했다시피 친구 결혼식 때문에 간 거라서 구경은 거의 못했어요.

가: 그랬었군요. 다시 간 걸 보니까 그때 경주가 마음에 들었었나 봐요.

나: 네, 그때 봤던 경주가 너무 인상적이었어요. 고풍스러운 분위기도 좋았고 유적지도 많아서 꼭 다시 가 보고 싶었어요.

가: 저도 경주 정말 좋아해요. 경주에서는 뭐 했어요?

나: 불국사나 첨성대 같은 명소들도 봤고요, 보문단지 벚꽃 길에서 산책도 했는데 그림이 따로 없더라고요.

가: 벚꽃 이야기를 들으니까 나도 거기 가 있는 것 같아요. 이렇게 얘기만 하고 있어도 좋네요.

나: 네, 요즘 하고 있는 일이 좀 안돼서 마음이 답답했는데 그런 마음이 다 풀렸어요.

2

네, 다음은 경기도 안양에서 보내 주신 김민호 님의 사연입니다.

'해린아, 우리의 지난 주말 여행은 정말 특별했지? 둘이서 떠난 첫 여행이어서 가슴이 많이 설렜어. 열차를 잘못 타는 바람에 너무 늦게 도착해서 일정이 빠듯했지만 둘이서 손 꼭 잡고 소나무 숲도 산책하고 밤바다에서 하늘의 별도 함께 셌지. 대화도 많이 하고 그동안의 오해가 다 풀려서 나는 정말 행복했어. 너를 더욱 사랑하게 된 것 같아. 우리 영원하자, 해린아. 너만의 민호가.'

네, 이 사연 읽으니까 닭살이 돋는 것 같네요. 청취자 여러분은 어떠세요? 저만 그런가요? 농담이고요, 그러면 김민호 씨께서 청해 주신 '해변 러브송' 들려 드립니다. 두 분 많이 많이 행복하세요.

제10과 결혼

① CD2. track 9~10

가: 지영 씨, 결혼식이 얼마 안 남았죠? 결혼 준비는 다 끝나 가요?

나: 거의 끝났어요. 내일 함만 들어오면 돼요.

가: 그동안 준비하느라고 애썼겠네요. 그런데 함은 신랑 친구들이 가지고 오나요?

나: 아니요, 그냥 신랑이 혼자 들고 오기로 했어요. 간소하게 하고 싶어서요.

가: 그래도 시끌벅적하게 함 들어오는 것도 재미있는데. 하긴, 요즘에는 그렇게 하는 사람들도 많더라고요. 결혼식 주례는 누가 하세요?

나: 저희 대학 은사님이 하세요.

가: 두 분이 대학 동기지요? 그럼 캠퍼스 커플이었어요?

나: 아니에요. 대학 땐 그냥 친구였고요, 졸업한 후에 우연히 다시 만났는데, 남자로 보이더라고요. 그래서 제가 사귀자고 했지요.

가: 그래요? 지영 씨한테 그런 면도 있었다니 의외네요. 참, 결혼하면 어디에서 살 거예요? 집은 구했어요?

나: 처음엔 시부모님 댁에 들어가서 살 생각이었는데 남편 회사에서 너무 멀어서 회사 근처에 작은 아파트를 구했어요.

가: 요즘 집 구하기 힘들다던데 집까지 구했다니 이제 결혼 준비는 다한 거나 마찬가지네요.

②

전국에 거주하는 이삼십 대 미혼 남녀 1,000명에게 연애와 결혼에 대한 의식을 조사한 결과, 5년 전에 비해 상당한 변화가 있는 것으로 나타났습니다.

결혼이 꼭 필요하냐는 질문에 그렇다고 응답한 사람이 5년 전에는 70%에 달했으나 이번 조사에서는 41%에 그쳐, 과반수에도 미치지 않는 것으로 드러났습니다.

또한 이혼에 대한 인식도 크게 변해 어떠한 경우라도 이혼은 하지 말아야 한다고 응답한 사람이 5년 전에는 47%였으나 이번 조사에서는 19%에 그쳤습니다.

한편 연애와 중매, 그리고 결혼 정보 회사를 통한 결혼에 대한 인식 조사에서는 흥미로운 결과가 나왔습니다. 연애결혼과 중매결혼에 대한 선호도는 5년 전과 차이가 없었던 반면, 결혼 정보 회사를 통한 결혼 선호도는 무려 23%나 높아져 68%의 선호도를 보였습니다. 이는 현대인들이 자신에게 맞는 배우자를 찾는 데에 보다 적극적이기 때문인 것으로 보입니다.

제11과 공연 감상

① CD2. track 14~15

가: 진짜 졸려서 죽는 줄 알았다, 야. 나 사실 중간에 좀 잤는데 혹시 너 나 봤어?

나: 어떻게 저렇게 심금을 울리는 음악을 들으면서 졸 수 있어?

가: 뭐 잘 알지도 못하겠고, 클래식은 지루해서 처음부터 싫다고 했잖아.

나: 지휘자가 나와서 해설까지 해 줬는데 그래도 이해가 안됐어?

가: 설명을 해 줘도 내가 그렇게 느끼지 못하면 소용없는 거 아니냐? 사람들이 아무리 훌륭하다고 해도 내가 감동을 받지 못하면 나한테는 좋은 음악이 아닌 거지.

나: 그렇지만 지금까지의 클래식 공연과는 확실히 차원이 다르잖아. 어렵지 않고 편안한 분위기에서 즐길 수 있을 뿐만 아니라 관객이 함께 참여할 수 있다는 게 이 공연의 매력인데.

가: 그래. 그렇다고 치자. 대신 너, 다음에는 나랑 비보이 공연 같이 가는 거다.

나: 보나 마나 재미없을 텐데. 운동 경기 보는 것처럼 긴장되고 아슬아슬해서 싫단 말이야. 그건 예술이 아니라고.

가: 문화의 다양성! 너도 이제 인정해야지.

②

가: 이번 주 영화계 소식입니다. 한국 영화 '두 남자'가 굉장히 빠른 속도로 관객을 동원하고 있는데요.

벌써부터 한국 영화 사상, 최고의 흥행작이 되지 않겠느냐는 관측까지 나오고 있습니다. 다음 주에는 연극을 원작으로 한 음악 영화 '피아니스트'가 흥행 대결에 뛰어듭니다. 김정현 기자와 함께하시죠.

나: 천재 피아니스트 '민'은 공연을 위해 이탈리아로 간다. 그곳에서 10년 전 헤어졌던 첫사랑과 만나게 되는데. 완벽한 연주에 대한 부담감, 사람들의 기대로부터 자유로워지고 싶었던 '민'은, 자신의 옛날 모습 그대로를 기억해 주는 '선'을 통해 오랜만의 설렘을 느끼게 되고. 그러나 '선'에게는 한국으로 돌아갈 수 없었던 비밀이 있는데. 영화 사상 최대 제작비를 쏟아 부은 '피아니스트'는 내로라하는 연기파 배우들의 총출동, 이탈리아 현지 촬영 등으로 제작 단계에서부터 큰 화제를 모아 왔습니다. 과거와 현재, 상상과 현실을 어지럽게 오가는 내용 전개와 눈물샘을 자극하는 피아노 선율로 관객을 유혹합니다. 이번 주말에는 영화표 한 장으로 색다른 음악 여행 한번 떠나 보시지요.

제12과 교육

① CD2. track 19~20

가: 야, 다 풀었다.

나: 뭐? 너 그 문제 벌써 다 푼 거야? 넌 역시 수학을 잘하는구나. 난 어제 동생이 물어보는데 어떻게 풀어야 할지 몰라서 난감했는데.

가: 넌 이게 뭐가 어렵다고 그렇게 엄살이냐? 그리고 내가 공대생인데 중학교 수준의 문제도 못 풀면 안 되지.

나: 잘났다, 진짜! 이왕 말이 나온 김에 하는 말인데……. 내 동생 수학 과외 좀 해 줘. 사실 진작부터 부탁 하려고 했었거든.

가: 네 동생 영어 과외도 받는다고 하지 않았어? 네가 엄마도 아닌데 뭘 그렇게 신경을 쓰냐?

나: 내 동생인데 당연히 신경 써야지. 그리고 걔 대학 가려면 어쩔 수 없어. 이대로 가다가는 좋은 대학은커녕 대학 문턱에도 못 가.

가: 대학 좀 안 가면 어때? 왜, 우리 동창 지은이 알지? 걔는 죽도록 만화만 그리더니 지금은 만화가로 성공해서 잘 살고 있잖아.

나: 내 동생은 그런 특기가 없으니까 죽도록 공부해야 돼. 너, 과외 해 주는 거다, 응?

②

안녕하세요. 저는 산하 고등학교 2학년 김성우입니다. 매주 토요일 아침 우리는 책가방 대신 줄넘기 하나만 들고 등교합니다. 왜냐고요? 토요일은 교실이 아니라 운동장에서 수업을 하는 날이거든요. 전교생이 운동장에 모여 운동도 하고 이런저런 게임도 즐기며 몸과 마음의 피로를 씻어 냅니다.

우리 학교의 다른 점은 수업에도 있습니다. 수준이 천차만별인 학생들을 위해 선생님들은 한 교과서를 무려 8단계 수준으로 나누어서 우리들 수준에 맞게 가르쳐 주십니다. 과외 같은 것을 하지 않아도 실력이 꾸준히 향상되어서 부모님들이 특히 만족해하십니다.

우리 학교가 이런 교육을 시작한 것은 학생들이 즐겁게 공부해야 학습 효과도 커진다는 선생님들의 확신 때문이었습니다. 처음에는 기대 반 우려 반이었던 우리들도 한마음 한뜻이 되어 열심히 공부하고 있습니다.

제13과 환경

① CD2. track 24~25

가: 이번 달 기숙사생 정기 모임의 마지막 안건은 쓰레기 분리 문제입니다. 여러분도 아시다시피 이미 여러 번 문제가 되었는데 아직도 잘 지켜지지 않고 있습니다.

나: 저도 그 문제가 항상 신경이 쓰였는데요. 음식물 쓰레기랑 생활 쓰레기를 다 같이 버리니까 악취도 많이 나고 재활용도 안돼서 자원 낭비도 심한 것 같아요.

다: 저도 그렇게 생각해요. 이게 작은 문제 같지만 실은 환경 오염을 일으키는 직접적인 원인이잖아요. 그런데 사람들은 그런 생각을 잘 하지 않는 것 같아요. 좀 더 적극적으로 홍보해 보면 어떨까요?

라: 환경을 생각하자는 이야기에는 저도 동의하는데요. 홍보가 덜 돼서 그런 것 같지는 않아요. 쓰레기장에 가 보면 종이하고 병, 플라스틱만 분리하게 되어 있으니까 신문지나 종이 상자, 이면지를 한 군데에 버릴 수밖에 없거든요. 학교 측에서 재활용품 분리함을 더 효율적으로 만들어 줘야 하지 않을까요?

다: 아까는 미처 생각하지 못했는데 학교 측에서 그렇게 해 주면 재활용품 분리도 더 잘되기는 하겠네요. 그러면서 우리도 환경 운동에 참여할 수 있고요.

가: 그러면 저는 이런 의견을 학교 측에 전달할 테니까 여러분은 더 적극적으로 참여하고 홍보에도 힘써 주시기 바랍니다.

가: 한국전자와 함께하는 환경 보호 캠페인

나: 문수정 주부의 환경 보호 실천 방법입니다.

다: 먼저, 시장 갈 때에는 꼭 장바구니를 챙기고요, 조금 비싸지만 친환경 제품들을 사용하려고 노력합니다. 또 싱크대 하수구에는 정화 시설이 없다는 걸 알게 된 다음부터는요, 먹고 남은 음식의 국물은 꼭 화장실 변기에 버려요. 그리고 남은 찌꺼기는 좀 귀찮고 시간이 걸리지만 물기를 완전히 말려서 내놓고요. 아, 맞다. 청소기 대신 될 수 있으면 빗자루를 사용해요. 대수롭지 않은 일이기는 한데요, 이런 노력들이 우리 아이들에게 좋은 환경을 물려줄 수 있다고 생각해서 열심히 하고 있어요.

나: 작은 실천이 지구를 살립니다. 지구는 우리가 후손들에게 돌려줘야 할 소중한 재산입니다.

제14과 재난 · 재해

CD2. track 29~30

1

가: 부장님, 이렇게 바쁜 때에 휴가를 내게 돼서 죄송합니다.

나: 죄송하기는. 같이 못 가는 우리가 미안하지. 하여튼 갑자기 그렇게 큰일을 당해서 마음이 아프겠군. 태풍도 아니고 우리나라에 해일이라니 누가 생각이나 했겠어?

가: 다행히 저희 부모님이나 친척분들은 다치신 데는 없고 재산 피해만 좀 입으셨다고 하네요. 그래도 집이며 가구며 모두 바닷물에 잠겨서 생활이 많이 불편하신 모양이에요.

나: 아이고, 그냥 불편하신 정도가 아니겠지. 부모님께서 말씀을 안 하셔서 그렇지 지금쯤 얼마나 가슴이 무너지시겠나. 김 대리나 나나 농사를 안 지어 봤으니 짐작도 못하겠지. 한 해 농사가 바닷물에 다 휩쓸려 간 것을 보신 심정을. 아무튼 회사 일은 걱정 말고 가서 잘하고 오게. 부모님 안심시켜 드리는 것도 잊지 말고.

2

오늘 오후 대관령에 위치한 '백설 스키 리조트'에서 원인을 알 수 없는 눈사태가 발생해 스키를 즐기던 관광객 백여 명이 실종되거나 숨지는 사고가 발생했습니다. 크리스마스를 맞아 평소보다 많은 인파가 몰린 오늘 오후 4시경, '우르릉 쾅'하는 굉음과 함께 수 톤에 이르는 눈더미가 쏟아져 내려왔습니다. 아무런 예보도 없이 밀어닥친 눈사태로 서울 반포에 사는 45세 김모 씨 등 스키를 타던 관광객들이 순식간에 눈 속으로

사라졌습니다. 현장에서는 구조대의 수색 작업이 진행되고 있는 가운데 평소보다 이용객이 많아 인명 피해를 키웠다는 관측이 나오고 있습니다. 대관령 리조트에서 KBC 뉴스 이영우였습니다.

제15과 컴퓨터 · 인터넷

CD2. track 34~35

1

가: 어, 어떡해. 어떡해. 파일이 날아간 것 같아.

나: 갑자기 그게 무슨 소리야, 파일이 날아가다니?

가: 이거 내가 어제부터 작업한 보고서인데, 실수로 '삭제하기' 버튼을 클릭했거든.

나: '휴지통'도 찾아봤어? 거기에도 없어?

가: 응, '휴지통'에도 '임시 폴더'에도 없어.

나: 어쩌다가 날렸는데. 조심했어야지.

가: 아니, 입력을 다 끝내고 출력을 하려고 하다가 '인쇄하기'를 누른다는 것이 그만 '삭제하기'를 눌렀지 뭐야.

나: 그래? 그러면 '휴지통'에 남아 있을 텐데, 왜 없지?

가: 사실은 다 내 잘못이야. '휴지통 열기'를 클릭했어야 했는데 너무 당황한 나머지 '휴지통 비우기'를 클릭했어. 어떡해, 난 몰라.

나: 너무 걱정하지 마. 전문가들은 다 복구할 수 있으니까. AS센터에 가 보자.

2

안녕하십니까. 전산실에서 안내 방송드립니다. 이미 공지해 드린 바와 같이 내일 오전 9시부터 오후 1시까지 기숙사 내 인터넷 회선 교체 작업이 있겠습니다. 그동안 기숙사 내 인터넷 회선이 노후되어 인터넷 연결 속도가 떨어지고 끊김 현상도 자주 발생해서 기숙사생 여러분의 불편 신고가 계속되어 왔습니다. 이에 저희 기숙사에서는 본교 전산실의 협조를 받아서 인터넷 회선을 교체하게 되었습니다. 회선 교체 후에는 일시적으로 인터넷 접속이 안 되거나 아이디나 비밀번호를 인식하지 못하는 경우가 있을 수 있습니다. 교체 작업 후, 최초 접속 시에는 학교 홈페이지에 있는 업그레이드 패치를 다운받아 설치한 다음에 사용하시기 바랍니다. 감사합니다.

제1과 인물 소개

〔듣기〕

1 1) ☑ 영화 동호회　　☐ 아마추어 영화감독 모임
2) ☐ 학생　　☑ 회사원
3) ☐ 1987년　　☑ 2006년
4) ☐ 군대　　☑ 어학연수

2 1) ×　　2) ×　　3) ○　　4) ×

〔읽기〕

1 1) ○　　2) ○　　3) ○　　4) ×　　5) ×

제2과 날씨와 생활

〔듣기〕

1 (1) ×　　(2) ○　　(3) ×

2 1) 호우주의보가 내려지는 등 전국적으로 많은 비가 쏟아졌다.
2) 당분간은 찜통더위가 이어질 전망이다.
3) 타이어 점검, 집안의 습기 제거, 상습 침수 지역의 주민들은 폭우 피해가 발생할 만한 곳은 없는지 점검

〔읽기〕

1 (1) ×　　(2) ×　　(3) ○　　(4) ○

제3과 교환 · 환불

〔듣기〕

1 1) ③　　2) ②

2 1) 하나 홈쇼핑에서 구입한 상품을 취소하거나 반품하기 위해서
2) 1번 → 2번 → 3번

〔읽기〕

1 (1) ○　　(2) ○　　(3) ×　　(4) ○

제4과 집안의 일상

〔듣기〕

1 1) ②　　2) ②

2 1) 가사 도우미 서비스
2) (1) ×　　(2) ×　　(3) ×

〔읽기〕

1 1) 여자들이 하기에는 육체적으로 힘들거나 기술이 필요한 일을 해 주는 가사 도우미 서비스 /

2 혼자 사는 여성들의 불편함을 해소해 주는 가사 도우미 서비스
2) (1) ×　(2) ○　　　(3) ○　　(4) ○

제5과 직장 생활

〔듣기〕

1 1) 신상품 아이디어 공모 결과와 신상품 샘플 제작 준비에 대해 이야기하고 있다.
2) ☐ 기획서 제출　　☑ 생산팀과 통화
☑ 개발 예산 확인　　☐ 제품 기능 변경

2 1) 아파서 결근하겠다는 이야기를 하려고
2) (1) ×　(2) ○　　　(3) ×

〔읽기〕

1 1) 홍보팀의 이지나입니다. 회사일로 노고가 많으십니다. 또한 항상 저희 부서의 업무에 적극 협조해 주신 점 깊이 감사드립니다. 이번 자선 바자회 행사에서 총무부의 도움이 필요하여 이렇게 협조 메일을 보내게 되었습니다.
2) (1) ○　　(2) ○　　(3) ×
3) ☐ 발송 지연 사과　　☑ 인력 지원 요청
☐ 제품 도착 통지　　☐ 제품 손상 항의

제6과 언어와 문화

〔듣기〕

1 1) ☑ 속담의 의미　　☐ 속담의 기능
2) ☑ 속담의 사용 방법　　☐ 속담의 사용 상황

2 1) ③
2) ③
3) 강의의 앞부분:
속담의 개념 - 지금까지 여러 학자들의 견해를 중심으로 속담이 무엇인지 살펴봤는데요.
강의의 뒷부분:
속담의 기능 - 시간도 얼마 남지 않았으니까 바로 속담의 기능으로 넘어가죠.

〔읽기〕

1 1) ☑ 관용 표현의 의미

자기가 하고도 하지 않은 척하거나 알고 있으면서도 모르는 척하는 경우를 표현한다.

☑ 관용 표현의 유래

'시치미를 떼다'는 매를 이용한 사냥에서 생겨난 말로 길을 잃은 매를 주인에게 돌려주지 않고 매의 이름표인 시치미를 떼고 자신의 것처럼 행동하는 사람들에게 사용하기 시작했는데 이 말이 굳어져서 지금의 의미로 사용되었다.

☐ 관용 표현을 사용하는 방법

2) 매의 시치미를 떼어 버리고 그것이 자신의 매라고 다른 사람을 속이는 사람도 있었다.

제7과 스트레스

〔듣기〕

1 1) ① 2) ①

2 1) ②

2) (1) ○ (2) ○ (3) ○

〔읽기〕

1 1) ㉠ 동료들과 회식을 한다,

㉡ 집에서 가족들과 쉬면서 함께 시간을 보낸다,

㉢ 그냥 참고 그 일이 지나가기를 기다린다

2) ①

제8과 추억

〔듣기〕

1 1) (1) × (2) ○ (3) ×

2) ②

2 1) 남 – 고등학교 3학년 때의 담임 선생님

여 – 고등학교 시절에 단짝이었던 친구

2) 남 – 대학교에 떨어져서 힘들어할 때 담임 선생님께서 많은 용기를 주셨다.

여 – 고등학교 시절 3년 내내 붙어 다녔고, 어느 날은 야간 자율 학습을 빼먹고 노래방에 갔다가 담임 선생님께 들켜서 교실 청소를 같이 하기도 했다.

〔읽기〕

1 (1) 미술계에서는 뛰어난 능력으로 이름을 날렸지만 학생들에게는 볼품없는 외모 때문에 인기가 없었다.

(2) 야간 자율 학습을 빼먹고 친구들과 소주를 마시다가 미술 선생님께 들켜서 다시는 술을 마시지 않겠다는 맹세를 하고 나서야 집에 갈 수 있었다.

(3) 선생님께서는 아마도 우리들이 얼마나 관심과 애정에 목말라하고 있었는지, 무엇 때문에 방황하고 있었는지 이미 다 알고 계신 분, 즉 표현은 안 하셨지만 우리를 무척 사랑하신 분이셨다고 생각한다.

제9과 여행의 감동

〔듣기〕

1 1) 요즘 하고 있는 일이 좀 안돼서 마음이 답답했었는데 마침 주말에 시간이 생겼다. 그래서 다시 가 보고 싶었던 경주에 다녀오게 되었다.

2) ☑ 보문단지를 산책했다.

☐ 경주의 야경을 감상했다.

☑ 관광 명소를 둘러보았다.

☐ 알고 있던 친구를 만났다.

☐ 친구의 결혼식에 참석했다.

2 1) ○ 2) × 3) ×

〔읽기〕

1 1) ☐ 여행의 일정 ☐ 여행의 목적

☑ 여행지의 특색 ☑ 여행에 대한 소감

☑ 여행지에서 한 일 ☐ 여행지를 선택한 이유

2) 1) ○ 2) × 3) × 4) ○

제10과 결혼

〔듣기〕

1 1) × 2) × 3) ○ 4) ×

2 1) × 2) ○ 3) ○ 4) × 5) ×

〔읽기〕

1 1) 신부의 집에서 치러졌다.

2) 신랑의 사주단자와 신부에게 줄 예물이 들어 있는 함을 지고 신랑의 뒤를 따르는 사람이다.

3) 저녁에 치러졌는데, 혼인이 여자 중심의 의식이어서 달이 떠오르는 저녁에 신부가 달의 기운을 한껏 받기를 기원했기 때문이다.

4) 나무 기러기인데 신랑을 상징한다.

5) 신랑과 신부가 둘로 나뉜 표주박으로 술을 마신 뒤 잔 합하기를 하는데 본래 하나였다가 둘로 나뉜 표주박을 다시 하나가 되게 하는 것은 신랑과 신부도 하나가 되었음을 상징한다.

6) 폐백은 신부 집에서 혼례를 마치고 하룻밤을 보낸 신랑과 신부가 신랑 집으로 가, 신랑의 부모님과 일가 친척에게 부부가 된 것을 알리는 인사를 말한다.

제11과 공연 감상

〔듣기〕

■ 1) 지휘자가 나와서 해설을 해 주고 관객이 함께 참여 할 수 있는 클래식 공연

2) ④

3) 예술이 아니라 스포츠 같다고 생각한다.

② 1) ③

2) (1) × (2) ×　　　(3) ○　　(4) ○

〔읽기〕

■ 1) 공연 내용을 설명한 부분 –

'두근두근'은 사춘기 시절 ~ 꺼내 놓게 만들었어요.

감상이 나타난 부분 –

일에 지친 직장인이나 ~ 감동을 느낄 수 있을 거예요.

2) 샤방샤방 – 총각 교생 선생님, 인기녀 – 강하나, 수다쟁이 – 정자, 노처녀 – 담임 선생님

3) ①, ③

제12과 교육

〔듣기〕

■ 1) (1) × (2) ×　　　(3) ×

2) 여자는 반드시 대학에 가야 한다고 생각하는 반면 남자는 꼭 그럴 필요는 없다고 생각한다.

② 1) ①　　　2) ④

〔읽기〕

■ 1) ②, ③

2) (1) × (2) ×　　　(3) ×

제13과 환경

〔듣기〕

■ 1) 쓰레기 분리 문제

2) ①, ②

3) 재활용품 분리함을 좀 더 효율적으로 만들어 달라고 학교 측에 건의하고, 학생들의 적극적인 참여와 홍보를 유도한다.

② ②, ③

〔읽기〕

■ 1) (1) ○　　(2) ×　　(3) ×　　(4) ×

2) 자연을 품은 아파트, 테라스 하우스

제14과 재난·재해

〔듣기〕

■ 1) ①

2) 김 대리 – 생활이 많이 불편하실 것이다.

부장님 – 불편하신 정도가 아니라 가슴이 무너지실 것이다.

② 1) 대관령에 위치한 '백설 스키 리조트'에서 눈사태가 발생

2) (1) ○　　(2) ○　　(3) ×

3) 대관령에 위치한 스키장에서 오늘 오후 4시경 원인을 알 수 없는 눈사태가 발생해 백여 명이 실종되거나 숨졌다.

〔읽기〕

■ 1) 지진으로 인해 우리 집은 창문의 유리창이 깨어지고 책장과 책상 위에 있던 물건들이 모두 바닥으로 쏟아져 내려왔다. 그리고 우리 동네는 집이 무너지고 물건들이 부서지는 피해를 입었다.

2) 쓰러지는 가구나 바닥으로 떨어지는 물건들 때문에 다치지 않도록

3) ①, ④

제15과 컴퓨터 · 인터넷

〔듣기〕

1 1) 어제부터 작업한 보고서의 파일이 날아갔다.

2) ③

2 1) 기숙사내 인터넷 회선이 노후해서 인터넷 연결 속도가
떨어지고 끊김 현상도 자주 발생했기 때문에

2) (1) ○   (2) ○   (3) ×

〔읽기〕

1 1) 무선 인터넷 사용 방법

2) (1) ×   (2) ×   (3) ○

索引 찾아보기

289

ㅂ

ㅅ

307

國家圖書館出版品預行編目資料

高麗大學韓國語 4 / 高麗大學韓國語文化教育中心編著；
朴炳善、陳慶智譯
-- 初版 -- 臺北市：瑞蘭國際, 2018.10
308面；21×29.7公分 --（外語學習系列；51）
ISBN：978-986-96580-2-7（平裝）
1. CST：韓語 2. CST：讀本

803.28   107009181

外語學習系列 51

高麗大學韓國語④

編著｜高麗大學韓國語文化教育中心、金貞淑、金持榮、李俊昊、金智惠
翻譯、審訂｜朴柄善、陳慶智·責任編輯｜潘治婷、王愿琦
校對｜朴柄善、陳慶智、潘治婷、王愿琦

內文排版｜余佳憓

瑞蘭國際出版

董事長｜張暖彗·社長兼總編輯｜王愿琦
編輯部
副總編輯｜葉仲芸·主編｜潘治婷
設計部主任｜陳如琪
業務部
經理｜楊米琪·主任｜林湲洵·組長｜張毓庭

出版社｜瑞蘭國際有限公司·地址｜台北市大安區安和路一段104號7樓之1
電話｜(02)2700-4625·傳真｜(02)2700-4622·訂購專線｜(02)2700-4625
劃撥帳號｜19914152 瑞蘭國際有限公司·瑞蘭國際網路書城｜www.genki-japan.com.tw

法律顧問｜海灣國際法律事務所　呂錦峯律師

總經銷｜聯合發行股份有限公司·電話｜(02)2917-8022、2917-8042
傳真｜(02)2915-6275、2915-7212·印刷｜科億印刷股份有限公司
出版日期｜2018年10月初版1刷·定價｜680元·ISBN｜978-986-96580-2-7
　　　　　2024年05月二版1刷